KB136203

집단지성의 승리, 70일간의 기록

코로나19 사투의 현장에서

집단지성의 승리, 김천의료원 70일간의 기록

코로나19 사투의 현장에서

초판 1쇄 발행 2020년 07월 14일 발행
2쇄 발행 2020년 07월 21일 발행

지은이 김천의료원
펴낸이 유희정
기획구성 김숙 편집 류석균 디자인 전영진 마케팅 김헌준
펴낸곳 (주)시간팩토리
주소 서울 양천구 목동로 173 우양빌딩 3층
전화 02-720-9696 팩스 070-7756-2000
메일 siganfactory@naver.com
출판등록 제2019-000055호(2019.09.25.)

ISBN 979-11-968141-2-0 03810

이 도서의 국립중앙도서관 출판예정도서목록(CIP)은
서지정보유통지원시스템 홈페이지(http://seoji.nl.go.kr)와
국가자료종합목록 구축시스템(http://kolis-net.nl.go.kr)에서 이용하실 수 있습니다.
(CIP제어번호 2020027977)

소금나무는 ㈜시간팩토리의 출판 브랜드입니다.

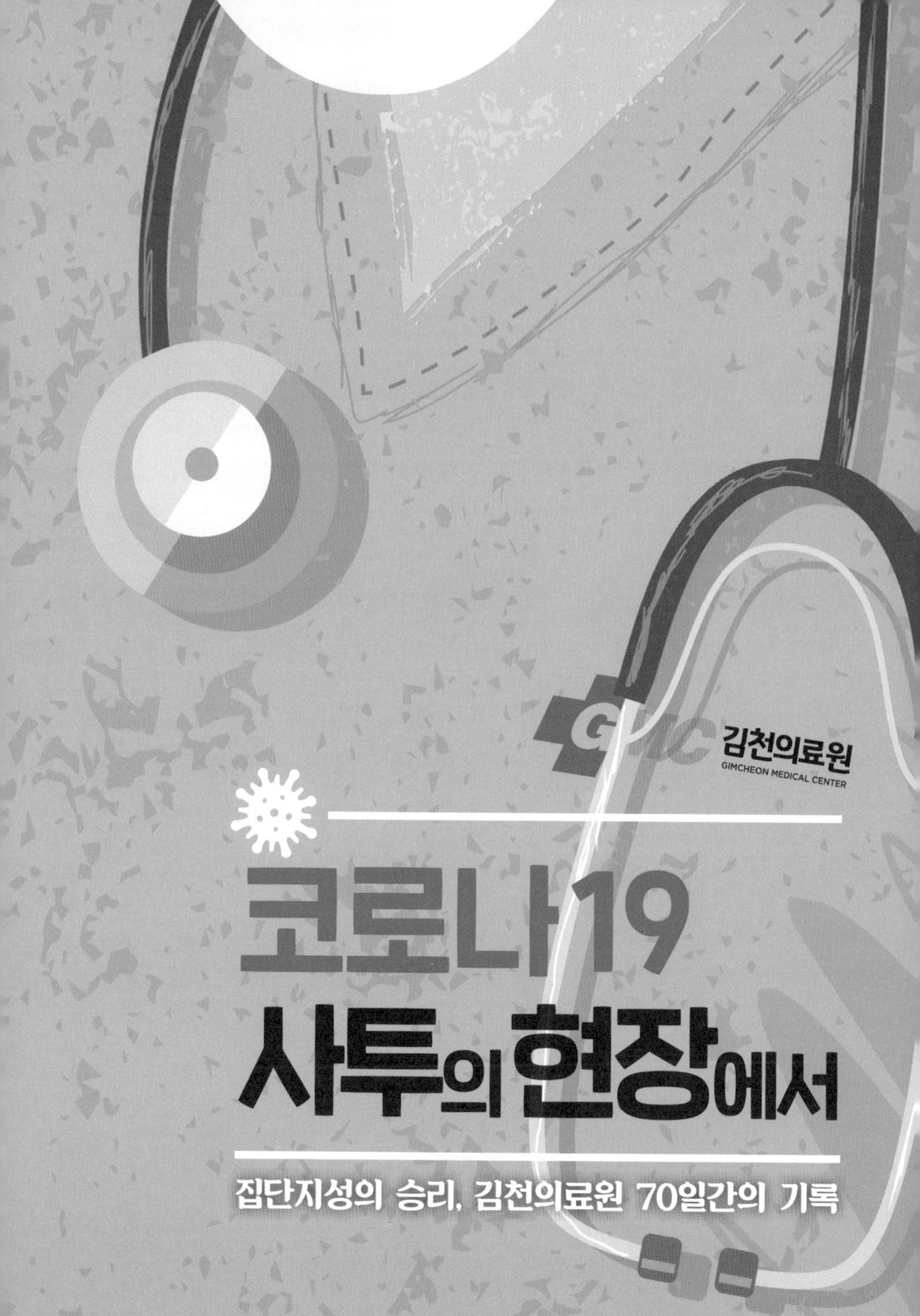
GMC 김천의료원
GIMCHEON MEDICAL CENTER
코로나19
사투의 현장에서
집단지성의 승리, 김천의료원 70일간의 기록

소금나무

prologue

코로나19, 70일간 그 사투의 현장에서

의료원장 김미경

감염병 전담병원 지정과 의료원 완전 소개를 명령받던 날

2020년 2월 22일 토요일 오후, 경상북도 도청의 긴급한 부름을 받고 달려간 자리에서 나를 비롯한 3명의 지방의료원장은 감염병 전담병원 지정서와 함께 의료원 완전 소개명령서를 보건복지부로부터 전달받았다. 명령서를 받고 돌아서면서 수많은 걱정과 함께 어떻게 이 난국을 헤쳐 나갈지에 대한 두려움으로 온통 머리가 하얘지는 답답함을 안고 병원으로 돌아왔다.

막막했고 어디서부터 일을 시작해야 할지, 어떻게 실마리를 풀어야 할지 실무진과 머리를 맞대고 이야기를 해봐도 아무런 소득이 없었다. 먼저 의료진과 대화를 나눠봐야겠지만 주말이 끼여 있어 이야기 나눌 시간마저도 촉박한 상황이었다. 일단은 감염팀장에게 카카오톡으로 전 의료진을 불러서 모아달라고 부탁을 하고, 개설된 단체방 카카오톡으로 코로나19의 난국을 헤쳐 나가기 위한 의사소통을 시작했다. 그날이 바로 김천의료원 코로나19 사투 70일의 첫날이었다.

무엇이라 말하기 어려운 복잡했던 심경 속에 당장에 400여 명의 직원을 책임지고 있는 의료원장으로서 소개 명령서가 지니는 의미와 그 무게감에 눌려 의료원에서 발걸음이 차마 떨어지지가 않았다. 하룻밤을 꼬박 뜬눈으로 병원에서 지새웠다. 잠이 오지 않는 것은 당연한 일이 아니겠는가? 지금 우리는 어디로 가고 있는 것일까? 지금 우리는 코로나19를 맞을 준비가 되어 있는 것인가? 이 모든 위기 속에서 나는 직원들을, 김천을, 경상북도를 지킬 수 있을까? 수많은 질문이 머릿속에서 튀어나왔다. 그 많은 질문에 대한 답을 이제는 스스로 찾지 않으면 안 되는 상황에 놓인 것을 절감하였다.

그동안 김천의료원에 쏟아부었던 수많은 노력과 성과가 코로나19로 인해 초토화가 될 게 불을 보듯 뻔했다. 지난 연말 겨우 53억의 부채를 상환했던 기쁨이 채 가시기도 전에 두 달도 안 되어 이런 시련이 내 앞을 가로막고 설 줄이야 꿈엔들 알았으랴! 또 어떻게 생각하면 이 난국에 그 어려운 재정 부담을 덜었다는 것은 또 하나의 행운이 아니겠냐는 생각에 이르렀다. 코로나19의 여파는 전국의 의료계를 얼어붙게 했고 김천의료원도 예외는 아니었다. 외래 수입도 줄고 입원 수입도 줄고 있는데, 그나마 부채 상환이라도 미리 해두어서 그만큼 재정 부담이 줄었다는 것은 어찌 보면 어깨의 짐을 훨씬 덜어낸 것이니 얼마나 다행스러운 일인가 하고 자신을 다독였다. 감사한 일이다. 그동안 노력해온 그 모든 성과와 저력으로 이 난국을 헤쳐 나가야 했다.

296병상 소개와 270여 명의 환자를 전원하라

2월 24일 월요일 아침, 전 직원을 긴급하게 소집하였고, 지금의 상황과 각자가 지켜야 할 사항을 간단하게 이야기했다. 앞으로 우리가 헤쳐 나가야 할 상황이 낙관적이지 못한 것도 사실이고, 그렇기에 모든 것을 예의 주시하면서 귀 기울이고 있으라고 해두었다.

지나고 나서 하는 이야기지만 '직원들이 동요하지는 않을까, 우리가 과연 잘 해낼 수 있을까' 속으로 수백 번 더 고민하고 걱정했던 것도 사실이다. 실제로 가장 큰 문제라고 생각했던 의료진들은 상황을 너무나도 잘 이해하였고 짧은 시간만 주었을 뿐인데 의료원장의 입장을 충분히, 아니 그보다도 더 잘 이해하고 한마음이 되어주었다. 감사한 일이다. 두고두고 갚아야 할 빚을 지게 되었다는 사실만은 분명했다. 이해와 설명보다는 있는 사실 그대로 보여줌으로써 함께한다는, 같이해야 한다는 명백한 현실인식이 우리를 한마음 한뜻으로 코로나19에 대응하게 했다.

병상을 전부 소개할 당시 우리 의료원에는 총 296병상에 270여 명의 입원환자가 있었다. 대부분 타 병원으로 전원하기 싫어했고, 코로나19에 걸려도 좋으니까 안 가겠다고 떼를 쓰는 환자들도 있었다. 입원환자의 심각한 상태를 분류하여 타 병원으로 전원 또는 퇴원시킴으로써 소개명령을 받은 후 주말을 제외하고 단 3일(그것도 수요일 오전 12시 기준으로 하면 2.5일이라는 계산이 나온다.) 만에 병상 소개를 완료할 수 있었다.

보따리를 싸가지고 병원 문을 나서는 것을 보니 전쟁터가 따로 없어 너무 비참한 생각이 들었다. 전국적인 코로나19의 상황이 바로 김천의료원 코앞에 왔다는 긴박감에 전 직원과 의료진은 한마음 한뜻으로 신속하게 움직였다. 의료원이 생긴 지 100년 만에 처음 있는 일이라 그 놀람의 정도는 말로는 표현하기 어려울 지경이었다.

281병상 이동형 음압기 설치

그날 모두가 떠난 텅 빈 의료원 복도를 혼자 거닐면서 코로나19가 얼마나 의료원에 많은 짐을 지울까 하는 걱정에 한참을 서성거렸다. 이 난국을 헤쳐 나갈 수 있을지 나 자신도 믿을 수 없을 만큼 혼란스럽고 무서웠다. 나도 이런 지경인데 직원들은 말해 뭐하겠는가?

목숨을 걸고 병상에 들어가게 해야 하는 의료진에게, 책임을 지게 해야 하는 의료진에게 무슨 말을 해줘야 하나? 고사리 같은 손을 가진 어린 간호사들에게 환자를 맡겨야 하는 심정은 말할 수 없이 복잡했다. 생각할 틈도 없이 쏟아지는 회의와 업무, 보고에 정신없이 시간이 지나갔다. 그러나 그런 시간도 수많은 문제와 어려움을 묻고 익숙하게 적응토록 만들어 나갔다.

코로나19 확진환자가 입원하기 위해서는 안전 확보가 우선이었다. 3개의 임시 격리음압병상을 가지고는 턱없이 부족하다는 것을 알기에 먼저 이동형 음압기를 구매하기 위해 노력하였다. 이동형 음압기를 설치해가면서 병상을 만들어 환자를 받기 시작하였다. 병상을 만드는 공사가 생각보다 시간도 사람도 많이 필요하고, 절대적인 시간이 소요되기 때문에 밀려들 환자를 예상하면 아슬아슬하게 밤을 새우지 않고서는 공정을 계획대로 맞추지 못할 것이 뻔했다.

그러나 결국 우리는 또 해냈다. 아무도 하지 못했던 이동형 격리음압병상을, 그것도 김천의료원은 281병상이나 만들었다. 이철우 지사님께서 경상북도가 코로나19 대응에서 잘한 일 중의 하나가 가장 발 빠르게 많은 입원병상 확보를 한 것이라고 자랑스럽게 말씀하시고서는 '엄지 척' 하신 것을 잊을 수가 없다. 그 뒤에서 남몰래 노력한 직원들이 없었다면 불가능한 일이었다. 절대적으로 부족했던 음압기를 구하기 위해 직원들이 늦은 밤도 마다하지 않고 제작 공장으로 출장을 갔던 노력이 있었기 때문에 가능했던 것이다.

그 결과 중앙사고수습본부에서 43대를 지원받았고, 자체적으로 35대를 확보함으로써 총 78대의 이동형 음압기로 최초 목표했던 281개의 병상을 모두 확보할 수 있었다. 이는 김천의료원 296병상 중 중환자실을 제외한 전 병상에 해당하는 숫자이고, 확진환자를 입원시키면서 병상을 만들고 단계적으로 진행되었다는 것은 그 당시 얼마나 급박한 상황이었는지를 말해주는 것이나 다름없었다.

경험은 사람으로 하여금 안목을 가지게 만들고 더 나은 길로 이르게 한다. 2015년 메르스 감염을 거치면서 의심환자를 6명이나 입원시켰던 경험을 가진 김천의료원은 이후 적정관리팀에서 감염팀을 분리하여 인력을 보강했고, 지속적으로 교육을 진행함으로써 병원 내 감염 방지에 대한 지원으로 감염에 대한 의식수준이 많이 향상되었다. 감염팀의 위치 또한 제대로 자리 잡아 이번 코로나19 대응에 있어 전담팀의 역할이 충분히 발휘될 수 있도록 큰 힘이 되었다.

감염팀의 역할은 생각보다 우수했다. 시간과의 싸움에서 앞서갈 수 있도록 사전 준비 등 무엇 하나 흠될 게 없었다. 우왕좌왕할 새도 없이 2주일이 지나갈 때쯤 의료원은 평소와 다를 바 없이 안정을 되찾아 갔다.

코로나19 확진자 269명 입원

3월 6일 오후 8시가 조금 지나 지사님께서 직접 전화를 주셨다. 급박한 상황임이 전화 속 목소리에도 묻어났다. 봉화의 푸른 요양원에서 집단 코로나19가 발생되어 금일 내로 입원을 모두 해야 하는데 김천의료원에 보내도 되겠느냐고 하셨다. 무조건 다 보내셔도 된다고 했지만 달리 할 말도 생각나지 않았다. 얼마나 힘든 상황인지 알게 되는 데는 그리 오래 걸리지 않았다. 감염팀에 미리 연락을 한 후 기다리고 있었다.

봉화 푸른 요양원 31명의 환자가 한꺼번에 구급차를 타고 새벽 3시까지 입원할 때는 그야말로 코로나19가 만들어 놓은 전쟁터였다. 직원들의 흔들리던 눈빛과 모암동의 가로등 불빛은 처절했다. 숨죽인 듯 아무도 창문을 열지 않았다.

언제 끝날지 모를 코로나19와의 싸움은 정점을 향해 치닫고 있고 한 치의 오차도 없이 원칙대로 차분하게 입원시키는 모습에 가슴이 저려왔다. 팀장 간호사가 두려움에 떨고 있는 신입 간호사의 고사리 같은 손을 잡고 겁이 나서 도망을 가면 어떻게 하나 걱정하며 함께 밤을 새는 것을 보는데 나 역시 자리를 뜰 수가 없었다. 가만히 돌아서서 눈물만 흘렸다.

김천의료원에는 확진자가 269명이나 입원을 하였다. 치매환자이면서 코로나19 확진자로 우리에게 많은 것을 가르쳐 준 31명의 봉화 푸른 요양원 환자를 비롯해 경산시와 대구 대실 요양병원, 한사랑 요양병원 환자들의 입원을 통해 김천의료원은 지방의료원으로써의 역할을 충실하게 실천하면서 코로나19 방역과 치료의 중심에 서 있음을 실감했다.

단 한 명의 병원 내 감염자도 없었던 기적

코로나19는 우리 의료원을 다시금 뭉치게 만들었다. 의료진을 포함한 직원들이 힘든 줄 모르게 일했고, 누구 할 것 없이 먼저 보는 사람이 앞장서서 필요한 일들을 했다. 맡겨진 일만 있으면 얼마나 좋겠냐마는 언제나 위기 때는 주어진 일보다 아무도 하지 않는 허드렛일투성이에 전쟁 같은 상황에서 아무런 어려움이 없었다면 그것은 순전히 거짓말일 것이다. 분명히 많은 어려움이 있었고 갈등 또한 존재했으며 여러 문제점이 도드라지게 드러났다. 그러나 우리는 성숙하게 그 문제점에서 더 많은 대안을 찾았고, 더 나은 길로 선택을 하여 성공적인 코로나19의 순간으로, 김천의료원 70일간의 기록으로 남겼다. 전 직원들에게는 너무도 소중하고 평생에 잊을 수 없는 기억임이 분명하다.

400여 명의 직원 중 단 한 명의 감염자도 없었다는 것은 기적이었다. 감당하기 힘든 만큼의 환자들이 한꺼번에 김천의료원에 몰려왔더라면 우리도 대구처럼 속수무책으로 당할 수밖에 없음을 너무나도 잘 알고 있기에 우리는 기적을 만들어 낸 것이다.

위기는 누구에게는 실패를 안겨주지만 준비된 사람에게는 새로운 기회를 만들어준다. 지난 시간 김천의료원이 공공의료원으로서 준비한 노력 중에 의료 자원의 확보, 그중에서도 의료 인력의 꾸준한 충원으로 40여 명의 의사를 모신 것과 간호·간병 통합서비스 확대 운영과 간호 등급 3등급 유지로 197명의 간호사를 확보하고 있었던 사실은 코로나19를 맞아 김천의료원이 대한민국을 지킬 수 있었던 원동력이 되었다고 생각한다.

정답은 없었지만 그간의 경험을 통해 누구보다 신속하고 지혜롭게 극복할 수가 있었던 것은 서로에게 힘이 되고자 했던 따뜻한 동료 직원들이 있었고, 서로의 격려와 배려가 힘이 되었다. 어느 의료원보다도 발 빠르게 281개의 음압병상을 만들었고, 의료진들이 안전하게 일할 수 있도록 클린존을 기발하게 그것도 멋들어지게 만든 시설부가 있어서 정말 자랑스럽다.

그럼에도 불구하고 나는 닥쳐 올 냉혹한 현실이 기다리고 있음을 간과할 수 없었다. 노력한 직원들에 대한 고마움과 땀방울에 대한 보답을 책임져야 하는 책임자로서 시간이 갈수록 냉정을 찾아야만 했다. 너무도 긴박한 상황에서 김천의료원이 급하게 치료 병상을 마련하여야 했고, 확진자 입원 치료를 시작하면서 감소할 의료 수입을 고민하지 않을 수 없었다.

다른 병원들도 그렇지만 의료원도 마찬가지다. 김천의료원도 독립채산제로 운영되기 때문에 의료 수익이 없으면 직원들에게 월급을 줄 수가 없다. 직원들의 인건비와 약제비, 재료비 등 수반 비용을 지출해야 한다. 즉 환자를 받아 진료를 하고 돈을 벌어야 병원 운영이 가능하고 직원들의 임금을 줄 수 있다.

김천과 같은 중소도시에서 의료원이 제공하는 필수 의료서비스의 단절은 곧 지역민에게 기본적인 의료 제공을 제한한다는 것과 같다. 그래서 김천의료원은 코로나19로 인한 그 어려움에도 불구하고 응급실과 인공신장실을 비롯한 외래진료 기능을 병행함으로써 지역 내 필수의료 및 의료체계 붕괴를 사전에 방지할 수 있었다. 이는 책임의료기관으로서의 역할을 다하는 것뿐만 아니라 400여 명 식구를 살리는 최선의 방법이기도 했다.

감염병 재유행에 대비한 장기대책

4월로 접어들면서 코로나19로 입원환자보다는 퇴원환자가 많아지고, 또 확진자가 줄어드는 상황에서 출구전략을 세워야 했다. 코로나19 집단 발생이 거의 사라지고 있을 때쯤 한발 앞서 의료원 전체에 대한 멸균소독계획과 시설 재정비를 미리 진행함으로써 전담병원 종료 이후 정상화 계획을 사전에 준비하여 신속하게 진료 기능을 회복할 수 있는 기회를 놓치지 않았다. 이에 경북에서 가장 빠르게 전담병원에서 벗어날 수 있었다. 힘들고 어려웠던 길고 긴 여정에서 벗어나 일상으로 돌아오는 준비를 시작하게 된 것이다.

이러한 준비 때문에 4월 30일에 감염병 전담병원 지정 해제 후 다시 의료원 문을 열었을 때 많은 사람의 우려에도 김천의료원은 예상을 깨고 단번에 외래진료와 입원진료가 정상화되었다. 입원환자가 한 달 만에 90%를 채우는 등 의료원이 경영 정상화를 향해 달려가는 것을 보면서 생각했다.

'김천 시민들이 진정으로 걱정하고 함께하고 있었구나! 우리가 생각한 것보다 김천의료원을 더 신뢰하고 있구나! 그것도 엄청나게!'

코로나19는 여전히 진행 중이고 언제 또 다시 우리 앞에 어떤 모습으로 나타날지 어느 누구도 예측할 수 없다. 그래서 김천의료원에서는 감염병 재유행에 대비하여 장기대책을 마련하기로 했다. 일반 환자도 입원하면서 코로나19 환자와 감염병 환자도 동시에 입원할 수 있게 격리병동 공조시설을 갖춘 음압격리병상을 3개에서 20개로 늘리기로 했다. 이를 보건복지부에 건의해서 예산을 확보하고 전용 엘리베이터도 예산에 추가로 포함시켰다.

긴급건의였음에도 예산이 변경 확정되어 격리병동 공조시설 변경공사를 5월 말에 진행을 시작하여 8월 초에 완공을 예상하고 있다. 이에 따라 이후 코로나19 환자가 추가로 발생하게 되더라도 긴급하게 병동을 운영할 수 있게 됨으로써 안전하고 신속한 대처가 가능해진 것이다.

이제 김천의료원은 보건복지부로부터 지역책임 의료기관으로 선정되었다. 주어진 역할의 중요성만큼 갖춰 나갈 의료원의 시설과 규모도 더 키워야겠지만 무엇보다 지방의료원으로서의 지역사회와의 끈끈한 연계를 구축하는 것이야말로 중요하지 않을 수 없다. 건강 격차, 지역 격차를 줄이는 정책과 관심, 책임의식을 가지고 그 위상을 나날이 높여야 한다. 갈 길이 멀고 남은 과제는 쌓여만 가지만 코로나19를 통해 공공의료가 나아가야 할 길, 그리고 우리 의료원이 나아가야 할 방향만은 더 선명하게 머리에 새겨졌다.

소중한 것은 어려울 때 더욱 빛이 나기 마련이다. 코로나19를 맞아 김천의료원에서 직원들과 함께 그 땀방울로 국민들에게 우리의 노력을 보여주었다고 생각한다. 그동안 노력해온 지방의료원으로서의 역할과 중요성을, 또한 그 저력을 한껏 보여줬다고 생각한다. 공공의료의 현실을 여실히 보여주었고 확연하게 들어난 부족한 것이 무엇이고, 이제 우리가 준비해야 할 문제가 무엇인지에 대한 국민적인 공감을 얻었다고 감히 생각해본다.

우리 소중했던 날들의 기억

어떤 것도 쉬운 결정은 없었다. 모두가 머리를 쥐어 짜내어 내린 결정이었다는 것을 우리는 잘 알고 있었다. 코로나19가 발병되고 언론에 쏟아진 수많은 보도 중 결정에 도움이 되는 모든 정보는 카카오톡을 통해 함께 공유하면서 의사 전달, 의견 개진, 마지막 결정 등을 동시간대에 함께 공유했다. 지금도 누구 하나 빼놓지 않고 처음 공유했던 소개명령서를 시작으로 마지막 환자를 보내고 찍었던 사진을 끝으로 우리의 70일간의 기록은 각자의 스마트폰에 남아 있다. 아무도 로그아웃을 하지 않아 여전히 재유행을 대비하고 있다고 우스갯소리로 말하지만, 거기에는 우리의 땀과 열정의 기록이 고스란히 남아 있다. 날려버리기에는 그 시간이 너무 아깝고 소중해 그 카톡방은 모두가 영원히 지우지 못할 것 같다는 생각이 든다.

길을 찾을 수 없을 때 길을 열어준 우리들만의 그 집단지성이 그러하듯이 김천의료원을 하나로 묶어준 그 마음과 난관을 헤쳐 나갈 수 있게 힘과 시간을 벌게 해준 고마운 비결을 간직한 카카오톡은 수평적 리더십의 좋은 사례가 될 만한 증거로 의료진의 마음에 오랫동안 기억될 것이다.

위기는 아직 끝나지 않았다. 오늘도 현장을 지키며 일선에서 굵은 땀방울을 흘리고 있는 이유이다. 한 인간의 기억이란 영원할 수 없어 모두 담을 수 없으므로 김천의료원의 70일간의 기록을 이 책에 담아 코로나19를 함께 이겨낸 김천의료원의 의료진과 전 직원들을 오랫동안 기억하고 싶다.

힘들고 어려운 시기에 우리 의료원을 믿고 찾아주신 환자분들, 그리고 아낌없는 지원과 격려를 보내주신 국민들과 관계자분들에게 이 지면을 빌려 다시 한 번 감사의 인사를 드리고 싶다.

언젠가 코로나19가 종식되고 다 함께 웃으며 이때를 추억할 수 있는 날이 오기를 기대해본다. 그날까지 김천의료원 파이팅! 대한민국 파이팅!

2020년 6월

김천의료원장 김미경

Contents

PART 02 그대 걱정 말아요! 우리가 지켜줄게요

PART 03 슬기로운 병동생활

PART 04 동행, 인생을 함께 걸었던 70일

PART 01

집단 지성의 승리, 당신들은 영웅입니다

김천의료원은

메르스, 코로나19 등 앞으로 찾아올 어떠한 바이러스와의 전쟁에서도

그간의 경험과 대처방법을 바탕으로 한 믿음으로

김천 시민, 나아가 경상북도 도민들에게

지역공공의료기관으로서 당당히 자리매김을 할 수 있을 것이다.

코로나19, 김천의료원 100년 역사에 한 획을 긋다

경상북도 감염병지원단장 이관

김천의료원이 정상진료 업무를 시작했다는 소식을 들었다. 반가운 소식이다. 두 달 넘게 코로나19로 긴장하고, 또 긴박했던 시간들이 주마등같이 지나간다. 100년 가까운 김천의료원 역사에 이렇게 드라마틱한 일이 있었고, 앞으로도 또 있을까 하는 생각이다. 원장님께 원고를 청탁받고 나서 김천의료원을 이리저리 돌아보니 놀라운 게 한두 가지가 아니다.

먼저 김천의료원은 100년의 역사를 가지고 지역민들에게 양질의 의료를 제공하고 있었던 것이다. 감염병 지정병원으로 음압병상을 서너 병상 가지고 있는 병원 정도로 생각했는데, 김천이란 경북의 서쪽 지역에서, 그것도 100년이란 세월 동안 지역민의 굳건한 버팀목이 되어 왔던 것이다. 더구나 전국 의료원 평가에서도 최근 5년 연속 최우수 기관으로 선정되었고, 민간병원 못지않은 시설과 장비를 갖추고 있다는 데 한 번 더 놀랐다.

의료원이라는 막연한 선입관에 나 자신도 한번 되돌아보는 좋은 기회가 되었다. 물론 많은 분들의 덕택으로 현재의 K-방역이 각광받고 있고, 우리나라의 코로나19가 현재의 수준을 유지하고 있지만, 특히나 우리 경북에는 의료원들이 이번 유행에 너무나도 큰 역할을 했다. 그중에 김천의료원은 코로나19 대구 경북 확산이 시작된 지난 2월 21일부터 400명이 넘는 의료진과 직원이 70일간의 사투를 벌였다. 감염병 전담병원으로 전환되면서 병원 전체를 소개하고, 전체 병상을 코로나19 확진자 병상으로 운영해 왔으며 총 269명의 확진환자를 돌보았던 것이다.

아직도 끝나지 않은 코로나19

2020년 6월 9일 현재 확진자수는 11,852명(해외유입 1,300명, 989명 격리 중)이다. 사망자는 1명이 추가되어 누적 사망자는 274명(치명률 2.31%)이다. 생활방역으로 전환된 지도 한 달이 넘었고, 초중고가 모두 오프라인 개학을 하였다. 그렇지만 여전히 언론에 보도된 대로 수도권을 중심으로 클럽, 물류센터, 개척교회, 쉼터, 방문판매업체 등 다양한 집단에서 지역사회 감염이 산발적으로 발생하고 있는 상황이며, 국가 위기경보 단계는 심각 단계에 머물러 있다.

더구나 전 세계 215개 국가에서 천만 명이 넘는 확진자가 발생하였고, 50만 명 넘게 사망하였다. 유럽에서의 발생이 감소 추세라고 하지만 지금도 미국, 러시아, 인도, 남미 국가를 중심으로 하루에 만 명 가까이 지속적으로 발생하고 있는 국외 사정도 만만치 않은 상황에 있다. 우리 경북은 2월 19

일 처음 환자가 발생한 이래 1,383명의 확진자가 발생하였고, 그중 54명이 사망하였으며, 아직도 19명은 격리 중이다. 이 중에서 신천지 관련 감염이 35.4%, 대남병원, 푸른 요양원, 서 요양병원, 밀알 사랑의집 등 집단 시설을 중심으로 한 감염이 20.6%이었다. 그런 탓인지 확진자는 20대에서, 사망자는 80세 이상에서 가장 많았다.

공공의료의 화두, 김천의료원

자연스럽게 코로나19로 인해 '공공의료'라는 화두가 대두되었다. 공공의료에 대한 논란의 해답을 김천의료원에서 어느 정도 찾을 수 있을 것 같다. 공공의료 확충은 오래전부터 이론적으로 학계에서 또는 정치적, 사회적 배경에서 논란이 되어 왔다. 코로나19를 겪으면서 어김없이 다시 논란이 된 것이 오히려 자연스러운 일이 아닐 수 없다.

공공의료, 사실 우리나라에선 개념조차 명확하게 정립되어 있지 않지만, 시설로 보면 국가 또는 지자체가 설립한 병(의)원으로 대표된다. 그런데 우리나라처럼 전 국민이 건강보험 체제하에 있고, 이를 국가가 관리하는 시스템에서 공공의료는 과연 무엇일까? 한 사람의 의사를 양성하는 데, 그리고 병의원을 개원하는 데 국가는 아무런 지원과 투자도 하지 않은 채 개개인에게 손해를 감수하고 공공을 위해 헌신하라고 하면 아무리 숭고한 사명의식과 희생정신을 가진 개인이라도 이를 감당하기 어렵다.

우리나라에는 지방의료원이 37개(병원급 7개 포함)가 있다. 우리 경북에도 김천의료원 이외에 포항, 안동, 울진에 의료원을 두고 있다. 의료원의 역할이 아무리 선한 의도로 지역적으로나 경제적으로 소외된 계층의 필수 의료를 위해 필요하다고 생각하더라도 마냥 적자를 계속 내고 있는 밑 빠진 독 같은 기관으로 남아 있기에는 누구라도 부담스럽지 않을까? 물론 이번 코로나19처럼 대구 경북에 있어 의료원은 효자 중에 효자 노릇을 톡톡히 해냈다. 그렇지만 10년, 짧게는 5년 만에 한 번씩 오는 이러한 감염병 대유행만을 대비하는 것이 되어선 안 된다.

진료를 통해 수익을 창출하고, 정부와 지자체로부터 지원받는 사업을 수주하면서 서비스를 강화하면 충분한 경쟁력이 있을 수 밖에 없는 구조이다. 수익이 나면 공적으로 사회에 환원하면 되고, 또 민간 병원이 적극적이지 않는 노인환자, 정신질환자 등을 적극적으로 진료하며, 특성화된 전략으로 경영을 한다면 민간의료의 경쟁이 아닌 공공의료의 새로운 기회가 될 것이다. 특히 이번 코로나19 같은 감염병이 유행할 때 노인 인구가 많고, 요양시설에 있는 분들이 많은 우리 지역의 특성을 고려한다면, 이러한 환자를 수용할 수 있는 병상 수급 계획과 더불어 이러한 계층에 대한 간호, 요양인력의 수급 문제도 같이 고민해야 한다.

우리 지역의 든든한 버팀목, 김천의료원

이전까지 우리나라에서 애물단지였던 의료원이었지만 코로나19를 겪으면서 다시 조명을 받고 있다. 그 중심에 김천의료원이 단연 돋보인다. 특히나 이번 유행에서 지역 의료기관으로 병원급 의료기관이 부족한 지역적 상황에서 필수 의료인, 투석환자, 응급환자, 만성병환자에 대한 진료도 병행한 것은 웬만한 강단이 있지 않고서야 불가능한 상황이었다. 진료 과정에서 한 명의 양성환자라도 발생하는 경우에는 전체 직원과 병원이 격리되어야 하는 상황인데도, 개인위생, 보호구 착용, 동선 관리, 음압 시설 등의 감염관리를 철저하게 지켰다. 김미경 원장님의 리더십과 더불어 무엇보다 책임감과 희생정신으로 잘 따라준 김천의료원 전체 의료진과 직원이 있었기 때문이다. 이것이 김천의료원의 저력이다.

코로나19를 겪으면서 최근 그 성장세를 볼 때 김천을 비롯한 주위 도시에서의 신뢰받는 기관으로 한층 더 성장하리란 믿음에는 변함이 없다. 그리고 다시 또 이 같은 상황이 오더라도 더 성숙한 역량으로 우리 지역의 든든한 버팀목이 되어 줄 것을 확신한다.

우리는
이겨 냈다

경상북도의사회 회장 장유석

2020년 2월부터 본격화된 경상북도의 코로나19 사태가 이제 안정 단계에 접어들었다. 한때는 너무나 긴박한 상황에 좌절감이 들기도 했으나 이제는 차분히 지난 일을 돌아볼 수 있게 되었으니 참으로 감사한 일이다.

2월 18일, 대구에서 첫 확진자가 나왔다. 지리적 특성상 대구와 경북은 한 지역과 다름없고, 인적·물적 교류가 많아서 대구의 감염은 곧바로 경상북도로 번질 게 뻔하기 때문에 즉시 코로나19 대책 상황실을 열었다. 그리고 다음 날인 19일, 영천에서 3명의 확진자가 나왔다. 잔인한 봄의 시작이었다.

지난 1월 중순, 경상북도 의사회는 2만 장의 마스크를 구입하여 도내의 의사 회원들에게 배부하였다. 우리나라는 물론이고 세계적으로도 중국 이외에는 특별히 환자가 없던 시기였지만 혹시 모를 유행에 대비하기 위해서

였는데 우려는 현실로 나타났다. 우리나라, 특히 대구 경북에서 환자가 속출하였고, 자신을 보호할 수 있는 유일한 방어 기구인 마스크의 가격은 치솟고 구하기는 하늘의 별따기가 되었다. 온 동네를 헤매고 온라인 상점을 이 잡듯 뒤져도 마스크는 구할 수 없었고, 이를 틈타 재고를 쌓아두고 돈벌이를 하려는 사람도 나타났다.

갑자기 환자가 늘어나자 각 선별진료소는 몰려드는 검사자들로 북새통을 이루었는데, 이들을 제대로 관리하기 위한 인력은 턱없이 부족했다. 이때 우리 회원들이 팔을 걷고 나섰다. 각 지역 의사회에서 소속 회원들을 독려하여 각 선별진료소를 도왔다. 감염병 전담병원인 도내 의료원도 한꺼번에 많은 확진자가 입원하여 치료 인력이 부족해지자 의사회에 도움을 요청했는데, 사명감과 정이 넘치는 우리네답게 다들 본업을 제쳐두고 달려갔다.

덕분에 전담병원은 안정을 찾아갔고, 중간에 여러 사연도 많았지만 이제는 대부분의 환자가 퇴원하였다. 경증환자 관리를 위해 문을 연 생활치료 시설에도 많은 회원들이 봉사함으로써 이 치료 시설의 관리를 맡은 공중보건의 선생님들의 든든한 받침목이 되었다. 이 지면을 빌려 이러한 진료 현장에 달려와 아낌없는 도움을 주신 자원봉사 회원님들께 깊은 감사의 인사를 드린다.

나도 직접 방호복을 입고 선별 진료를 돕기도 하였고, 여러 진료 현장을 방문하며 애로점도 파악하였다. 사태 초기 환자가 쏟아질 때, 정부로부터 물품이 배부되었으나 처음에는 지역적 상황을 고려하지 않고 일률적으로 배당되는 바람에 환자 발생이 적은 지역에 물품이 넘쳐났다. 반면 경산, 청도와 같이 확진자가 폭발적으로 늘어난 지역은 마스크, 소독제, 방호복 등의 방역 물품이 부족하여 업무가 마비될 지경이었다. 이런 상황을 해결하기 위해 유관기관을 다니며 현장의 목소리를 전달하고 불합리한 점을 개선하기 위해 적극 노력하였다.

코로나19 발생 초기에는 감염 확산을 막기 위해 확진자와 접촉한 의료진들을 무조건 2주간 자가격리하였다. 하지만 이는 필요 이상의 조치일 뿐만 아니라 감염자가 속출하는 상황에서 이런 방침을 고수하면, 1인의 의사가 운영하는 수많은 동네 병원들이 문을 닫게 되므로, 심각한 지역의료 공백을 초래할 수 있는 상황이었다. 이후 각계의 요청으로 이 지침은 환자와 의사 모두 마스크를 착용한 경우에는 의료기관 소독만 하면 바로 진료가 가능하도록 개선되었다. 하지만 이 또한 각 지역별 일선 역학조사관의 지침에 대한 인지도가 달라서 뜻하지 않는 어려움을 겪기도 했다. 상황에 따라 불합리한 지침이 있으면 즉시 개선하고, 바뀐 지침이 일선에 신속 정확하게 전달되어서 혼선이 생기지 않도록 하는 등 모든 상황을 통합적으로 관리하는 컨트롤 타워 운영의 필요성을 절감한 아쉬운 점이었다.

공기의 흐름이 막히는 방호복을 입을 경우 금방 땀에 젖으므로 내의 대용으로 수술복을 입는데, 각 전담병원에 마련된 수술복으로는 수요를 감당할 수 없다고 해서 도움을 요청했다. 그러자 우리 지역은 물론이고 전국 각지, 심지어는 해외에서까지 수술복을 보내주어 물품 부족이 금방 해결된 감동의 경험도 있었다. 또 기초 수급 대상자였던 포항의 한 시민이 본인에겐 매우 큰 50만 원을 보내온 일, 멀리서 응원할 수밖에 없다며 메시지와 함께 먹거리를 보내온 일, 그밖에 일일이 소개하기 힘든 많은 감동스러운 일들을 겪으며, 온 국민을 고통에 빠지게 한 감염병의 대유행 중에도 따뜻한 치유의 마음이 피어나고 있음을 느꼈다. 지금 이렇게 안정을 되찾은 것은 바로 이 간절한 마음들이 모였기 때문이 아닌가 하는 생각도 든다.

코로나19는 특히 노인 환자들에게 치명적이었다. 그래서 사망자의 대부분이 고령 환자였는데, 이 잔인한 병은 사랑하는 가족의 마지막도 지켜보지 못하게 만들었다. 우리 역시 소중한 동료를 잃었다. 건강히 일어나 마주할 수 있을 것 같았던 허영구 원장과의 이별은 아직도 믿기지 않는다. 고인은 필자와 같은 경산 지역에서 오랫동안 같은 자리를 지키며 환자를 진료했다. 항상 환자를 먼저 생각했던 허영구 원장의 마지막이 그가 그토록 지키려 했던 소명의식과 맞닿아 있어 더욱 숙연한 마음이 든다. 떠나간 그곳에서는 고통 없이 쉬기를 기원한다.

두 달이 넘는 시간 동안 우리는 싸우고 버텼다. 그 지독한 전투 끝에 지난 4월 21일 드디어 도내 일일 확진자 0명을 기록했고, 이후 몇 명의 추가 확진자를 비롯해 수도권에서는 지금도 확진자가 나오고 있지만 경상북도는 더 이상의 대규모 확진자 없이 잘 관리되고 있다. 그러나 아직 완전히 끝나지 않은 전쟁에서 긴장의 끈을 놓아서는 안 되고, 추후에 반복될 불행을 대비하기 위한 준비도 필요하다. 또다시 어떤 형태로든 2차 유행이 올 것이란 것이 중론인데 이에 대한 대비도 철저히 해야 한다.

코로나19로 경영 위기를 맞은 회원들을 도울 방법도 찾아야 한다. 정부는 의료계에 도움을 요청할 때는 뭐든지 다 해줄 것 같았으나, 지금은 손실이 난 의료기관에 대한 보상은 물론이고 어려움에 빠진 의료계를 도울 의료 정책 또한 여전히 기대하기 어려운 상황이다. 이런 현실에서 향후 2차 유행이 온다면 회원들에게 또다시 희생과 헌신을 요청할 수 있을까? 이 부분에 대한 관계 당국의 성의 있는 대응과 실질적인 보상책 마련이 절실하다.

우스갯소리로 다들 2020년은 없는 해라고 한다. 올해가 눈부셨어야 할 신입생, 당당한 사회인으로 출발했어야 할 졸업생, 결혼식을 올리려던 신혼부부 등등 누구에게나 잔인하고 정신없는 시간이 지나가고 있다. 시간은 계속 흐르고 있다.

이제는 미래를 대비해야 한다. 우리는 2020년 봄을 코로나19와 함께 보냈지만 잘 극복했고 앞으로도 잘 해 나갈 것이다. 이번 경북의 코로나19를 잘 극복할 수 있게 도움을 주신 많은 의사 회원, 의료계 종사자, 관계 공무원에게 큰 감사의 인사를 드리며, 특히 놀랍게 성숙된 의식으로 의료계의 권고를 잘 수행해준 도민 여러분께 큰 박수를 보낸다.

"이 모든 것이 여러분 덕분이며, 승리는 여러분의 것입니다!"

감염대란에서 빛난 간호사들의 숭고한 헌신

대한간호협회 회장 신경림

"존경하는 김천의료원 직원 여러분! 밤낮을 가리지 않고 코로나19 바이러스와 싸워주셔서 고맙습니다.

김미경 원장님의 전폭적인 지원 속에 간호사를 비롯해 전 직원이 안전하게 코로나19 감염병 전담병원에서 해제된 것을 진심으로 축하드립니다. 그리고 사명감 하나로 환자 곁을 24시간 지키며 고군분투했던 간호사들의 노고에 감사드립니다.

사스와 메르스 때처럼 이번 코로나19 사태에서도 간호사들의 숭고한 헌신이 없었다면 감염병과의 전쟁에서 이길 수 없었습니다. 간호사들은 중환자실, 선별진료소, 확진자 병동, 생활치료센터 등 환자가 있는 모든 곳에서 방호복을 입고 바이러스와 끝까지 싸웠습니다. 특히 감염 위험을 무릅쓰고 간호 인력이 부족한 대구 경북지역 의료 현장에 지원한 3,959명의 자원봉사

물결은 정말 감동이었습니다.

간호사들의 몸속에 흐르는 국난극복 DNA가 너무 자랑스럽습니다."

나는 대구 경북지역에 집단감염이 발생한 순간부터 힘들게 고생하는 후배 간호사들을 생각하며 수차례 현장으로 달려갔다. 현장에서 자신의 생명보다 코로나19 환자를 먼저 생각하는 간호사들을 보니 고마움과 함께 마음이 아팠다. 무엇보다 열악한 환경과 조건에서 코로나19와 전쟁을 벌이고 있었기 때문이다.

코로나19 발생 초기엔 마스크, 페이스 쉴드, 레벨D 방호복, 음압기기 등의 장비 부족으로 소독 후 여러 명이 돌려쓰기도 했다. 무엇보다 지방은 간호사의 수급 불균형이 심해 근무 환경 개선이 시급했다. 김천의료원은 간호간병통합서비스 운영과 간호 3등급을 유지하고 있어 그나마 위안이 됐다. 하지만 여전히 간호 인력에 대한 고민을 안고 있어서 제도 개선이 필요하다는 것을 이번 코로나19 사태로 인해 절실히 느꼈다.

높은 피로도는 감염의 주요 원인이 되기에 의료기관에 적정 인력의 간호사를 배치하고 충분한 휴식을 제공하도록 촉구했다. 또한 영안실을 간호사 숙소로 제공하는 의료기관에도 시정을 요청했다. 특히 대한간호협회는 성명서를 통해 21대 국회의 코로나 간호사 추경예산 편성은 물론 간호 정책을 담당할 간호정책과 부활 등 간호사를 국가의 최상위 중요 자원으로 인식하고 관리하는 정책 수립을 강력히 주문했다.

방역과 일상이 함께하는 새로운 도전에 직면한 지금, 우리 간호사들은 국민의 건강과 안전을 지키기 위해 최선을 다할 것이며, 대한간호협회도 대한민국이 건강한 일상으로 돌아가는 그날을 위해 앞장서 응원할 것이다.

그대 김천의료원,
거기 있음에

바른시민모니터단 회장 이장재

지금까지 나의 개인 생활사와 가정사를 자서전 형식으로 5호를 만들었다. 지금은 6호 원고를 계속 쓰면서 '올해 코로나19의 역사를 기록해 두어야겠다.'는 생각을 하고 있었다. 그래서 코로나19 극복에 중심 역할을 한 김천의료원과 관련된 소회를 정리하고 싶었다.

올해 2월 중순부터 스마트폰에 재난안전문자가 중앙재난안전대책본부, 광역과 기초지자체 등에서 쉴 새 없이 쏟아져 왔다. 재난안전문자 내용 중에 가장 공포스러운 것은 확진자 동선인데, 혹시 나의 동선이 동시간대에 겹쳐질까 조마조마했다. 그러던 지난 2월 22일 토요일, 대구 모 교회에서 코로나19 첫 확진자가 발생하였고 감염 확진자가 폭증한다는 뉴스가 반복해서 흘러나오고 있었다.

우리 가족이 가장 먼저 염려한 상황은 대구에서 변호사 생활을 하는 큰아들의 출퇴근 동선에 이 교회가 가까이 있다는 것이었다. 다음 날인 일요일은 코로나19 환자가 더 폭증하는 기세였고, 당장 아들의 월요일 출근이 걱정되었다. 가족회의를 거쳐 내린 최선의 결정은 당분간 김천에서 자가용으로 출퇴근하는 것이었다. 그런데 이때 대구에 넘쳐나는 환자를 김천의료원이 수용하며 일반 병실 전부를 비워 관리 치료하는 감염병 전담병원으로 지정되었다는 뉴스가 나왔다. '이제 김천도 안심할 형편이 아니구나.' 하는 걱정이 앞섰다.

그래도 한편으론 솔직히 김천의료원에 대한 믿음이 있어서 크게 안심이 되긴 하였다. 왜냐하면 김미경 원장님은 5년 전 메르스(중동호흡기 증후군) 사태 때에도 의료 현장에서 진두지휘한 경력이 뒷받침하는 노하우와 역량을 충분히 갖춘 명장이기 때문이다. 여기에 김천의료원은 100년 전통을 지닌 지역 공공의료의 중심이자 그에 걸맞게 각 전공 진료과에는 최고의 실력으로 정성을 다하는 의료진이 포진하고 있기 때문이기도 하다.

그런데 며칠 지나자 대구 경북에 넘쳐나는 환자를 수용할 수 없어서 대구와 경산지역 환자를 김천의료원으로 이송한다는 소식에 들려왔다. 그래서 직접 병원 주변을 살펴보아야 사정을 잘 알 수 있을 것 같아 차를 몰고 가 살펴보니, 주차장 위치에 코로나19 선별진료소 텐트가 설치되어 있고 차량과 사람을 통제하는 모습이 보였다. 'TV에서만 보았던 코로나19 확진자가 우리 지역을 덮칠 수도 있겠구나.' 하는 생각이 불현듯 들며 불안하였다. 그래서 비록 작은 힘이지만 의료진을 응원할 방법을 생각하다가 내가 소속된 시민단체에서 마음을 모아 '김천의 힘, 김천의료원을 응원합니다'라는 현수막을 검사소 부근에 걸기로 했다. 현수막을 확인하면서 비록 작은 정성이지만 의료진들에게 힘이 되었으면 하고 발길을 돌렸다.

며칠 뒤에 의료원에 업무차 방문할 일이 있어서 정문으로 들어가니 발열 검사와 손 소독을 하고 출입자 명부를 작성하고 있었다. 절차를 마치고 복도로 들어가니 코로나19 격리병동을 출입하는 곳은 완전히 차단되어 있었다. 가끔씩 보이는 의료진도 레벨D 방호복으로 완전무장한 모습을 보니 안심은 되면서도 감염 공포는 어쩔 수 없었다.

업무를 마치고 원장님을 잠시 찾아뵈었는데 접견실 벽에 새 족자가 걸려 있었다.

'醫療報國'

우리 지역의 대한민국 서예 명장이 같은 마음으로 직접 쓰신 격려 족자였다. 지역민들의 마음은 모두가 같다는 생각이 들어 가슴이 뭉클해졌다. 원장님이 병원 현황과 그간의 대처 상황을 대략 알려주신 후,

"미증유의 위기이지만 반드시 이겨 내어 환자를 구하고, 지역을 지키겠다."고 하셨다. 그 모습은 마치 대장 계급장을 단 작은 거인이었다. 면담을 마치면서 '김천의료원의 방역 성공비결이 무엇일까?'라는 생각이 들어 곰곰이 나름대로 정리를 해보았다.

첫째, 서번트 리더십(servant leadership)

병원장의 경영철학이 인간 존중을 최우선으로, 섬기고 봉사하는 자세를

지녀 의료진과 행정지원부서 등 전 구성원들의 의견을 경청하여 소통하고 지지함으로써 잠재력을 이끌어 내는 지도력이 있었다.

둘째, 동기부여(motivation)

코로나19 확진자 진료에 내과 의사와 간호사만으로는 계속된 장기 진료에 과부하를 가져올 수밖에 없다. 이러한 위기상황에서 생명을 담보로 하는 확진자 진료라는 극한의 진료 환경에 다른 과 전공의들의 자발적이고 긴밀한 협동(close collaboration)이 이루어졌다. 이는 평소에 형성된 배려와 협력의 조직문화가 마치 전쟁터에서의 전우애처럼 과부하를 극복하고 있었다.

셋째, 매뉴얼에 따른 대비

정신무장이 철저하여도 평소에 훈련이 제대로 체화(體化)되어 있지 못하면 위기 상황에서 혼란을 야기할 수 있다. 그러나 유비무환(有備無患)의 자세로 2015년 메르스 사태 때의 축적된 경험과 매뉴얼에 충실하여 각 업무별로 예측되는 상황에 선제적 대응으로 조치하였다. 그리고 시행 과정상의 문제점은 즉각적인 토론으로 집단지성을 발휘하여 해결하였다.

넷째, 지역적 신뢰자본(信賴資本)의 축적

코로나19라는 경험하지 못한 국가적 재난 상황에서도 김천의료원에 대한 환자와 지역민들이 탄탄한 신뢰도가 점증되어 음압병실을 갖춘 국가지정 감염병 전담병원으로서의 역할을 충분히 수행하였다. 더불어 이러한 신뢰로 지난 5월 6일 일반인 환자 진료 재개에 이어 조기 정상적인 진료 체계로 복구되어 정상화되었다.

"눈 덮인 들판을 걸어갈 때 어지럽게 함부로 걷지 마라. 오늘 남긴 네 발자국이 뒷사람의 길이 된다."

서산대사의 선시이자, 백범 김구 선생의 애송시 '답설야중거'에 나오는 말이다. 이번 코로나19 극복을 통해 100년 김천의료원의 저력이 또 다른 100년의 저력이 될 것이다. 그대, 김천의료원 거기 있음에 김천 시민의 건강은 안심 단계이다. 다시 한 번 위기에 빛난 '우리 곁의 醫療報國 영웅들'에 깊은 찬사를 드린다.

70일간의 사투를 벌인 김천의료원 의료진 및 전 직원 여러분을 응원하며…

김천의료원 인사위원 이주영

코로나19가 우리 입에 오르고 내리기 시작한 지도 벌써 몇 개월이 흘러갔다. 또, 코로나19는 전반적으로 우리의 생활양식을 통째로 바꾸어 버렸다. 이것은 한국만이 아닌 지구촌 곳곳 전 세계에 걸쳐 그 이전의 세상으로 되돌릴 수 없게 모든 것을 변화시키고 말았다.

코로나19 발발 후 김천의료원의 외부 인사위원인 나는 신입사원 채용 건으로 병원을 방문했다. 내가 도착한 병원의 모습은 여느 때와는 사뭇 달랐다. 차에서 내려 주차를 하고 1층 로비에 도착했을 때 체온계로 열 체크를 하였고, 방문대장에 인적사항을 꼼꼼히 기록해야 출입을 허가받을 수 있었다. 승강기를 타고 도착한 그곳은 입구를 분리시켜 칸막이를 설치하였고, 병원 의료진의 옷차림도 예전과는 많이 달라져 있었다.

면접 장소인 회의실로 올라가서 병원 사정을 전해들을 수 있었고 이어 채용면접을 끝내고 병원을 나왔다. 병원 밖에는 여기저기서 들어온 후원물품들이 가득했고, 병원 옆 공영주차장에는 Drive Through 방식으로 코로나19 검사를 하고 있었다. 차창 밖으로 비친 의료진들의 모습에는 피로와 지침이 가득했다.

TV 뉴스를 통해서 감염병 전담을 위해 도립의료원인 포항의료원, 김천의료원, 안동의료원 3곳을 코로나19 확진자 격리병원으로 지정했다는 이야기를 들을 수 있었고, 김천에 살고 있는 나는 살짝 걱정이 앞섰다. 하지만 내가 알고 있는 김미경 원장님이라면 어떤 방법을 동원해서라도 슬기롭게 헤쳐나갈 것이라고 믿었다.

연일 넘쳐나는 확진자로 인해 김천의료원과 전국의 코로나19 병동은 공포 그 자체였다고 한다. 엄격한 출입통제와 음압시설로 내부 공기를 저기압 상태로 유지시켜 의료진 및 의료원 직원으로의 바이러스 전파를 예방해야 했다. 또한 의료진은 땀으로 범벅이 되는 개인 보호장비를 하고 진료와 치료를 해야 했으며, 환자는 인공호흡기로 숨을 쉬어야 했다. 그런가 하면 치료용 각종 약들을 혈관으로 투여하며 일분일초를 조절해야 했고, 모니터를 통해 혈압, 호흡, 혈중 산소, 심전도 등의 상황을 모두 주시하며 투여하는 약의 양을 정확히 조절해야 했다.

그중 가장 두려운 것은 의료진에게도 코로나19가 언제 전염될지 모른다는 것이다. 그즈음 다른 지역의 많은 의료진의 감염과 사망 소식은 의료진들의 사기를 바닥까지 떨어뜨려 놓기도 했다. 그간 필설로 다할 수 없는 상황들이 코로나19 병동과 중환자실의 모습이었다는 것을 뒤에 전해 들을 수 있었다.

난세에 영웅이 난다고 했던가! 이러한 급박한 상황에 김미경 원장님께서는 비접촉 소통 도구인 SNS를 활용하여 의료진들의 의견을 수렴하며 만족도와 사기를 증진시켰고, 누구보다 앞장서 코로나19 병동에 들어서며 솔선수범하는 모습을 보이며 직원들을 격려하셨다고 했다.

2020년 3월 5일 코로나19 확진자 첫 퇴원이란 결과는 김천의료원에 근무하는 의료진과 모든 사람이 만들어낸 기적 그 자체였다. 하나하나 꿰어 만든 인연의 끈들이 모여 서로를 신뢰할 수 있게 되었고, 400여 명이 24시간 사투를 벌여 코로나19 안정화에 각자 최선의 노력으로 2020년 5월 6일 드디어 정상 진료에 들어갈 수 있게 되었다.

하나의 생활권이 된 지구촌은 마치 한 지역에 사는 사람들처럼 전염병을 쉽게 전파시켜 버렸다. 매일 많은 감염 의심자를 확인하고 조사하며 생활 속 수칙을 준수하면서도 또 다시 감염될 수 있다는 공포의 나날을 보내고 있는 것이 우리의 현실이다.

가장 안타까운 것은 대부분의 일반인은 코로나19가 감염이 얼마나 무서운지 모른다는 사실이다. 코로나19는 쉽게 하루아침에 종식될 문제가 결코 아니며 우리가 앞으로 함께 더불어 살아가야 할 문제로 아직은 그 해결점이 보이지 않는다. 트럼프가 코로나19 백신을 개발하라고 독촉한다고 하루아침에 개발될 수 있는 것은 더더욱 아니다. 개개인이 사회적 거리두기를 준수하며 위생관리를 철저히 하는 것 외엔 별다른 대응책이 없다.

지구촌이 존속되고 인간이 이 땅에 살고 있는 한 우린 무수한 바이러스와의 전쟁을 할 것이다. 코로나19는 사라지는 것이 아니라 또 다른 모습으로 우리를 찾아와 혼란에 빠트릴 것이다. 김천의료원은 메르스, 코로나19 등 앞으로 찾아올 어떠한 바이러스와의 전쟁에서도 그간의 경험과 대처 방법을 바탕으로 한 믿음으로 김천 시민, 나아가 경상북도 도민들에게 지역 공공의료기관으로서 당당히 자리매김을 할 수 있을 것이다.

70일간의 사투를 벌인 김천의료원 의료진 및 모든 직원 여러분을 힘차게 응원합니다. 파이팅!!!

덕분에...

매일신문 기자 신현일

2015년 메르스 사태 당시 김천의료원은 '첨단 음압병실'로 지역민들의 관심을 받았다. 뉴스를 통해 대형병원에나 설치된 음압병실을 처음 접했던 지역민들은 김천의료원에 음압병실이 있다는 것을 신기해했다. 일부 지역민들은 음압병실로 인해 외부에서 메르스 환자가 지역으로 옮겨오는 것에 불만을 나타내기도 했지만, 메르스 사태가 끝난 후에는 첨단장비를 갖춘 병원이란 신뢰를 받게 되는 계기가 됐다.

메르스 사태 이후 김천의료원을 바라보는 지역민들의 시선은 확 바뀌었다. 민간병원보다 나은 장비를 갖추고, 우수한 의료진들이 진료하면서 지역민들의 신뢰가 생겨났다. 지역민들의 사랑과 신뢰는 외래·입원환자 증가로 이어졌다. 병상이 모자라 대기 환자가 늘고, 병실이 없어 수술 예약 환자가 발을 동동 구르는 진풍경까지 벌어졌다. 병실가동률도 90%를 훌쩍 넘었다.

이는 선순환으로 이어졌다. 수익이 늘어난 김천의료원은 매년 새로운 의료 장비를 구입하고 시설 투자를 진행했다. 대학병원에 가지 않아도 검사와 진단, 수술 등 최신 의료서비스가 가능해지면서 지역민들이 가장 신뢰하는 병원으로 자리매김했다.

이 같은 급성장에 힘입어 김천의료원은 메르스 후 경북 도내 공공병원 중 최고의 경영 성과를 냈다. 이에 대해 일각에서는 공공병원이 수익을 올리는 데 너무 힘을 쏟는 것 아니냐는 지적도 있었다. 승승장구하던 김천의료원은 올해 2월 코로나19로 중국이 홍역을 앓을 때부터 다시 주목받기 시작했다. 대구 경북에 환자가 발생할 경우, 음압병상에 코로나19 환자를 수용해야 했던 것.

코로나19 사태가 본격화하자 김천의료원은 공공의료의 첨단에서 코로나19와의 사투를 시작했다. 병실가동률 100%에 육박하던 모든 병실에서 입원환자를 전원하거나 퇴원시켰다. 음압병상을 늘리고 이중 삼중 차단벽을 설치해 코로나19와의 힘든 싸움에 나섰다.

김천의료원 구성원들이 한창 코로나19와 사투를 벌일 때 취재를 위해 방문한 적이 있다. 당시 의료진들의 눈물겨운 희생은 타 매체들에서 많이 다뤘기에 보이지 않는 곳에서 묵묵히 제자리를 지킨 의료원 일반 직원들의 이야기를 다뤘다.

묵묵히 제자리에서 맡은 일에 최선을 다했던 김천의료원 모든 구성원은 지난 5월 6일 코로나19와의 긴 싸움을 마치고 일상으로 돌아왔다. 며칠 전에는 고등학교 친구의 어머니가 김천의료원에서 무릎인공관절 수술을 받았다는 이야기를 들었다. 코로나19로 미뤘던 수술을 이번에 결정하셨다고 한다.

아직 전국 각지에서 산발적인 환자 발생 소식이 들리고 있지만 가까이 있는 김천의료원이 감염병 전담병원의 역할을 마치고 일반 환자를 받는다는 소식에 코로나19도 극복할 수 있다는 자신감을 느끼게 된다. 메르스 이후 김천의료원이 지역민들의 신뢰를 바탕으로 한 단계 성장했듯이 이번 코로나19 이후에도 김천의료원 구성원들의 헌신적인 노력을 기억하는 지역민들은 아낌없는 사랑과 신뢰를 보낼 것으로 믿는다.

코로나19와의 힘든 싸움을 마치고 일상으로 돌아온 김천의료원 의료진과 구성원 모두에게 감사 인사를 전하며 왼손 손바닥 위에 '엄지 척'을 올린다.

의료 공백 막은 사전준비 '현장에서'

동아일보 기자 명민준

경북 김천의료원 응급실에 다급한 전화벨이 울렸다. 기저질환인 만성신부전증을 앓고 있는 A 씨(70)가 신종 코로나바이러스감염증(코로나19) 증세까지 나타나 상태가 위중하다는 내용이었다. 당초 거주지인 김천에서 다른 지역 병원으로 이송했지만 코로나19 환자가 많아 치료를 받지 못하고 되돌아오고 있다고 했다.

기능을 잃은 신장 때문에 긴급 투석을 받지 않으면 목숨이 위태로운 상황. 게다가 치료 시간이 얼마나 지체됐는지, 코로나19 증세는 어느 정도로 진행됐는지 가늠할 길이 없었다. 응급실 의료진은 환자 목숨이 벼랑 끝에 서 있다고 판단했다. 김천의료원은 곧바로 위기대응 긴급조치를 발동했다.

이후 의료진은 일사천리였다. 의사와 간호사는 방역의 기본인 레벨D 방호복을 착용하고 A 씨를 2층 음압격리병상에 따로 마련한 코로나19 의심환자 통로로 이동시켰다. 동시에 그곳의 입원환자 3명 모두는 미리 짜 놓았던 동선의 복도와 계단을 이용해 안전하게 1층으로 옮겼다. 서로 겹치지 않아 코로나19 바이러스는 원천적으로 차단됐다.

이날 신장투석을 무사히 마친 A 씨는 건강을 회복하고 있다. 이후 코로나19 음성 판정도 받았다. 현재 이틀에 한 번 김천의료원에서 투석시술을 받고 있다. 의료진은 잠복기를 감안해 A 씨에게 코로나19 전용 통로를 이용하게 하고 있다.

김천의료원은 2020년 2월 20일 경북의 코로나19 전담병원으로 지정됐다. 하지만 지역 의료 공백이 걱정이었다. 인구 14만 명의 도시에 응급환자를 치료할 큰 병원이 김천의료원을 포함해 2곳뿐이기 때문이다. 묘안이 필요했다.

현재 김천의료원은 일반 환자와 코로나19 환자를 효율적으로 치료하는 이원화 구조로 바뀌었다. 먼저 코로나19 치료 병동인 3~5층에는 입구부터 병실 앞까지 3중 패널(가림 장치)로 막았다. 곳곳에 이동식 음압기를 배치해 바이러스가 외부로 누출되는 것을 봉쇄했다. 병동으로 이어지는 계단 5곳 가운데 1곳과 엘리베이터 3기 중 1기를 코로나19 확진 및 의심환자와 해당 의료진 전용 통로로 사용한다. 1, 2층 외래 진료 복도에도 일반 환자와 접촉하지 않도록 이동 동선을 따로 구축했다.

사전에 준비한 이유를 묻자 김미경 김천의료원장은 덤덤하게 "코로나19 환자 치료도 중요하지만 일반 시민들이 의료 공백을 느끼지 않고 생활할 수 있도록 하는 것도 우리 의료인의 역할이다."라고 말했다. 김천의료원은 병원 내부의 동선을 조금씩 바꾸는 방법으로 코로나19 방역과 응급환자 치료를 모두 해내고 있다.

이 같은 치료 환경 덕분에 김천의료원은 15일 현재 경북의 코로나19 전담병원 가운데 가장 많은 152명의 환자를 돌보고 있다. 김천의 확진자도 경북 전체의 2% 정도다. 코로나19 환자로 인해 응급실이 폐쇄된 적이 없어 일반 환자에 대한 응급조치에도 소홀함이 없다.

PART 02

그대 걱정 말아요!
우리가 지켜줄게요

끝나지 않는 코로나19이지만
우리는 항상 어려움을 극복한 저력이 있었고,
설령 다시 어려운 상황이 닥친다 해도
이런 노력과 도움, 협조가 있다면 이 또한 극복될 것이라 믿는다.

코로나19 입원환자 치료 후기

1내과 과장 이영석

코로나19의 급박했던 상황이 다소 안정되어 가던 4월 어느 날, 외래진료를 받으러 오신 할머니께서

"코로나19 환자가 아직 입원해 있나요?"

"네."

"과장님도 직접 환자를 보시나요?"

"네. 저도 코로나 입원환자를 진료하고 있습니다."

순간 할머니의 표정이 변하며

"그럼 얼른 약만 주세요."

하시며 벌떡 일어나신다.

내가 코로나바이러스로 보이는가?

2020년 1월 20일 국내에서 첫 번째 코로나19 확진자가 나온 뒤, 2월 18일 이후부터 대구 경북에서 환자가 급속히 늘어나기 시작하였다, 긴박히 돌아가는 상황에서, 전국의 여러 병원에서 코로나19 환자로 인한 응급실 폐쇄 소식이 연일 매스컴에 보도되고 있었다. 우리 병원에서도 곧 입원환자를 받아야 한다는 소식에, 처음 접하는 코로나19 환자 치료는 어떻게 해야 하나, 혹시 치료 중에 감염되지는 않을까 걱정을 안 할 수가 없었다.

그러던 중에 2월 21일 드디어 2층 음압병실에 3명의 코로나19 환자가 처음으로 입원하였다. 그날 내과 당직이었던 내가 담당하게 되었는데, 처음 경험하는 질병이라 긴장 속에 환자를 보러 음압병실로 들어갔다. 일반적으로 환자를 진료할 때의 절차인 자세한 병력 청취, 이학적 검사 등은 현실적으로 어려운 상황이었다. 아직 익숙지 않은 레벨D 방호복 착용, 음압병실의 소음, 밀착된 N95 마스크, 고글에 서린 김으로 인한 불편한 시야 등으로 환자 진료가 쉽지 않았다.

세 분 중 특히 두 분은 모녀지간으로 코로나19 입원환자 치료 중 가장 힘들었던 환자분들로 기억된다. 두 분이 서로 보호자 역할을 하면서 서로에 대해 많이 걱정하며 불안함을 감추지 못했다. 나 또한 두려움과 긴장 속에 입원환자의 첫 진료가 시작되었고, 모녀의 흉부 사진, 혈액검사 등을 확인하였다. 딸은 이미 흉부 사진상 폐렴 소견을 보이고 있었고, 어머니 역시 수일 후부터 심한 고열과 흉부 사진상 폐렴 소견을 보이기 시작했다. 일부 효과가 있다고 알려진 항바이러스제, 항생제, 수액 투여와 증상에 대한 투약을 하면서 경과를 지켜보았다. 하지만 설사 구역 등 약제의 부작용이 생기고, 식욕부진, 계속되는 발열과 허약감, 흉부 사진상 악화와 호전이 반복되는 등 이후에 경험한 다른 환자분들에 비해 무척 어려운 경과를 보였다.

10여 일 이상 발열이 지속되어 전원을 고민하던 중, 입원 12일째부터는 산소포화도도 감소하여 상급기관 전원 요청을 하였으나, 더 위중한 환자들로 인해 당장 전원이 어려운 상황이라고 하였나, 급속히 악화되어 생명이 위험한 상황이 발생하면 어떡하나 하며 마음 졸이면서 상태를 지켜보는 수밖에 없었다.

입원 3주째 접어들자 다행히 조금씩 열이 떨어지고 전신 상태는 다소 호전돼 보이나, 여전히 간헐적인 미열은 상당 기간 계속되었다. 코로나PCR 검사 2차례 음성 등 퇴원 기준을 충족하여 퇴원을 고려 중, 입원 4주째 다시 피 섞인 객담과 위산역류 증상을 호소하는 등 또다시 긴장되는 상황이 발생하였다. 여러 차례의 힘든 고비를 겪은 후, 드디어 35일 만에 무사히 퇴원하였다. 딸 또한 내원 때부터 보였던 폐렴이 약간 호전되는 듯하다 입원 10일경부터는 흉부 사진 및 혈액 검사상 다시 악화되었다가 호전되었고, 수차례 악화와 호전이 반복되다가 어머니보다는 빨리 회복되어 입원 4주가 지나서 퇴원하였다.

코로나19 환자들의 경과는 정말 다양하였다. 입원 당시 거의 무증상인 분, 약간의 인후통과 간헐적 미열만 있는 분, 입원하자마자 호흡곤란이 있어 바로 산소투여 치료를 받다가 증상 악화로 상급기관으로 전원하신 분, 흉부 사진상에는 심한 폐렴 소견이 있었으나 증상은 거의 없으셨던 분, 6주 이상의 입원 치료에도 코로나바이러스 PCR 검사상 음성과 양성이 수차례 반복되어 기대와 실망으로 우울증에 빠지신 분 등등 병명은 같으나 상황은 다르니 더욱더 긴장된 생활의 연속이었다.

코로나바이러스감염증은 피해자가 가해자가 될 수 있다는 점에서 더욱 심리적 스트레스를 가중시킨다. 코로나19 입원환자를 치료하는 기간 중, 나도 발열이나 기침, 인후통 등의 증상은 없었으나 심한 피로감 및 콧물 등의 비염 증상이 있어 2차례 검사를 받았다. 이런 증상을 가지고 검사를 받아야 하나 수차례 고민하다가 무증상 감염도 많이 있어서, 혹시나 감염되어 나중에 병원과 동료 의료진에게 더 큰 피해를 주면 안 된다는 생각에 검사를 받으면서 걱정과 불안 속에 결과를 기다리곤 했는데 다행히 음성으로 나와 가슴을 쓸어내린 적도 있다.

그런데 4월 30일 감염병 전담병원 지정 해제 후 병원 소독 등으로 6일간의 휴가가 시작되자 그동안 쌓였던 피로 때문인지, 긴장이 풀어진 때문인지 휴가 첫째 날 오전부터 전신이 아프고 몸이 무거웠다. 소화도 안 되고 낮 동안 누워서 지냈는데 저녁 무렵에 열이 나기 시작했다. 37.4℃, 37.5℃, 시간이 지날수록 미열이 조금씩 심해지더니 오후 8시경이 돼서는 38℃였다.

코로나19에 감염된 것일까? 불안감이 밀려와 1339에 전화를 하여 의료진 여부를 확인한 후, 다음 날 아침 수성구 보건소에서 코로나 PCR 검체 채취 후 집에서 결과를 기다리던 동안, 얼마나 힘든 시간이었던지... 별의별 생각이 다 들었다. 여러 가지 복잡한 생각이 스쳐 간 다음 날 아침, 음성이라는 문자메시지를 받고 안도의 한숨을 쉬었다. 하느님 감사합니다!

까뮈의 소설 〈페스트〉 속의 의사 '뤼외'는 불합리한 전염병과 싸우는 유일한 방법은 품위를 잃지 않는 것이라고 했다. 오랑시에 갇힌 신문기자 '랑베르'가 품위가 무엇이냐고 묻자, 뤼외는 "내 일을 하는 것"이라고 말했다.

우리 모두가 힘들었으나 역사의 현장에서 각자의 역할을 하며 함께 힘을 모은 소중한 시간 속에 품위를 잃지 않고 내 일을 하며 코로나19와의 싸움에서 승전보를 울릴 수 있는 날이 오기를 간절히 바래본다.

극복하지 못할 것은 없다

2내과 과장 신재대

2월의 어느 날, 일상대로 병원에서 진료 중에 여러 매체를 통해서 대구 경북에서 코로나19 환자가 많이 발생하고 있다는 소식, 그리고 전염이 빠르게 진행하고 있다는 소식이 들렸다. 그러면서 메르스 때와는 너무 다른 전파 속도와 발생자 수에 곧 환자 진료가 필요하겠다는 생각이 어렴풋이 들었다. 2015년 메르스 유행 시기에 환자를 직접 보진 못했지만 당시에도 감염병 지정병원으로 의심환자의 격리를 하면서 진료를 한 기억이 있어서 이번에도 그 정도이겠거니 생각했다.

그러나 상황이 예사롭지 않게 돌아간다고 생각되던 2월 말, 우리 병원에 소개명령이 떨어지면서 감염병 전담병원으로 지정이 되었다. 나는 감염관리 실장이라는 중요한 직책을 맡으면서 원장님 및 기타 관련 부서 담당자와 거의 매일 회의 및 토론을 하였고, 코로나19 환자를 위한 준비를 시작하면서 여러 가지 문제에 봉착했다.

첫 번째 문제는 200명 정도의 입원환자들을 어떻게 전원(轉院)하냐는 것이었고, 두 번째는 병원에 음압 격리되는 병상 및 시설이 준비가 되어 있지 않은 것이었다. 세 번째는 나를 포함한 의료진 모두가 코로나19에 대한 임상 경험, 환자 예후에 대한 지식 부족, 그리고 감염에 대한 막연한 두려움과 불안감을 갖고 있다는 것이었다.

그러나 이런 어려움을 무릅쓰고 2월 마지막 주 수요일 전후로 타 병원 및 응급의학과 임과장님 도움으로 환자 전원은 거의 다 마무리되었다. 이어서 코로나19 환자의 입원을 위한 간이 음압병동 및 격리 공사도 같이 진행하면서 시설도 준비되었다.

3월이 되자 많은 코로나19 확진자가 입원을 했고 경험과 지식 부족 속에서도 결국 환자들을 진료하고, 과장들과 서로 여러 검사 및 치료 결과에 대한 의견을 주고받으면서 코로나19 환자들의 다양한 경과를 지켜보며 실체 없는 바이러스와의 싸움은 계속되었다.

환자를 보는 과정에서 의료원 내에서의 많은 도움과 자원 봉사하러 오신 의사 선생님들이 있었고 주위의 많은 지원이 있었다. 환자 진료가 밀리면 일을 나누어 가면서 봐 주시고, 환자 전원이나 여러 가지 발생되는 문제를 함께 머리를 맞대며 풀어 나갔다. 원장님 또한 의료진과 환자를 위한 최고의 환경을 만들 수 없는 상태에서도 최선의 환경을 만들기 위한 특유의 리더십을 발휘하셨다. 특히 입원환자들을 진료하고 선별진료실에서도 검사를 시행하면서 직원들이 감염 없이 안전할 수 있었던 중요한 이유는 코로나19 사태가 유행하기 전에 N95 및 KF94 마스크를 미리 구비한 것이었는데, 원장님의 이러한 선견지명이 놀랍기도 했다.

4월이 가고 5월이 지나면서 현재는 감염병 지정병원에서 해제되고 일반 환자들을 진료하고 있으나 아직도 코로나19의 잔불은 남아 있어서 50명 안팎의 환자들이 보이는 요즘이다. 급박하고 위험한 상황이 진정되어서인지 우리 의료원에 입원했던 몇 분의 환자가 가끔 생각이 난다. 어쩌면 두고두고 기억될지도 모르겠다.

첫 번째로는 의료원에서는 처음으로 코로나19 검사 2회 모두 음성으로 나와 퇴원을 하셨던 분이다. 음성 판정이 나자 그 갑갑해했던 공간을 10여 일 넘게 있다가 나가면서 환한 웃음을 보였다. 아마도 감옥 문을 열고 자유를 찾는 심정이었을 것이다. 마치 자유를 만끽하는 웃음이었다고나 할까.

또 하나는 봉화에 있는 요양시설에서 대규모 환자 발병으로 90대 전후의 치매환자들이 일시에 많이 이송되어 왔는데, 그중 한 분이 호흡곤란을 보이고 일반 흉부 사진에서 폐렴이 너무 진행되어서 이송을 보내는 중에 사망 가능성이 커서 보호자 분과 상의해야 했던 일이다. 환자가 90대 후반이고 보호자 또한 고령이라서 임종을 보게 하려고 격리실 안으로 방호복을 입고 모시기는 위험하다고 판단되어 자세한 설명으로 대신했다. 그 후 2~3시간 뒤 사망을 하셨는데, 임종을 보지 못한 보호자의 비통해 하는 모습을 보며 너무나 가슴 아팠던 기억이 난다.

코로나19 종료는 아마도 백신이 개발되면 가능할 것으로 보이나 그렇지 않은 현재에서는 비대면 사회로 변환되는 모습이 유지될 것 같다. 어쩌면 있을지도 모를 다음 유행에 대비해서라도 김천의료원에서는 전 직원 위생교육이 철저히 필요하다. 이미 모든 국민이 알고 있는 것이지만 환자를 치료한 경험과 여러 전파 과정에 대한 고찰에 의하면 본인이 무증상 감염자이고 다른 사람은 감염자가 아닐 때 마스크를 서로 한 상태에서 전염은 매우 드물다. 따라서 감염 차단에서 현재 마스크 착용은 서로를 위해서 매우 중요하다는 것을 다시 한 번 강조하고 싶다.

끝나지 않는 코로나19이지만 우리는 항상 어려움을 극복한 저력이 있었고, 설령 다시 어려운 상황이 닥친다 해도 이런 노력과 도움, 협조가 있다면 이 또한 극복될 것이라 믿는다.

일상으로의 초대를 꿈꾸며...

3내과 과장 우창민

사람은 소중한 것을 잃은 후에야 비로소 그것의 소중함을 알게 되는 것 같다. 미리 알고 있었더라면 좋았을 것을...

벌써 아득하게만 느껴지는 2020년 2월말. 대구 경북에서 코로나19 환자가 폭발적으로 늘어나면서 우리 김천의료원에도 경상북도에서 소개명령이 떨어져 기존에 있던 환자들을 모두 다른 병원으로 보내고 병실을 비우며 코로나19 환자를 받기 시작했다. 내과의로서 어쩔 수 없이 주치의가 되어 입원환자 진료를 하게 되었다.

논문과 감염학회 가이드 라인, 인터넷을 통한 정보 등이 다였던 코로나19에 대한 나의 지식... 한 번도 경험한 적이 없었던 코로나19 환자... 그럼에도 불구하고 그 환자들의 완치를 위해 처방을 내고, 상담을 하고, 안심을 시키고, 회복될 때까지 케어를 해야 한다는 책임감이 나에게는 엄청 큰 부담감으로 다가왔다.

특히 코로나19의 특성상 폐렴이 거의 대부분 오고, 폐렴이 진행될 경우 호흡곤란이 심해져 인공호흡기를 달아야 되는 상황이 올 수도 있다. 하지만 본원 사정상 인공호흡기를 달고 케어할 시설과 인력이 부족해서 폐렴의 악화 조짐이 보이면 한발 빠르게 상급병원으로 전원을 보내야 한다는 압박감이 그 부담을 더 가중시켰다. 만에 하나 나의 판단 미스로 인해 전원 시점을 놓치면 상급병원으로 전원도 못 가고 환자분이 돌아가실 수도 있는 상황이 발생할 수 있기에 일반 환자를 진료할 때보다 몇 배의 신경을 더 쓸 수밖에 없었다.

신경 써야 되는 부분은 환자에만 국한되는 것이 아니었다. 나를 비롯한 간호사들과 검사자들의 코로나19 환자와의 접촉으로 인해 발생할 수 있는 2차 감염을 신경 써야 했다. 내가 내는 오더에 의해 간호사들의 처치, 영상의학과의 흉부 X선 촬영, 진단검사의학과의 검사 등이 이루어지고 환자들과의 접촉 횟수가 정해지기 때문에, 보통 때는 편하게 냈던 오더들이 많은 고민을 가져오기도 했다.

내 입장에서는 수액을 좀 더 많이 주고, 주사도 자주 주면 좀 더 나을 것 같고, 사진도 자주 찍고, 혈액검사도 자주 하면 환자의 상태 파악에 더 도움이 될 것 같기도 했다. 하지만 그렇게 하면 간호사들과 검사자들의 일의 로딩이 늘어나고 환자와의 접촉이 많아져 2차 감염의 위험성이 높아지는 만큼 그렇게 할 수만은 없는 일이었다. 그렇다고 처치나 검사가 줄어서 환자가 나빠지는 것도 말이 되지 않으니... 그 사이에서 적정선의 오더를 낸다는 것이

말처럼 그리 쉬운 일이 아니었고, 평소보다 더 많은 고민과 고뇌가 필요한 부분이었다.

이러한 부담감과 고민, 고뇌를 갖고 환자를 진료를 하게 되니 스트레스도 많아지고, 많은 환자를 보는 것에 대한 두려움도 생기기 시작했으며, 그 두려움은 회피로 이어졌다. 하지만 사람의 일이라는 게 회피한다고 원하던 대로 그렇게 되지는 않았다.

3월 1일 일요일로 기억된다. 환자가 급속히 많이 늘어 내과 과장들이 계획했던 것보다 더 많은 환자를 봐야 하는 상황이 되었다. 진료처장님으로부터 환자가 많이 늘어 내과에서 좀 더 많은 환자를 진료해야겠다고 말씀하시는 전화가 왔다. 그때 나는 지금도 이렇게 힘든데 더 많은 환자를 보라고 하는 처장님의 말씀에 화가 나서 신경질적인 반응을 보이기까지 했다(지금 이 글을 빌려 진료처장님께 사죄의 말씀을 드립니다. 죄송합니다 T.T).

그런데 진료처장님과의 전화를 옆에서 듣고 있던 아내가 한마디했다. 내가 너무 스트레스가 많은 것 같고 신경질적인 것 같다고, 그리고 그 스트레스는 내가 환자를 회피하려고 하기 때문에 생기는 것 같다고, 지금 당신이 그 환자들을 봐 주지 않으면 그 환자들은 어떻게 되냐고? 머리를 망치로 크게 맞은 듯한 느낌이 들었고 어두운 긴 터널을 뚫고 나오는 것 같은 느낌이 들었다.

지금 대한민국에서, 아니 전 세계에서 코로나19 환자에 대한 경험이 나보다 많은 의사가 과연 몇 명이나 될 것인가?(그 당시는 중국을 빼면 대구 경북 코로나19 환자가 대부분이었다.) 그 환자들에게 나보다 더 큰 도움을 줄 수 있는 의사가 과연 몇 명이나 될 것인가? 비록 내가 잘난 것은 아니지만 지금의 상황은 하느님이 나에게 주신 의술을, 그것을 필요로 하는 사람에게 사용할 수 있도록 이끄신 상황인데, 내가 두려움과 걱정으로 그것을 회피하려 한다는 생각에 이르자 너무나 부끄러웠다. 특히 아내에게...

3월 2일 월요일, 진료부장님과 상의하여 진료팀을 짜서 내과 과장이 팀장이 되고 다른 과 과장님들도 진료에 참여해 보다 많은 환자를 우리 김천의료원이 안을 수 있게 하자고 건의를 했다. 그러자 내과 이외의 다른 많은 과 과장님들도 기꺼이 동참을 하시겠다고 하셔서 나는 너무 놀라웠고 감동스러웠다. 병동에 간호사들도 그렇고 일반 직원들도 모두 너무 열심히 환자를 보고, 힘든 가운데서도 모두 각자의 자리를 꿋꿋이 지키고 있는 모습이 큰 감동으로 다가왔다.

그렇게 나의 부담감과 고민은 점점 사라져가고, 힘들어 하고 불안해하는 환자들에게 의학적으로나 정서적 심리적으로 도움을 줄 수 있음에 소명감과 보람을 느끼고 진료를 할 수 있게 되었다. 하지만 전혀 의외의 곳에서 문제가 생겼다.

3월 8일 일요일, 어머니께서 코로나19 확진을 받은 것이다. 청천벽력과 같은 소식이었다. 나는 2주간 어머니와 접촉이 없어서 자가격리 대상이 아니었지만 아버지, 누나, 아내 모두 어머니와의 접촉으로 인해 자가격리가 되어 버렸고, 아이들은 외갓집으로 보내졌다. 어머니는 고령에 부정맥으로 인공심박동기를 달고 계시는 고위험군이어서 악화될까봐, 폐렴은 와 있었고, 악화 시 3차 병원 전원도 고려해야 될 것 같기에 걱정이 많이 되었다.

격리되어 치료받으시며 불안해하시고 우는 어머니를 보니 내 맘도 많이 아팠지만 그것보다는 어머니의 마음을 안정시키고 회복될 수 있다는 희망을 심어드리는 것이 중요하였기에 계속 격려를 해드렸다. 아버지께서도 양성 판정을 받으실까 걱정하시고 불안해하셔서 미리 약을 타드리고 걱정하지 마시라고 안심시켜 드렸다. 아내가 자가격리되어 나는 집에도 못 가고 혼자 김천에 있었으며, 아이들도 외갓집으로 떨어져 있어 그렇게 우리는 이산가족(?)이 되었다.

병원에서도 그렇고 집에서도 그렇고 누군가 도와줄 사람이 없고, 또 누가 도와줄 수도 없는, 내가 다 안고 가야 하는 일이었기에 참으로 힘든 시기였다. 우울증도 오는 것 같았다. 그래도 아내의 격려가 나에게는 크나큰 위로가 되었다. 아내는 격리되어 본인도 힘들 텐데 늘 내게 힘내라고, 잘 지나갈 거라고 격려를 해주고 힘을 북돋우어 주었다. 너무 큰 힘이 되었고 미안하고 고마웠다.

코로나19가 바꾼 많은 일상... 많은 사람이 고생을 했고, 힘들어 했다. 그 가운데 나도 같이 있었던 것 같다. 지금은 우리 김천의료원에서 200명이 넘는 코로나19 환자가 상태가 좋아져서 집으로 돌아갔고, 병원도 Reopen해서 김천 지역민들의 건강을 다시 돌보고 있다. 내 개인적으로는 어머니도 완치되셔서 지금은 다 회복해서 건강하시고, 아버지도 괜찮아지셨으며, 누나, 아내 모두 다행히 다 괜찮다. 그리고 우리 식구도 아내와 아이들이 다시 다 모여 겉으로는 일상으로 돌아온 것 같다. 참으로 고마운 일이다.

코로나19와 함께 한 김천의료원에서의 70일은 많은 반성과 깨달음을 주었다. 내 주변엔 나의 손길을 필요로 하는 많은 사람이 있는데, 나는 그들을 외면하려 했다는 반성과 내 주변엔 내게 큰 힘이 되어 주는 너무도 소중한 사람들과 고마운 사람들이 많은데, 그들의 소중함과 고마움을 잊어버리고 살고 있다는 깨달음, 그리고 그런 사람들과 함께 살아가고 있는 이 일상이 너무 소중함, 그 일상을 잃고 나서야 소중하다는 것을 느끼는 어리석음...

아직 코로나19는 우리나라뿐만 아니라 전 세계적으로도 끝나지 않았고, 아직 일상으로 돌아오지 못한 많은 사람이 있다. 소중함과 고마움을 잊어버리지 않고 아직 끝나지 않은 코로나19와 맞서 싸워야 될 것 같다. 어리석음을 되풀이 하지 않기 위해 일상으로의 초대를 꿈꿔본다.

김천의료원에서~~^^

살아 있다는 것

4내과 과장 안병민

아직도 잊히지 않는 순간이 있다. 모든 병실을 비우고 코로나19 환자를 받아야 한다는 내용의 카카오톡을 본 순간이다. 멀리 다른 나라, 아니 그보다 가깝더라도 나와는 상관없는 다른 지역의 이야기로만 생각했던 나에겐 너무나 큰 충격이었다. 이성적으로는 코로나19 환자를 봐야 한다고 생각은 했지만 마음에서는 회피하고 싶었던 상황이었다. 지나고 보니 부끄럽기도 하고 환자에게는 미안하기도 하지만 솔직한 나의 첫 심정이었다.

환자를 보기 시작한 후에도 마음은 쉽사리 안정되지 않았다. 코로나19에 대한 정확한 정보가 없고 전 세계적으로도 몇 가지 약이 시도되는 정도로 치료에 대한 어떤 명확한 기준도 없었다. 그리고 병의 경과에 대한 예측도 불가능하고 경험도 전혀 없으니 정말 암흑 속에서 무언가를 찾아야 하는 막막함이 매일매일 가슴을 짓눌렀다.

이러한 불확실성 속에 경상북도에서는 요양원, 요양병원의 집단감염으로 인해 고령 환자의 입원이 늘어가면서 불안감은 점차 커져갔다. 이런 상황 속에 더욱더 나를 힘들게 하는 일이 생겼다. 코로나19로 입원한 중년 여성이 하루 만에 양측성 폐렴으로 진행하여 산소포화도가 떨어지고 호흡곤란을 호소했다. 효과가 있을 것으로 생각되는 모든 약과 처치를 했음에도 폐렴의 진행 속도가 너무나 빨랐다. 진행 속도로 보았을 때 인공호흡기 치료가 곧 필요할 수 있는 긴박한 상황으로 보호자에게 상태를 설명하기 위해 전화를 했다. 전화 통화를 하면서 알게 된 사실은 더 충격이었다. 전화를 하면서 온 가족이 다 격리 중이고, 몇몇 가족은 코로나19로 인해 다른 병원에 입원해 있다는 사실을 알게 되었다.

온 가족이 뿔뿔이 흩어져 입원하고 격리되어 위중한 부모님을 볼 수도 없는 상황에서 보호자들의 마음이 얼마나 찢어졌으랴. 여기에 더욱 큰 문제는 상급병원에 병실이 없어 전원이 불가능하다는 현실이었다. 전국에서 중환자가 쏟아져 나오고, 중환자를 볼 수 있는 격리병동을 갖춘 병원은 소수라 상급병원 전원이 필요해도 할 수 없는 상황이었다.

보호자와 나는 혹시나 환자가 더 심각해져서 돌아가시지는 않을까 하는 걱정에 일 초 일 초가 정말 피를 말리는 시간이었다. 다행히 원장님의 적극적인 도움과 적정관리실, 감염실의 노력으로 상급병원으로 무사히 전원할 수 있었다. 하지만 특별한 치료약이 없는 병이라 상급병원에서도 쉽지 않은 치료가 될 것 같아 마음은 여전히 무거웠다.

이런 경우도 있었다. 어머니가 코로나19로 확진되어 입원했는데 다행히 증상이 심하지 않아 경과는 좋을 것으로 보였으나 늘 표정이 어두웠다. 이유를 들어 보니 어린 딸도 확진이 되어 다른 병원에 입원해 있다고 했다. 엄마 없이 낯설고 답답한 격리실에서 지내는 딸을 생각하니 너무 힘들다고 했다. 자녀를 둔 부모로서 너무나 안타깝고 마음이 쓰였다. 하지만 병원 간 이동은 원한다고 되는 것이 아니라서 딸이 있는 병원으로 이동이 힘들 수도 있지만 최대한 노력해 보겠다고 했다. 다행히 어머니와 딸이 같은 병원에서 치료할 수 있도록 결정이 나서 어머니는 딸이 있는 병원으로 갈수 있게 되었다. 안도하며 그동안 불안에 떨었던 딸과 어머니가 함께 이 병마를 잘 이겨내기를 기도하고 또 기도했다.

이러한 여러 가지 예측할 수 없고 불안한 상황이 지속되었지만 본인의 집과 가족과도 멀리 떨어져 처음 들어본 병에 걸려 불안해하는 환자를 바라보며 나는 점차 이성을 찾게 되고 무언가 해야 한다는 본능과 책임의식이 생겨났다. 그동안은 수동적으로 살아왔다면 지금은 코로나19란 병 앞에 누구보다 더 가까이에서 싸워야 하는 상황이 나를 능동적이고 적극적인 사람으로 바꿔 놓았다. 정말로 안정되지 않을 것 같던 마음도 차분해지고, 이성적으로 판단하는 내 모습을 보면서 사람은 살아 있으므로 적응하고 극복한다는 걸 느꼈다.

코로나19 환자만을 보게 되면서 시간이 생길 때마다 논문과 다른 병원 임상 사례를 찾아 공부했고, 함께 근무하는 동료 의사 선생님들과 매일매일 서로의 환자에 대한 토의를 하면서 나름의 기준이 생겨났다. 이렇게 안정되기까지 권앤김 내과 권영수 원장님의 헌신이 너무나 큰 도움이 되었고, 이 글을 빌어 감사하다는 말을 다시 전하고 싶다.

코로나19 환자 모두 처음에는 불안한 눈빛과 떨리는 목소리로 나를 대하고, 어떠한 설명에도 우울한 표정을 지으며 마음의 안정을 찾지 못했다. 나 또한 확실한 경과를 알 수 없어 확신에 찬 말로 환자를 안심시킬 수 없었다. 하지만 매일매일 고민 속에 치료를 해 나가면서 점차 환자들의 증상이 안정되어 가자 회진 때 환자들의 표정이 하루하루 밝게 변해가기 시작했다.

레벨D 방호복을 입고 있고 김이 서린 고글로 인해 얼굴과 표정을 제대로 알아볼 수 없음에도 불구하고 환자들은 아주 친한 사람처럼 반갑게 맞아주었다. 증상이 거의 안정된 후에는 방에서 웃음소리도 들리고 즐거운 수다 소리도 들렸다. 이러한 모습 속에서도 다시 한 번 살아 있다는 것이 얼마나 감사하고 대단한 일인지 깨닫게 되었다. 완전한 치료법이 없는 병임에도 불구하고 나의 약 하나 주사 하나 말 한마디에도 고마워하며 웃음으로 맞아주는 환자들의 모습에서 그동안 어떤 환자에게서도 느끼지 못했던 감정을 느꼈다. 2번의 코로나19 검사 결과 음성이 확인되고 퇴원을 전하는 순간에는 삭막한 격리실 속에서 잘 참아주며 이겨내 준 환자에 대한 고마움에 눈물이 맺힌 적도 많았다.

이제는 코로나19 환자를 모두 퇴원시키고 일상으로 돌아왔다. 가끔씩 환자들의 감사 편지나 전화 연락 속에 코로나19 환자를 치료했던 게 먼 지난 일처럼 느껴지지만 그때의 치열함과 감동은 평생 마음에 남을 것 같다.

지금 돌이켜 보면 부끄러운 순간도 있었으나 내가 살아 있고 살아가야 하는 상황에서 어떠한 어려움도 함께한다면 이겨 낼 수 있고 더 큰 보람과 기쁨이 될 수 있다는 걸 깨닫게 되었다. 앞으로도 우린 살아나가기 위해 더욱 더 잘해 나갈 것이고 이겨낼 수 있으리라 확신한다.

코로나19를 겪으며

5내과 과장 이강록

처음 코로나19 환자가 나오고 대구에서 신천지 관련 대규모 환자 발생 전까지만 해도 메르스 때처럼 대구 경북은 대규모 감염을 다행히 피해가는 듯했다. 그저 외래진료 전에 해외 여행력이 있는지 묻고, 의심되면 보건소 연락해서 검사 보내고 외래 소독하는 정도로, 번거롭긴 해도 환자를 진료하면서 걱정된다거나 무섭거나 하는 생각은 들지 않았다.

그러나 대구에서 대규모 환자가 발생하고 경북에서도 환자가 여럿 나오기 시작하면서 상황이 많이 바뀌었다. 아직 환자가 오지 않았는데도 인터넷에 우리 병원에 환자가 왔다는 기사를 접하기도 했고, 실제로 외래진료를 와서 코로나19 환자가 있는지 물어보는 분들도 있었다.

우리 병원에는 간이 음압격리병상이 3개가 있었는데, 2월 20일 경북지역에 환자가 늘어서 우리 병원으로 입원해야 할 것 같다는 연락이 왔다. 그때

내가 마침 당직이라 입원하게 되면 환자 담당을 하게 되는 상황이어서 병원 1호 환자 주치의가 될 상황이었다.

의학 전문 사이트에서 항바이러스제 투약 관련 내용을 찾아봤지만, 워낙 유행의 초기였고, 당시 유행도 서구권 국가에서는 거의 없던 상태라 증례 보고 수준의 논문 정도만 보였다. 환자 보살피기를 어떻게 해야 할지 정신적 혼란이 왔다. 일단 내과 내 단체톡으로 입원 후 치료에 대해 상의하기로 하고 환자 입원을 기다리고 있던 사이에 병원 내 격리실이 사용한 지 오래되어 점검 후 환자를 받기로 했다. 그래서 그날은 환자가 입원하지 않고 다음 날 입원하게 되었고, 1호 환자 주치의의 영예도 다음 날 당직 선생님께 넘어가게 되었다.

그 당시 병원 내에서 대책 회의를 자주 했던 것으로 기억한다. 병원을 비우고 코로나19 전담 진료를 해야 할지 모른다는 이야기를 들었을 때, 생각보다 지역 내 감염이 심각하다는 사실을 받아들일 수 있었다. 당장 내일 코로나19 환자를 보게 될 걱정이 없었던 것은 아니었지만, 우선 입원하고 있던 환자를 퇴원시키는 문제와 나에게 진료받고 있는 환자들이 그 사이 큰 문제가 없어야 할 텐데 하는 걱정도 들었다.

결국 환자가 계속 늘면서 일반 환자 퇴원 후 코로나19 전담 진료가 결정되어 일반 환자 퇴원 및 전원 조치에 들어갔다. 다행히 주위 병원에서 환자들을 받아 줘서 퇴원해서 갈 곳 없어서 문제가 됐던 상황은 없었다. 그래도 입원 중인 분들을 완치해서 퇴원시켜드리지 못하고, 전원하게 되어 마음이 불편했다. 특히 호스피스 병동 환자도 한 분 계셨는데, 전국에 호스피스 병실이 워낙 부족한 상황이라 어쩔 수 없어 다른 병원 일반병실로 입원하게 되었다. 워낙 호스피스 병동을 맘에 들어 하시던 분이라 더욱 신경이 쓰이고 안쓰러웠다. 코로나19 사태가 짧아도 두 달은 가리라 생각됐던 상황이고, 기대 여명도 길지 않던 분이라 아마 정상 진료를 보게 되더라도 앞으로 못 뵐 것 같은 느낌이 들어 더 맘이 쓰였다.

아내와 상의하고 입원환자를 보는 동안 일단 병원 당직실에서 지내기로 했고, 준비를 미리 해뒀다. 옷을 걸어둘 행거와 작은 세탁기도 사고 트렁크에 갈아입을 옷가지를 챙기고, 확진환자가 내 앞으로 입원하게 되면 그날부터는 집에 안 들어가기로 했다.

환자는 2월 25일부터 받게 되었다. 저녁 늦게 입원하면서 일과 전에 오시지 못해 그날은 만나지 못했고, 수요일부터 병원에서 지내게 됐다. 처음 입원 병실에 올라갔을 때, 공사를 끝낸 병동의 모습은 전쟁터 같은 느낌이 들었다. 통로는 판넬로 막혀 있었고, 옷 갈아입는 방에는 레벨D 방호복이 박스 채로 쌓여 있었다. 히터도 틀지 못한 병동은 한기마저 들었다. 병동 간호사에게 "왜 이리 추워요." 했더니, 간호사가 "회진 다녀오시면 그런 생각 안 드실 걸요?"라고 이야기했다.

방호복을 입고 도는 회진, 눈앞이 안개가 낀 것처럼 서서히 안 보이기 시작하고 온몸에서 땀이 났다. 그때는 '아 여름까지 코로나19가 끝나지 않으면 더워서 죽겠구나.'라고 생각했다. 처음 봤던 환자들은 환자 느낌이 거의 안 들었다(연령대가 조금 낮기는 했다). 기침이나 발열 등의 일반 폐렴 증상보다 거동의 제한으로 인한 답답함, 혼자 지내야 하는 외로움을 많이 어려워했다. 일반 폐렴과 달리 방사선 검사와 증상이 일치하지 않는 경우도 많아 사진상 폐렴이 심한데 증상도 없고 너무 멀쩡히 있어서 환자 이름을 다시 확인했던 경우도 있었다.

대부분 경증으로 큰 문제는 없었으나 발열이 있다든지, 호흡곤란이 있는 경우에는 주의가 필요하였다. 폐렴이 심하게 온 경우에 일단 호흡곤란보다 산소포화도 감소가 먼저 있었고, 호흡곤란이 생기면 급격히 안 좋아지는 경향이 있어 일단 증상이 없더라도 산소포화도가 낮으면 신경 쓰고 봐야 했다.

가족 내 감염이 많다 보니 온 가족이 다 감염되어 온 경우도 있었고, 본인만 우리 병원에 입원하고 다른 가족들은 다른 병원에 입원해 있었던 경우도 있었다.

2주 정도 코로나19 환자들에 익숙해지던 차에 요양원 단체 감염으로 다수의 환자가 한꺼번에 입원한 적이 있었다. 중증도도 높았고, 지병도 있었던 분들이라 제대로 의사소통도 되지 않아 그때는 주치의 전원이 정신적 공황이 왔던 기억이 있다. 환자가 계속 늘어나서 이대로는 금방 꽉 찰 것 같던 병실도 생활치료센터가 생겨 경증환자가 병원으로 입원하지 않게 되고, 확진 환자 추이도 조금 줄어들면서 3월 둘째 주부터는 더 늘어나지는 않았다.

한 달 넘게 입원하고 있다 보니 그때부터는 환자도 주치의도 코로나19 음성 판정만 기다리는 상황이 되었다. 기침 등 일반 감기 증상도 다 지나가고 병원 내 갇혀 있는 상황도 답답하고, 그러나 코로나19 음성 판정 이외에 다른 퇴원 기준이 없었기 때문에 3일에 한 번 검사만 하는 상황이 이어졌다. 물론 생활치료센터에 있는 분들은 퇴원이 가능했으나 한 달 넘게 병원에 있었던 분들이라 가능하면 음성 판정되어 집으로 가고 싶어 하는 분이 많았다.

처음 환자를 볼 때는 두려움이 많았다. 감염을 조심하였지만, 신종 감염병으로 아직 잘 모르는 병이고, 확인된 치료제도 없는 그런 병이었으니까. 하지만 시간이 지나 두려움이 희미해지니 외로움이 심해졌다. 주말에도 병원 당직실에서 지냈고, 가족도 만날 수 없는 날들이 계속되어 지쳐갔던 것 같다.

환자가 줄면서는 아내에게 집에서 마스크를 쓰고 있겠다는 약속을 받은 후에 주말에만 집으로 퇴근했다. 집에서도 마스크를 계속 쓰고 있는 게 답답하기는 했지만 그래도 가족을 만나니까 살 것 같았다.

코로나19로 인해 여럿이 만나는 모임이나 해외 여행을 할 수 없는 상황이 되었지만 그 속에서 가족 간의 정, 함께 보내는 시간의 중요성을 다시 한 번 느끼는 계기가 되지 않았나 생각한다.

5월 초부터는 코로나19 전담병원에서 해제되면서 일반진료를 보고 있다. 전쟁 같은 3개월을 혹독하게 치루고 나니 지금의 일상이 얼마나 소중한 것인지 새삼 느끼면서 코로나19로부터 해방될 때까지 의사로서의 사명감과 책임을 다할 것이라는 다짐을 해본다.

첫 근무지에서
코로나19를 만나고

6내과 과장 서준혁

코로나바이러스에 의한 중국발 신형폐렴이 중국 내에서 급속도로 전파된다는 소식을 뉴스 미디어를 통해 처음 접했을 때만 해도 그것이 내 일이 될 것이라고는 상상조차 하지 못했다. 그러나 대구를 필두로 전파자 수와 분포 범위가 걷잡을 수 없을 정도로 커지기 시작하였다. 환자 및 의심환자를 치료하고 검사하기 위한 의료 자원의 부족 문제가 크게 불거지면서, 이것이 곧 나의 일이 되겠다는 위기감과 함께 신형폐렴의 전파 상황을 조심스럽게 지켜보았다.

어느덧 경상북도 지역에도 다수의 환자가 발생하기 시작하였고, 대구에서도 병상 부족으로 입원을 하지 못하는 환자가 속출하면서, 본원은 코로나바이러스감염병증(COVID-19) 치료 전담병원으로 지정되기에 이르렀다.

기존에 입원해서 잘 치료받고 있던 250명 남짓한 모든 환자를 수일 내로 모두 퇴원시키거나 다른 병원으로 전원해야 하는 사상 초유의 환자 소개 임무 속에 병원 전체 의료진들은 연일 환자와 보호자에게 상황을 설명하고 이해시킴과 동시에 수용 여력이 있는 다른 병원을 수배하는 일에 여념이 없었다.

1주일의 시간을 준다고 해도 불가능할 것이라 여겨졌던 환자 전원 소개를 단 며칠 만에 완료하여 공실을 만든 것은 지금 생각해도 실로 놀라웠다. 그것만이 아니었다. 코로나19 환자는 음압병상이라는 특수한 병실에서 치료가 이루어져야만 하는데, 문제는 그러한 음압병실은 일반적으로 상급 대형 병원에서도 그 수가 적다. 하물며 본원 사정이야 뻔하지 않겠는가.

그러나 이 부분은 원장님의 기지와 순발력으로 이동형 음압기를 어려운 가운데서도 신속하게 배치함으로써 해결할 수 있었다. 원장님, 각 과의 의사, 간호사를 비롯한 모든 의료진과 행정직원들이 숨막히게 노력한 결과, 이곳 김천의료원은 코로나19 전담병원으로서의 하드웨어를 갖추게 되었다. 완벽하다고는 할 수 없지만, 주어진 시간과 인력 등을 고려한다면 가히 놀랍다고 할 수준임은 누구도 부인하지 못할 것이다.

이후 본격적으로 환자들이 입원하기 시작하였고, 예상하지 못하거나, 본인의 힘만으로 해결하기 힘들거나, 정답이 없어 여러 가지로 고민되는 상황에 맞닥뜨리며 꾸역꾸역 수개월의 시간 동안 환자들을 치료하며 정신없이 보냈다. 제대로 입증된 치료약도 없는 병에 감염되어 오랫동안 격리생활을 하는 환자들과 그 가족의 안타까운 심정은 또 얼마나 오죽할까 싶은 측은지심과 함께 최대한 많은 설명과 위로를 하려 애썼다.

대부분의 환자는 상황이 상황이니만큼 의료진에 협조적이었다. 그럼에도 안타까웠던 것은, 왜 이렇게 음전이 되지 않는지 매일 회진 때마다 불안해하며 때로는 신경질적인 말투, 현실적으로 1인 격리실이 부족하여 코호트 격리 중인 상태에서 1인 단독격리를 해달라며 부리는 떼, 어렵게 마련한 병실에 겨우 입원한 후에도 지방병원에 대한 막연한 불신을 스스럼없이 비치면서 수도권 병원으로 이송해 달라고 요구하는 등 여러 가지 몰이해와 이기심을 드물지 않게 마주하였다는 점이다. 수고한다는 위안보다는 이런 약을 써야 빨리 낫는 것이 아니냐며 훈계를 하는 보호자와의 통화는 특히 아픈 기억의 한자리에서 오래 갈 것 같다.

몇 달씩 집에 제대로 가지도 못하면서 병원 관사에서 먹고 자며 치료하는 일을 반복하였고, 나에게서도 열감과 기침이 한 달 이상 지속되어 혹시 나도 코로나19에 감염된 것은 아닌지(환자와 근접거리를 일상으로 유지하다 보니 감염의 위험도가 높은 상태였음) 하는 일말의 걱정으로 3회에 걸쳐 검사를 받는 등의 우여곡절은 아직도 생생하다.

개인적으로 나는 2018년 12월부터 김천의료원에서 봉직의를 맡게 되었으며, 인턴, 레지던트, 전임의라는 수련 과정을 제외하고는 이곳이 첫 근무지이다. 일반 민간의료기관에 취직을 했었더라면 이와 같은 경험은 하지 못했을 것이다.

지금은 다시 일상의 의사로 돌아와 진료를 보고 있지만, 의사로서 평생을 살면서 지역사회에 이번만큼 도움을 줄 수 있을 기회가 또 있을까 싶은 생각이 든다. 우연한 계기로 의료원을 알게 되었고 마음에 들어 선택하여 온 곳인데 전혀 상상하지 못한 상황에서 한층 더 성숙한 의사로 거듭나게 해주었다. 의사로서의 나를 돌아보게 해준 김천의료원, 어쩌면 그 시기에 이곳에 있게 된 나와는 우연이 아닌 필연이었는지도 모르겠다.

김천의료원
코로나19 의료봉사활동

권앤김 연합내과 원장 권영수

공포와 혼돈

중국 우한발 코로나바이러스감염증(COVID-19) 소식이 계속 들려온다. 걱정스럽다. 이 와중에 청도, 대구 신천지 신도의 폭발적 감염 뉴스가 국내서 연일 보도되는 걸 보며 의사로서 뭔가를 해야 되는데... 막연한 불안감과 걱정스런 맘이 짓누른다.

진료 중에 김천시의사회 회장에게서 전화가 왔다. 우리 지역병원인 김천의료원이 코로나19 전담병원으로 지정되었는데 지역의사회에서도 도와줄 방법을 찾고 있다며 넌지시 나에게 권한다. 거절했다. 환자보기에도 바쁠 뿐만 아니라 용기가 없었다.

그래 가자

그날 밤 잠을 못 잤다. 중국 우한 의사 리원량의 죽음 소식도 들려온다. 분명히 지역 내과 의사로서 내가 필요할 것 같은데, 엄두를 못 냈다. 그날 아침 김천의료원 후배한테 전화했다. 상황이 심각했다. 코로나19 환자의 폭발적 증가, 그에 따른 중증환자도 연일 밀려들어 오는데 인력은 부족하고, 난감한 상황인 듯하다.

이 병은 일시적으로 끝날 일이 아니다. 한 지역 안에서만 끝날 일도 아니다. 처음 보는 괴질이라 치료제도 금방 나올 일도 아니다. 중국 상황이 돌아가는 것을 보니 분명히 전쟁 이상의 국가 재난이고 수단과 방법을 가리지 않고 싸워야 될 상황이었다. 중앙재난안전대책본부 담당자에게 이메일을 보내고, 김천의료원장님께 가겠다고 연락했다. 김천의료원 진료봉사 전날 저녁 식사를 하면서 가족들에게 처음으로 털어놓았다.

코로나19 환자 그분들과

이틀간 내과 과장님들한테 오리엔테이션을 받고 7내과 과장으로 배정받았다. 진료실이 따로 없어서 내과 의국 전자차트를 사용했다. 코로나19 환자 5명을 우선 배정받아 D레벨 방호복을 입고 회진을 돌았다. 환자 한 분이 나에게 "이 병 나을까요?" 매우 불안해하면서 묻는다. "걱정 마세요. 벌써 나아서 퇴원하는 분들도 있는데요." 대답을 하면서 나도 불안하다. 내 환자가 잘못되면 어떡하지...

정신없이 그렇게 코로나19 환자분들과 함께 2주라는 시간이 지나갔다. 봉사진료 마감일에 교대하는 후배 의사와 마지막 회진을 하러 갔다. 환자분이 “과장님은 왜 진료 안 하세요?”라고 물었다. 봉사 마지막 날이라 교대한다고 했더니 환자분들이 침대에서 불편한 몸을 이끌고 모두 일어서 날 배웅해 준다. 감정적으로 약간 당황스러웠다.

입원환자 10명중 2분이 폐렴이 생겼으나 완치 후 6분이 퇴원하였고, 나머지 4분은 증상 소실로 생활치료센터에 전원했다. 김천 지역에 거주하시는 환자 한 분은 지금도 나에게 혈압 진료를 받고 계신다.

동료 의료진들

첫날 내과과장님들을 만났을 때 모두 지쳐보였다. 가끔씩 한숨 소리도 들렸다. 집에 못 가는 건 기본이고 당직실에서 제대로 씻는 것조차 쉽지 않은 상황이었다. 잠시 한두 달은 어떻게 하든 버틸 텐데 그 이상 지나면?

처음으로 내 환자를 회진하려 31병동에 들렀다. 동료 의사로부터 방호복 오리엔테이션을 받았는데도 입는 것이 서툴다. 옆에서 도와주던 31병동 수간호사가 걱정스런 눈빛으로 본다. 그날 감염팀장에게 다시 방호복 입는 방법을 제대로 교육받았다.

31병동 간호사들에게 처방 오더를 주면 대답하는 힘찬 소리가, 또랑또랑 눈망울이 아직도 생생하다. 코로나19 전담병원인 김천의료원 내 근무하는 직원 모두가 전투 모드였다. 환자의 생사가 갈리는 중대한 시기에 자신을 살필 수 있는 여력이 없었다. 한마디로 헌신과 희생이라는 단어가 떠오른다.

미안한 마음

육십을 바라보는 내가 봉사한답시고 부산을 떨었는지 걱정스럽다. 나보다 훨씬 더 많은 환자를 감당하고 있는 후배 내과 과장에게 내가 짐이 되지나 않았을까. 모두 힘들고 지친 모습에 조금이라도 도와주고 싶었다. 입원환자를 좀 더 감당하고 싶었다.

후배 의사들이 그렇게 놔두질 않았다. 어려운 중환자들은 모두 자기들이 떠안았다. 고마우면서도 미안했다. 난 도우러 왔는데...

아직 끝나지 않았는데

코로나19는 전혀 변하지 않았다, 오히려 돌연변이로 사태를 더 어렵게 만든다. 그런데 우리 사회 일각에서는 변한 게 있다. 처음 대면했을 때의 공포와 긴장감이 자꾸 줄어드는 느낌을 지울 수 없다. 아직 끝나지 않았는데...

김천의료원, 지금부터 감염병 전담병원이다

진료부장 이제승

처음 감염병 전담병원으로 지정되고 280명이 넘는 입원환자를 며칠만에 소개하라는 원장님의 전달사항을 들었을 때는, 아무리 전문 의료 인력이 포진해 있는 우리 의료원이지만, 앞으로 어떤 일이 어떻게 진행될지 아무도 모르는 상황에서 불안감과 걱정이 앞섰다.

원장님의 진두지휘 아래 의료진 비상회의가 열리고, 우리 의료원에 입원해 있는 모든 환자를 전원해야 하는 기가 막힌 임무인 전원 담당이 응급의학과 임창덕 과장님으로 정해지면서 긴급한 상황은 일사천리로 진행되었다. 무엇보다 중요한 격리음압병상을 만드는 작업이 시설부에 의해 착수되면서 밤샘 작업에 들어갔다.

어느 누구도 예측 불가했던 코로나19는 아무리 의료장비와 시설이 잘 갖춰진 1급 병원이라도 속수무책으로 당할 수밖에 없음이 속속 드러나고 있는 터라 환자들을 전원해야 하는 것에 우리 모두는 몹시 걱정이 앞섰다. 지역거점병원이라고는 하나 우리 병원 사정상 장비나 시설 부족(인공호흡기, 에크모 등), 감염 전문의 호흡기 전문의 부재 등으로 중환자를 볼 여력이 안되어 전원이 불가피한 상태가 된 것인데, 초반에는 전원 시스템이 없어서 전원 시기를 놓치면 환자가 악화될 수 있는 환경에 놓일 수 있기 때문이었다.

이런 우려를 원장님께 보고를 했고, 원장님께서는 경상북도에 건의하여 보건정책과를 통해 중수본을 거쳐 감염병 관리가 가능한 상급병원으로 전원할 수 있도록 조치되어 위험 상황을 현저하게 낮출 수 있었다.

처음 경험하는 감염병이고 어느 누구도 병의 심각한 정도, 경과, 예후를 전혀 모르는 상태였다. 감염에 대한 두려움을 안은 채, 앞으로 어떤 일이 터질지 예견할 수 없는 상황에서 할 수 있는 것은 예측 불가한 상황에 대비해 필요한 모든 준비를 해놓은 것이었다. 그러나 내과 과장님들의 만반의 준비에도 불구하고, 입원환자가 적은 초기에는 내과 과장님 6분이 환자를 봤으나, 환자 수가 급격히 증가하면서 6분이 보기에는 불가능한 상황이 되었다.

일반 환자 진료 때는 전혀 필요치 않으나 코로나19 환자는 하루에 방호복을 3~4번 갈아입어야 하고, 감염 가능성도 있는 상태에서 많은 환자를 봐야 한다는 것은 너무도 어려운 일이었기에 진료진의 보강이 시급했다. 그런데 이제는 입원환자뿐만 아니라 선별진료소도 운영을 해야만 했다. 다행히 우리 병원은 40명의 과장님들이 계시기 때문에 진료부 회의 결과 입원환자를 보았던 과 과장님 2명씩, 6개 내과에서 합류해 총 18명의 과장님들이 입원환자를 보았다. 나머지 과장님들은 조를 짜서 오전, 오후, 밤, 주말까지 선별

진료소를 운영할 수 있게 하였다. 의료진 누구 할 것 없이 맡은 일에 빈틈없이 임하며, 불평불만 하나도 없이 묵묵히 환자들을 보는 모습이 얼마나 믿음직스러웠는지 모른다.

코로나19 환자 진료를 보는 동안 모든 과장님들은 혹시나 가족에게 감염시키지는 않을까 하는 불안감에 병원 숙소에서 생활을 하며 집에도 갈 수 없었다. 진료부 전체를 총괄해야 하는 나 역시 병원 앞에 있는 별도의 숙소에서 2달을 생활해야만 했다. 감염이 될 수 있다는 것이 가장 힘든 일이었지만, 그러나 입원환자들을 볼 때면 집에 가지 못하는 것에 우울해 하는 것은 정말 사치로 생각되기도 했다. 호흡곤란이 생기고, 산소포화도가 떨어지고, 폐렴이 악화되는 중환자들을 볼 때면 감염에 대한 불안이나 걱정을 했던 것이 얼마나 이기적인 생각인지 미안한 마음이 생길 정도로 가슴 아팠다.

자체 의료진으로 감당하기 어려울 만큼 환자들이 몰려왔던 3월 초, 의료진의 피로가 누적되고 장기화될 경우 이 상태로는 이 위기를 감당하기 어렵다는 판단으로 추가 의료 인력 보강을 회의 때마다 보고드렸다. 그랬더니 시기적절하게도 공중보건의 4분과 내과 전문의, 군의관 3분이 파견되어 내과 전문의 3분은 입원환자 보는데 투입되었고, 다른 과 4분은 오더를 내고 입원환자를 보는 과장님들을 최대한 서포트하였다.

환자가 급격히 증가할 당시에는 내과 외에도 응급의학과가 폐렴에 대한 지식이 있다는 것을 알고 있었기에 응급실을 닫고 응급의학과 과장님들을 입원환자 보는 데 투입하자며 원장님께 건의하기도 했다. 그 당시 다른 병원은 외래도 모두 폐쇄했기 때문에 실질적으로 김천 시민들이, 외래환자들이 갈 곳이 없는 안타까운 상황이었다. 그때 원장님께서는 오랫동안 김천의료원을 믿고 의지해 온 김천 시민들에게 신장실, 응급실을 닫을 경우에 환자들의 불편함은 물론, 감염병 전담병원에서 해제가 되면 이후 병원 운영 등을 고려했을 때 현 상태를 유지하는 것이 맞는 것이라고 하여 응급실을 유지하기로 했다. 감염병 전담병원 지정 해제 후 지금 정상적으로 돌아가고 있는 우리 의료원 상황을 보면 원장님의 선견지명에 놀라울 따름이다.

코로나19는 세계 각국에 바이러스 전장을 만들었고 종식되지도 않을 것이라고 한다. 그러나 우리 병원은 종식을 말해도 될 만큼 코로나19 이전의 상태로 완벽하게 돌아왔다. 아니 오히려 이전의 시설보다 훨씬 더 업그레이드된 병원으로 변모했다는 것이 맞다.

바이러스와 땀과 침으로 범벅됐던 병원의 바닥을 새로 깔았고 병원 전 직원의 유니폼을 새롭게 단장했다. 물론 이 코로나19가 현재진행형이긴 하나 최소한 우리 병원에서 만큼은 코로나19와의 전쟁을 끝내고, 그 어지럽혀진 전장 구석구석의 흔적들을 말끔히 씻어낸 후 우리는 기다렸다. 환자들이 찾아와 주기를...

그런데 이게 웬일인가! '과연 환자분들이 돌아올 수 있을까' 하는 생각은 기우에 지나지 않았고, 우리의 걱정은 김천 시민에 의해 순식간에 허물어졌다. 코로나19에 대처하는 모습을 시민들이 직접 목격한 탓에 우리 병원에 대한 신뢰와 위상은 훨씬 높아졌고, 다른 병원에 있던 환자들까지도 우리 병원을 찾고 있었다. 외래환자가 많을 때는 하루에 500명 이상이 내원하기도 했다. 이건 기적이었다.

그래서 우리는 외래환자, 직원들을 좀 더 안전하게 보호하기 위해서 원장님과 의료진들이 더 많은 관심을 가지고 자체 진료방침을 만들어서 직원교육을 시행하기로 했다. 이는 당연히 해야 할 일이지만 김천 시민에 대한 감사의 마음이기도 했다.

출입구 통제에 필요한 인력, 효율적인 외래환자 관리, 열이 있는 환자들의 진료 대책, 호흡기 환자를 구분해서 진료하는 문제에 대해 의료진의 의견을 모아야 했다. 행정적인 지원과 시설 보강을 위한 논의가 이루어지면서 우리는 이미 치룬 학습을 바탕으로 혹시 모를 미래에 대한 예방과 실전 투입 시 숙련된 조교가 되기 위해 학습하기로 했다.

269명의 입원환자들은 잘 치료되었고 전 직원이 한 명의 감염도 없이 환자와 병원을 지켜낼 수 있었던 것은 긍정의 아이콘 원장님을 비롯해 의료진과 더불어 전 직원의 노력의 결과이다.

우리는 해냈다. 코로나19 앞에 우리 모두는 영웅이었다. 전장에 핀 꽃처럼 생명을 지켜내는 고귀한 이곳, 나의 일터이자 집단지성의 꽃을 피워낸 김천의료원, 김천의료원 만세다!

내가 뚫리면 응급실이 뚫린다

응급의학과장 이현희

'내가 뚫리면 응급실이 뚫린다. 응급실이 뚫리면 병원이 뚫린다. 그러면 김천의료원의 코로나19 입원 병동의 확진환자들은 치료받으러 갈 곳이 막막해진다. 내가 코로나19에 걸리는 한이 있어도 그것만은 막아야 한다. 내가 최후의 보루라고 생각하자.'

김천의료원이 코로나19 전담병원으로 지정된 2월의 마지막 날, 내 머릿속 기억의 단편...

아직 추위가 기승을 부리는 1월 말, 그렇게 코로나19가 시작되다

중국 우한에서 원인 모를 폐렴이 발생했다는 소식이 뉴스에서 들려왔다. 그

때만 해도 중국 국소 지역에 국한된 전염병인 것으로만 막연히 생각했다. 뉴스에서 중국 내 확진자 확산 소식에 조금씩 불안해지기 시작했지만 '설마 한국까지 퍼지겠어?'라는 생각을 하면서 평상시처럼 진료를 했다. 하지만 이게 파국의 시작일 줄은 아무도 예상하지 못했을 것이다.

생전 처음 접하는 전염력이 매우 강한 전염병. 아직까지 치료법도 없고, 기저질환이 없으며 젊은 환자마저도 사이토카인 폭풍으로 급작스럽게 사망하게 할 수 있는 병, 무증상 감염자가 약 30%나 돼서 누가 환자인지 누가 보균자인지 구별조차 못하는 바로 그 병, 그것이 바로 Covid-19(코로나19)였다. 중국 전역은 물론 주변 아시아 국가와 미국, 유럽 등으로 감염세가 확산되자, 늦은 감이 없지 않지만 세계보건기구(WHO)는 3월 11일 인류 역사상 세 번째로 팬데믹(전염병의 세계적 대유행)을 선포했다. 그렇게 이 새로운 전염병은 우리의 일상을 갉아먹기 시작했다.

1월 17일 첫 확진환자

확진환자 1명이 대구의료원에서 처음으로 발생했다는 소식이 뉴스를 통해 알려졌다. 우한에서 발생한 전염병이 한국에서는 하필 내가 사는 대구에서 처음으로 발생한 것이다. 그것이 한국의 코로나19의 확산이 된 악몽의 서막일 줄은...

하루가 지난 1월 18일, 경북대병원 응급실에 입원해 있었던 청도 대남병원에서 온 다수의 환자가 확진자로 진단되었고, 이로 인해 대구 경북 응급환자 치료의 종말 병원이라고 여겨지는 경북대병원 권역응급의료센터가 폐쇄

되었다. 뭔가 일이 잘못 돌아가는 게 느껴졌다. 권역응급의료센터가 폐쇄되면 이제부터 대구 경북의 응급중환자는 어디로 이송해야 하나라는 고민이 머릿속을 헤집기 시작했다. '우리 김천의료원 응급실도 저렇게 폐쇄가 될까? 폐쇄되면 김천의 응급환자들은 갈 곳이 없어진다. 우리 병원 응급실만은 폐쇄되지 않기를...'

1월 24일 본격적인 민족의 대이동인 설 연휴 시작

전염병의 특성상 다수의 사람이 모이거나 다른 지역으로 이동하는 것은 위험하다. 전염병의 확산을 증가시키기 때문이다. 질병관리본부에서 언론과 문자메시지를 통해 그러지 말아줄 것을 국민들에게 수차례나 경고했다. 하지만 사람의 본성이 어디 그렇던가! 국민들은 의료진들의 바람과 달리 평소처럼 다수가 뭉치고 헤어지기를 반복했다. 도대체 이놈의 코로나19는 어디까지 확산될 것인가!

2월 초 확진환자의 확산 시작되다

나를 비롯한 의료진은 매우 혼란스러운 상태였다. 코로나19에 대처할 수 있는 매뉴얼은 질본에서 배포한 것을 숙지하고 있었지만 검체를 어떻게, 어디서, 누가 채취하고, 환자는 진료 후 어디서 대기를 해야 하는지, 입원을 해야 하는지, 퇴원을 시켜도 되는지, 상급병원으로 전원을 해야 하는지 너무나도 막막했다. 생전 처음 겪어보는 상황이었기 때문이다. 새로운 전염병에 대해 거의 알지 못한 채 매뉴얼과 의사로서 직관적으로 진료를 시작해야만 했다.

그런 2월의 어느 날, 응급실 앞 선별구역에서 전화가 왔다.

"고열이 나는 환자이고 호흡기 증상이 있습니다."

수화기 너머로 들리는 선별구역 선생님의 목소리에 나는 생각했다. '올 것이 왔구나.' 응급실 밖으로 나갔다. 아찔했다. 처음으로 입은 레벨D 방호복. 느낌이 낯설었다. 너무 갑갑했다. 감각이 차단되어 모든 게 무디게 느껴지고 행동이 굼떠졌다. 고글은 김 서림 방지 처리가 되어 있다고 적혀 있었지만 막상 껴 보니 김이 서렸다. 앞이 잘 보이지 않는다.

그러한 상태로 응급실 앞에 설치된 음압텐트로 들어갔다. 감염 차단을 위해 병력 청취와 신체검사는 매우 신속히 이루어졌고, 인후두 구강의 검체 채취를 할 때 환자가 "아~" 소리를 내기 때문에 환자의 입에서 다량의 바이러스가 나에게 다가오는 것만 같았다. 너무나 무서웠다.

'이러면 안 돼! 정신 차리자. 나는 환자를 치료하는 의사가 아니던가!'

수없이 되뇌며 검체를 채취했다. 다행히도 그 환자는 다음 날 음성 결과가 나왔다.

2월 29일 김천의료원이 코로나19 전담병원으로 전환되다

이제부터 김천의료원 의료진들은 코로나19에 감염이 되면 안 되고, X-ray, CT 등 진단기기도 절대로 코로나19에 오염되면 안 된다. 방역이 뚫려서 의료진이 감염되거나 진단기기가 오염되면 김천의료원에 입원해 있는 코로나19 환자들의 치료는 불가능해지고, 이 많은 코로나19 입원환자들을 받아줄 병원이 없을 수 있기 때문이다. 중압감이 느껴졌다. 응급실로 내원하는 모든 환자들이 잠재적인 코로나19 보균자이고 무증상 감염자일 수 있다는 생각으로 진료를 시작했다.

응급실로 내원하는 모든 환자가 다 코로나19 보균자나 환자로 보였다. 환자를 이송해서 오는 119 구급차도 모두 잠재적 환자를 이송하는 것 같아 보였다. 이미 지역 내 감염이 시작되었고 어느새인가부터 우리는 질본에서 배포한 매뉴얼에 따라 당연하다는 듯이 매일 출근과 동시에 레벨D 방호복과 마스크, 고글, 장갑을 착용하고 진료를 하고 있었다.

확산세가 급격히 증가한 3월

3월이 되자 코로나19의 확산세는 급증하였다. 김천의료원도 김미경 원장님의 진두지휘하에 거의 매일 코로나19 대책 회의를 하였고, 피드백을 통해 더 나은 방향으로 병원의 경로를 수정하면서 나아가고 있었다. 하지만 코로나19 전담병원으로 지정되는 바람에 환자 수가 급격히 줄어들었고 다른 일반 환자들을 진료하지 못하여 적자폭이 커졌다는 소문을 들었다. 더 이상 지속되면 직원들 월급도 못 줄 상황이 될 수도 있다고 하였다. 하긴 주변에 다른 병원들 중에서 무급 휴가를 시행하는 의료기관들도 생기고 있는데 우리는 오죽하랴…

응급실에서 야간근무를 하고 있던 3월의 어느 날 새벽 3시, 원장님이 응급실로 오셨다. '이 시간에 응급실로 오시는 경우는 본 적이 없었는데…'라는 생각을 하면서 "피곤하실 텐데 왜 안 주무시고 응급실 회진을 이 새벽에 도십니까?"라고 여쭤보았다. 원장님은 "방역이 뚫릴까봐, 또한 병원 경영이 힘들어져서 걱정거리가 많아 잠이 오지 않는다."고 하셨다. 그때가 본가에 가지 못하고 김천의료원에 계신 지 약 1달이 넘은 시기. 매우 피곤해 보이는 얼굴이었지만 눈에 총기만은 남아 있었던 우리 원장님, 마음이 짠하였다. 그 후에도 새벽에 종종 SNS 대화방을 통해 응급실이나 병실에 문제가 없는지 확인을 하셨다. 역시 리더는 어깨가 무겁다.

응급실이 다른 부서에 비해 힘든 점

응급실의 힘든 점은 너무나도 많지만 다른 부서와 다른 두 가지가 있었다.

첫 번째는 질본의 매뉴얼은 응급실에서는 통용되지 않는다는 것이었다. 매뉴얼에 빈틈이 있었다. '열이 나는 환자는 코로나19 검사를 하고 집에 가서 자가격리하라.'는 것이 질본의 매뉴얼인데, 그러면 바이탈이 흔들리는 응급중환자가 응급실로 내원한 경우 어떻게 집으로 돌려보내서 자가격리를 시킬 수 있는가? (혈압, 맥박, 체온, 호흡수를 바이탈 사인(Vital sign)이라고 하고, 이 수치가 정상 범위를 벗어나는 것을 바이탈이 흔들린다고 표현하며 중환자일 수 있음을 뜻한다).

그 환자를 퇴원시켜 집으로 돌려보내 코로나19 검사 결과가 나오는 만 하루 동안 자가격리 중에 상태가 나빠져서 사망하게 되면 과연 누구의 책임인가. 병에 걸린 환자의 책임인가, 빈틈이 있는 매뉴얼의 책임인가, 아니면 어쩔 수 없이 집으로 돌려보낸 의료진의 책임인가. 그렇다고 해서 바이탈이 흔들리는 환자를 김천의료원에 입원시킬 수도 없는 상황이었다. 김천의료원은 현재 코로나19 환자만 치료하는 병원이기 때문이다. 그러면 마지막 방법으로 그 환자를 다른 병원으로 전원한다면 받아줄 병원이 있는가? 아니! 단연코 절대 불가능했다.

어느 병원에 전원 문의를 해도 해당 병원에서 돌아오는 답변은 똑같았다. '코로나19 검사 결과가 나오기 전에는 절대로 보내지 마라.'라고 엄포를 놓았다. 전국 병원들이 모두 같은 상황이었고, 응급의학과 전문의들의 인터넷 모임에서도 나와 똑같은 상황에 놓여서 이럴 수도 저럴 수도 없어서 분노하는 글들이 많이 올라왔다.

어떤 선택을 해도 정답이 없는 상황. 사상 초유의 전염병 앞에서 환자와 의사 모두 몸도 마음도 함께 무너져 내렸다. 그렇게 매일매일 약 3개월간 전국 모든 응급실에서는 사투가 벌어졌다.

두 번째로 힘든 점은 대부분의 응급실 의료진의 근무 시간이 다른 부서에 비해 긴데, 한번 방호복을 입으면 화장실을 갈 수 없으므로 대소변이 발생하지 않도록 식사를 하지 않아야 했다. 레벨D 방호복을 입어본 사람은 알 것이다. 보통 30분, 아니 5분만 입고 있어도 땀이 차기 시작한다. 열기가 빠져나갈 구멍이 없으니 덥기까지 하다.

특히 고글에 습기가 차게 되면 앞도 잘 안 보인다. 찢어진 상처를 봉합할 때는 실도 잘 보이지 않는다. N95 마스크를 쓰면 또 어떤가? 이산화탄소가 마스크 내부에서 재흡입되어 혈중 이산화탄소 농도가 올라가서 뇌혈관 확장에 의한 두통과 졸림이 발생하고 무척이나 지치게 된다.

이런 상황에서 물도 거의 마시지 못하면서 우리는 주간 10시간, 야간은 14시간을 근무해야 한다. 이렇게 고글과 마스크를 착용하고 14시간 야간근무를 하고 나면 마스크와 고글의 압력에 얼굴이 헐고 피부가 벗겨졌다.

의료진에게 밀려드는 격려, 확산세의 진정, 그리고 코로나19 전담병원 해제

큰일이 발생했다. 코로나19 환자 진료 3개월 동안 나도 '확찐자'가 되어 버렸다. 손님이 없어 경제적으로 어려웠을 김천 상인 여러분들이 매일매일 격려의 편지와 함께 여러 가지 격려물품들을 보내주셨고 그 결과 6kg이나 체중이 불어버린 것이다(아직도 체중은 그대로이다).

하지만 나쁜 소식이 있으면 좋은 소식도 있는 법. 4월 말 좋은 소식이 전해졌다. 확진자 숫자가 많이 줄어들어서 김천의료원을 코로나19 전담병원에서 해제한다는 소식이었다. 이제 원래의 진료 기능을 갖춘 김천의료원으로 돌아갈 수 있다는 의미였다. 코로나19 전담병원일 때 진료하지 못했던 일반 환자분들을 다른 병원으로 가게 해서 너무 죄송스러웠는데 이제는 그런 일이 없어진 것이다.

글을 마치며...

감염병 전문가들에 따르면 앞으로도 코로나19는 계절성 인플루엔자처럼 없어지지 않고 상존할 것이라는 의견이 지배적이다. 힘들지만 환자를 진료할 때 항상 마스크를 쓰고 진료해야 하는 New normal의 시대로 접어들었다는 이야기이다. 덕분에 우리 국민들은 개인위생을 향상시키는 습관을 얻게 되었고 이는 절대적으로 생활화되어야만 할 것이다.

마지막으로, 코로나19로 고생하시면서도 의료진에게 끊임없는 격려를 보내주고 믿고 기다려 주신 김천 시민들과 음압병실에서 목숨을 걸고 레벨D 방호복을 입은 상태로 코로나19 입원환자를 돌보았던 간호사 선생님들과 직원 여러분들, 방역이 뚫리지 않도록 노심초사하시며 매일 새벽에도 잠 못 이루시고 병원에 나오셔서 진두지휘하셨던 김미경 김천의료원장님과 그 이하 의사 여러분들께 이 수기와 더불어 감사의 말씀을 올립니다.

감사합니다! 수고하셨습니다! 여러분들 모두가 영웅입니다!

코로나19 시절을 돌아보며

가정의학과 과장 전진혁

내가 코로나19 환자 진료를 맡았던 것을 알고 있는 누군가 이렇게 말을 했다.

"선생님, 이번 코로나19 사태 때 진짜 정말 큰일 하셨어요."

듣는 선생님 진짜 정말 부담스럽다. 이럴 땐 어떻게 말해야 하나.

"국가적으로 큰 재난을 겪을 때에 특별한 임무를 부여받은 것 또한 특권이라 생각합니다. 다시 똑같은 역할을 요구받더라도 저는 지금 당장 방호복을 입고 달려갈 것입니다."

아니야 이건 중 2병 걸린 영웅의 무용담 같잖아?

"사실 의료인의 한 사람으로 당연히 해야 할 일을 했을 뿐인데 사회로부터 받는 칭찬이 너무 과한 건 아닌지, 정말 제가 그런 칭찬과 격려를 받을 자격이나 있는 사람인지 아직도 헷갈립니다. 칭찬받아야 할 사람은 저보다 동료 의사, 간호사들을 음지에서 서포트 해주던 분들이라고 생각합니다."

이렇게 말한다면 이건 또 너무 겸손하면서 시크한 척하는 것 같은데... 이번 코로나19 사태를 겪는 동안 나의 자존감과 자의식은 저 두 대답 어느 중간에서 서성이고 있었다.

코로나19 사태가 진정 상태로 접어들면서 코로나19 환자를 진료했던 의료진들에게 그간의 기록과 소회를 부탁한다는 청을 병원으로부터 받았다. 보통 그런 부탁 말씀은 이렇게 시작한다.

"선생님, 이번에 코로나19 환자를 진료하면서 정말 수고 많으셨습니다. 이번 사태에 관하여 개인적인 의견이나 진료하면서 느꼈던 시스템상의 문제점 또는 병원이나 상급기관에 건의할 부분 아니면 환자들과 있었던 감동적인 에피소드 이런 것들 그냥 분량 생각하지 말고 편하게 써주시면 돼요."

그러나 이런 말을 들으면 편할 리가 있겠는가. 차라리 환자를 100명 더 보는 편이 더 편하겠는데... 생각을 바꾸자. 그렇다. 일생에 한 번 겪을까 말까 한 전 지구적 이슈를 직접 현장에서 온몸으로 겪었는데 어떻게 가슴이 웅장해지지 않을 수 있겠는가? 이번 일을 겪으며 뭔가를 글로 남기는 것, 그것은 이 시대 의사의 사명이자 의무이며 특별한 권리이다.

그렇긴 하다만... 나 아닌 다른 선생님이 써주셨으면 좋겠다. 누가 말했던가? 잘 모르겠으면 시간의 순서대로, 의식의 흐름대로 써 나가면 된다고... 나도 그렇게 한번 해 보련다.

2020년, 희망찬 미래와 끝없는 긍정과 낙관을 품은 새해가 밝았다. 아니 밝았었다. 1월 중순 의국(의사들 휴게실을 말함, 의사들이 회의도 하고 책도 읽고 컵라면도 먹고 TV도 보고 수술 들어가기 전에 커피도 한 모금 하는 다목적 공간, 그런데 여기에서 점심시간에 소파 붙여 놓고 낮잠 자는 선생님도 있다. 죄송합니다. 접니다.)에서 TV 뉴스 채널을 보는데 중국에서 특이한 호흡기 질환이 발생했다는 소식이 들린다. 옆에서 컵라면 먹던 안과 박 선생이 말한다.

"형, 중국에서 이상한 폐렴이 돈데요."

"겨울에 폐렴 많이 걸리잖아. 뭐."

난 아주 대수롭지 않게 답했다.

"근데 형, 그게 상기도 감염을 일으키는 코로나바이러스인데 감기가 아니고 폐렴을 일으킨대요."

여기서 잠깐 설명을 더하자면 상기도 감염은 쉽게 얘기해서 감기라고 하고, 하기도 감염은 폐렴이라고 보면 된다. 보통 상기도 감염은 전염력이 강하고, 하기도 감염은 전염력은 낮지만 사망률은 높다. 그런데 상기도 감염 바이러스가 폐렴을 일으킨다면? 그렇다. 전염성이 엄청 높은 폐렴이 등장한다는 얘기다. 폐렴은 지금도 고연령 층에서 주 사망 원인이 될 만큼 치명적인 질환이다. 그런데 그게 전염이 잘 된다? 큰일 났네. 중국. '진짜? 에이~ 설마, 감기같이 퍼지는 폐렴이라니, 그거 좀 이상하지 않나?'

일주일 후 그 이상함이 우리에게 다가오기 시작했다. 서울은 중국과 왕래가 많은 도시인만큼 신종 폐렴이 약간은 발생할 수 있겠다고 누구나 예측하고 있었고, 실제 몇 명씩 산발적으로 발생하기 시작했다. 그리고 확진자는 신속히 음압병실에 입원시키고 접촉자들을 빠른 속도로 추적해서 검사를 하고 격리를 해나갔다. 질병관리본부의 대처는 눈부시게 빨랐고, 조만간 이 코로나 폐렴은 잡힐 듯이 보였다.

하지만 이때까지 코로나19는 여전히 우리와 먼 다른 세상 이야기였다. 그냥 우리들끼리 '호흡기 질환 환자 볼 때 근래에 중국이나 서울 다녀온 적 있는지 물어봅시다.' 하는 정도가 다였으니.

2월 어느 날. 스토리가 이상하게 흘러간다. 대구에서 코로나19 확진받은 한 환자와 접촉한 사람들이 무더기로 확진 판정을 받으면서 우리도 생각지 못했던 상황 속으로 빨려 들어가기 시작했다. 의국에 모여 TV 뉴스를 같이 보고 몇몇은 인터넷을 검색한다. 온통 코로나19 얘기뿐이다.

"오늘은 대구에서 몇 명 확진이라고?"

"300명 넘는다는데요?"

"그 환자들 우리 병원으로도 오나?"

"글쎄요. 우리 병원 음압병상이 많은 것도 아니고."

매일 수백 명의 환자가 대구 경북에 발생하기 시작했다. 바이러스는 우리 곁에 점점 다가왔다. 이젠 이 병은 우리가 맡게 될 것이다. 누구나 다 아는 사실이다. 하지만 누구도 입에 담지 않는다.

원장님이 아침에 회의 소집을 하셨다. 어느 조직이나 마찬가지겠지만 병원 아침은 많이 바쁘다. 회진을 돌면서 입원환자를 봐야 하고 여러 검사를 시작해서 빨리 판독도 해야 하며 아침 첫 수술도 빨리 들어가야 하고, 빨리 외래진료도 시작해야 한다. 즉 아침 회의는 웬만해서는 안 한다는 얘기.

원장님이 무겁게 말을 꺼내신다.

"여러 선생님들 바쁘신 줄 알지만 꼭 전해야 할 말이 있어 회의를 소집했습니다. 다음 주까지 김천의료원을 완전 소개(입원환자를 다 내보내고 병원을 비우라는 말)하라는 행정명령이 도에서 내려왔습니다. 그리고 우리가 코로나19

전담병원으로 지정되었습니다."

"원장님, 우리 병원이 공공병원이라서 환자를 받는 게 맞긴 하지만 우리한테 음압병상이 몇 개 없잖습니까?'

"그 문제는 병원 개조 공사를 하고 이동식 음압기를 갖고 와서 해결할 겁니다."

이동식 음압기라, 세상에 별게 다 있구나.

다음 날 아침 출근길에 병원 앞에 주차된 8톤 트럭에 실려 있는 기계 몇 대를 보았는데, 그때가 이동식 음압기라는 것을 처음 본 순간이었다. 멋이라고는 하나도 없는 공장 기계처럼 커다란 사각형 덩어리였는데, 의외로 믿음이 생긴다. 그래 우리 한번 잘 해보자.

그때부턴 속도전이었다. 원장님과 담당 의사들은 입원환자를 인계받아 줄 병원을 수소문해서 찾아야 했고, 환자분들에게는 죄송하지만 다른 병원으로 전원하셔야 한다고 읍소를 해야 하는데 그게 말처럼 쉬운 일이 아니다. 환자분 중에는 우리 병원에 대한 믿음과 애착이 유독 강한 어르신들이 있다.

"나 여기서 그냥 죽어도 좋으니 내쫓지 말아주세요."

"내쫓는 게 아니고 다른 병원 가셨다가 코로나19 환자 진료 끝나면 다시 돌아올 거예요. 그리고 그쪽 병원 선생님들한테 다 얘기해놨으니까 그 병원에서 잘 치료해주실 거예요."

"그래도 가기 싫어요. 선생님, 제발 여기 있게 해주세요."

"어르신, 이건 제가 결정할 수 있는 일이 아니에요. 나라에서 결정한 일이에요. 이 결정에 꼭 따라야 해요."

하루에도 이런 실랑이를 수십 번 해야 했다. 야속하고 야박한 사람 되는 거 그거 쉽더라.

환자들이 한 명 두 명 떠나가고, 비는 병동이 생기면 한밤중이라도 병실 개조 공사는 시작된다. 밤새 공사를 하고 공장에서 막 조립이 끝난 이동식 음압기는 8톤 트럭에 새벽 내 달려 김천으로 실려 와서 아침에는 개조된 병실에 설치된다. 환자들은 떠나가고 기계들은 계속 들어온다. 그리고 공사는 계속된다. 이곳이 건설 현장인지 병원인지 모를 어수선한 며칠이 그렇게 지나갔다.

일주일 후 그간 많은 분들의 노력과 수고 덕에 드디어 코로나19 환자를 받을 수 있는 감염병 전담병원이 만들어졌다. 이제 준비는 끝났다. 내일부터 환자들이 밀어닥칠 것이다. 우리, 잘할 수 있을 거야. 우려와 자신감이 동시에 가슴에 차오른다.

여기서 잠깐, 환자를 받는 과정을 간략하게 소개할까 한다. 환자가 무턱대고 감염병 지정병원으로 오는 게 아니고, 각 지역별 선별진료소에서 확진 판정을 받은 사람들에 관한 자료(간략한 병력 소개, 증상 발현 시기, 확진자 접촉 장소, 앓고 있는 기저질환 등등)를 도에서 우리에게 먼저 팩스로 보내준다. 그러면 의사나 간호사들은 좀 더 구체적으로 환자를 파악하고 준비를 할 수 있는 시간을 벌 수 있다.

그도 그럴 것이 김천의료원에 오는 코로나19 환자들은 대개 다른 지역분들로 우리 병원에 진료 기록이 전혀 없는 분들이기 때문이다. 그리고 119 구급대는 환자 자택으로 가서 방호복을 입히고 여기 김천으로 모셔온다. 이렇게 되면 보통 오후 늦게 도착하게 된다. 그렇게 환자분들은 입원을 하고 혈액검사, 흉부 엑스레이, 심전도 등 기본 검사를 받은 뒤 약을 먹고, 필요한 경우 수액을 맞으면서 주무시면 된다.

이렇게 말로 하면 아주 간략하게 보이지만, 환자 입원 시간이 대중 없다 보니 의사와 간호사들은 피로가 누적된다. 환자들이 밤 10시를 넘어서 오는 경우도 있다. 이런 경우는 입원환자 병력 청취를 하고 혈액검사 등 기타 검사 결과가 나오는 것을 보고 처방을 내면 밤 12시가 훌쩍 넘기 마련이다. 물론 이때부터 처방을 수행해야 하는 야간조 간호사들은 더욱 힘들어진다. 밤에 환자들을 기다리다 보면 이런 생각이 문득 들기도 한다. '왜 코로나19 환자들은 밤에 자꾸 오는 거지? 박쥐한테서 옮은 바이러스라서 그런가?'

환자를 받기 전 모든 의료진이 가장 먼저 받은 교육은 레벨D 방호복을 입고 벗는 법이었다. 방호복, 덧신, 속장갑, 겉장갑, 고글, 마스크를 순서에 따라서 착용하고 벗는 것인데, 입는 것보다 격리 병실에서 환자와 접촉하고 난 후 클린존에서 방호복을 벗고 나오는 것이 큰 문제였다. 절차대로 하나씩 벗을 때마다 알코올과 락스로 소독을 하는데, 이게 가장 신경이 많이 쓰이고 번거로운 일이다. 가장 위험한 순간이기도 하고. 아무튼 이 방호복을 입을 땐 마음이 경건해진다.

여러모로 신중해진다고나 할까. 방호복을 입고 있을 때면 '내가 바이러스를 묻혀서 나오면 나도 위험해지지만 가족들도 위험에 빠뜨릴 수 있다. 그리고 동료들도. 더 나아가 이 도시를 새로운 진원지로 만들 수 있다.' 라는 생각이 떠나지 않는다.

이 하얀 방호복은 필수적이고 아주 유용한 것이지만 사용 후에는 극도로 조심해서 처리해야 하는 진짜 위험한 옷이다. 그런데 이 하얀 옷은 지금 우리나라에선 헌신과 봉사, 희생의 상징이 되었다.

코로나 환자를 진료하기 시작한 지 며칠이 지났다. 초등학생 둘째 딸이 출근길에 묻는다.

"아빠는 방호복 입어 봤어?"

"그럼, 매일 입지. 환자들 보러 갈 때."

"그러면 아빠, 다음에 방호복 입으면 사진 찍어서 나한테 보여줘."

"알았어. 근데 그거 봐서 뭐하려고, 참…"

오전 회진 들어가기 전에 방호복을 입으면서 스마트폰을 같은 팀 마취과 김 선생한테 주며 사진을 찍어 달라고 부탁했다. 솔직히 좀 멋있게 찍어 달라고 하고 싶었다. 하지만 내 입에선

"둘째딸이 방호복 입은 사진 보내 달라 하더라구, 김 선생 대충 찍어줘. 그럼 돼요."라는 말이 나왔다.

그런데 진짜 대충 찍었다. 옆으로 퍼진 하얀 찐빵맨 같았다. 평소에 살 좀 뺄 걸. 사진을 첨부해서 아이한테 보냈다. 잠시 후 답장이 왔다.

"아빠 멋있어. 슈퍼맨 같아."

세상에서 가장 큰 칭찬을 받은 것처럼 가슴이 뭉클해졌다.

잠깐 우리 병원의 코로나19 대응 시스템에 대해서 이야기하고 싶다. 우리 병원은 내과 의사 6명이 근무를 하고 있다. 따라서 이 6명의 내과 의사를 중심으로 팀이 편성됐다. 내과 의사 한 명당 타 과 의사 2~3명이 한 팀을 이루는 방식이다. 평소에는 각자 개인적으로 활동을 하지만 회진시간에는 같은

팀 의사들이 모여 다 함께 회진을 도는 것이다.

6명의 내과 의사들은 따로 매일 미팅 시간을 갖고 특이한 환자 케이스나 이론보단 임상 경험적으로 접근해야 할 부분들에 관하여 공유를 한다. 그리고 각자의 팀으로 돌아가 팀원들에게 필요한 정보를 알려준다. 이런 경우 만약에 팀 내의 의사 한 명이 감염되어 전력에서 이탈하더라도 나머지 팀원이 환자를 신속하게 인계받아 진료를 이어갈 수 있다.

이번 코로나19 덕에 챙길 수 있었던 수확은 다들 적극적으로 맹렬하게 공부하는 습관이 붙었다는 점이다. 돌이켜보건데 의사 생활 중에서 코로나19 환자를 볼 때 모두 가장 열정적으로 공부하고 다 같이 토의를 하지 않았나 하는 생각이 든다.

코로나19 사태 초기에는 이 질환에 관해서 쌓인 지식과 정보가 워낙 없다 보니 자문을 구할 의사나 기관도 없는 상태였고, 우리 모두 각자 알아서 미국과 유럽의 최신 논문들을 찾아 읽어가면서 병의 실체를 파악할 수밖에 없었다. 목마른 사람이 우물 파는 법 아니겠는가. 코로나19 진료 초기 단계에선 정말 막막하고 두려웠지만 시간이 지나면서 우리들은 슬슬 자신감이 붙기 시작했다.

어느 날 아침 출근길에 아버지에게서 전화가 왔다. 전화를 받기 전에 걱정이 앞선다. 아들 출근길에 아버지가 직접 전화를 하시다니, 보통 이런 일 잘 없지 않은가? 진짜 큰일 아니고선.

"네, 아버지 무슨 일 있어요?"

"별일은 아니고, 너희 병원에 코로나19 환자들이 왔다고 뉴스에 나오더구나."

"네, 지금 150명 넘게 입원해 있어요."

"너는 검진센터에서 근무하니..."

아버지는 뒷말을 흐리셨지만 아마 이런 말을 하고 싶으셨을 거다.

'너는 검진센터에서 근무하니 코로나19 입원환자는 안 보겠구나. 혹여나 병원에서 지원자를 뽑는다고 하더라도 너무 앞서서 자원하지는 않았으면 한다.'

난 세상에서 가장 활기찬 톤으로 재빠르게 답했다.

"아버지 걱정 마세요. 저 이미 입원환자는 보고 있는데 조심해서 잘하고 있으니 걱정 안 하셔도 돼요."

그랬더니 잠깐 뜸을 드리고 말씀하신다.

"...그래 알았다. 젊다고 안 걸리는 거 아니니니 조심하거라. 이만 끊는다."

역시 경상도 남자끼리의 대화는 쿨하고 심플하다.

출근길 우리 병원 주위엔 이런 응원 현수막들이 많이 걸려 있다.

'고맙습니다. 우리의 영웅, 힘내세요.'

평소에 이런 글귀를 보며 출근할 때면 약간 쑥스럽기도 하지만 자존감이 1cm 높아지고 가슴에 뿌듯함이 차오르는 것이 느껴지는데 오늘 아침은 조금 다른 느낌이다. 비장함이 조금 섞였다고 해야 하나. 병원에 붙은 현수막을 보며 혼잣말을 해본다.

'네, 여러분의 영웅이자 우리 아버지의 걱정거리 출근했습니다. 오늘도 한번 잘해봅시다.'

병원과 관련된 글이라 하면 다들 감동적인 에피소드를 기대하기 마련인데, 사실 이 일을 하다 보면 생각보다 감동적인 스토리를 찾아내기 어렵다. 세상 모든 직장에 감동과 기쁨, 놀라움이 항상 흘러넘치지는 않지 않는가? 하지만 몇 가지 기억에 남는 단상들은 있으니 소개할까 한다.

누가 엄마는 강하다고 했는가? 엄마라서 강한 게 아니라 강하니까 엄마다

코로나19 사태 초기에 입원한 모녀 환자분 2명의 이야기이다. 어머니와 딸이 6인실 병실에 같이 입원했다. 어머니는 50대 중후반, 딸은 20대 초반으로 기억한다. 두 환자분이 마주보는 침상을 사용하고 있었는데 딸은 늘 이어폰 꽂고 스마트폰을 보고 있고, 어머니는 앉아서 책을 읽고 서로 별 대화도 없이 각자 일에 열중해 있다. 서로 약간 데면데면한 사이 같아 보였다. 사이가 나쁜 건 아닌데, 다정하지도 않은 느낌, 하여간 그런 느낌이었다.

입원한 지 몇 주가 지났다. 이제는 모든 것이 슬슬 정상화되어야 할 타이밍인데 그렇지가 못하다. 특히 어머니가 문제였다. 남들보다 더 오랜 시간 치료를 받아왔음에도 다른 환자분들보다 증상 호전은 더디고, 혈액검사 수치나 흉부 엑스레이 소견도 좋아지지 않는 편이었다. 이러면 환자나 의사 모두 약간 초조해진다.

입원 초기엔 회진 때 "오늘은 좀 어떠세요?"라고 말을 건네면 "선생님 고맙습니다! 힘내서 금방 나아야죠!"라고 활기차게 대답을 했었는데 함께 있던 다른 환자들이 완쾌되어 한 명 두 명 퇴원할 때마다 이 어머니의 목소리도 점점 기운이 빠져갔다. 하지만 회진 도는 의사 앞에서 힘든 티를 내지 않으려고 힘없는 목소리로 "그래도 기분은 어제보다 좋아졌어요. 선생님, 곧 낫

겠죠." 하면서 도리어 걱정하는 나를 위로한다. 그 와중에도 딸은 여전히 귀에 이어폰을 꽂고 스마트폰만 보고 있다.

그렇게 며칠이 지난 후 딸은 코로나19 검사에서 음성 판정을 받았다. 이런 날은 아침 회진 발걸음도 가볍다.

"오늘 아침은 좋은 소식입니다. 보람(가명) 씨 코로나19 검사에서 음성이 나왔습니다. 이제 퇴원하면 됩니다."

올 때는 둘이 왔지만 갈 때는 따로다.

"엄마, 나 먼저 집에 간다."

"그래 어서 가라."

끝까지 드라이한 모녀지간이다.

딸은 짐을 싸기 시작했고, 어머니는 무심하게 바라보다가 커튼을 치고 다시 침대에 눕는다. 몇 시간 후 짐을 다 챙긴 보람 씨와 나는 간호사 스테이션에서 만났다. 몇 주를 봐왔지만 방호복을 벗고 만나는 것은 처음이라 그런지 서먹서먹해 한다. 아마 내가 생각보다 덜 잘생겨서 실망했나 보다.

"선생님, 그동안 고마웠습니다. 근데, 우리 엄마 잘 나을 수 있죠? 저 지금이라도 다시 입원하면 안 되나요? 아무래도 그냥 가면 안 될 것 같아요. 엄마 곁에 내가 있어야 할 것 같아요."

"보람 씨, 여기는 오고 싶다고 오고 가고 싶다고 갈 수 있는 그런 곳이 아니에요. 잘 아시잖아요. 완치자는 어서 병원을 떠나야 합니다. 보람 씨 마음은 제가 저녁에 회진 돌 때 어머니한테 잘 말씀드릴 테니까. 어서 집으로 가세요."

"우리 엄마 잘 부탁합니다. 선생님."

"네, 걱정 마세요."

저녁 회진 때 병실에 올라갔다. 혼자 남은 어머니 얼굴에는 그늘이 가득하다. 이제 마음 놓고 두려워할 수 있나 보다. 딸이 옆에 있어서 그간 못했던 말을 내게 쏟아낸다.

"선생님 딸아이가 있어서 말은 안 했는데, 사실 저 열도 더 심해지는 것 같고, 기침, 가래도 많아지고 점점 숨도 더 차는 것 같아요. 저 정말 어떻게 되는 거 아니죠? 진짜 너무 무서워요. 선생님 전 아직 더 살아야 해요. 애들도 아직 어리고, 보셨잖아요. 엄마가 아프다는 대도 스마트폰만 들여다보고, 아직 철이 하나도 안 들었어요."

"어머님, 그렇게까지 걱정할 상태 아니니까 마음을 좀 진정시키시구요. 좀 전에 보람 씨가 저한테 뭐라고 하고 갔는지 아세요? 우리 엄마 혼자 두면 안 된다고, 자기를 다시 입원시켜 달라고 하더라구요. 자기가 엄마 옆에 있어야 한다고... 이만하면 그렇게 철없는 자식은 아니지 않을까요?

"진짜 우리 애가 그러던가요?"

"네, 나중에 회복하셔서 집에 가시면 직접 물어보세요."

어머니는 눈시울을 붉히며 고개를 숙인다. 이럴 땐 조용히 자리를 비켜주는 것이 매너이지 않겠는가.

"전 그럼 이만..."

그다음 날 이 환자는 어떻게 되었을까? 거짓말처럼 증상이 말끔히 사라지고 한번에 모든 수치가 정상으로 돌아왔다... 라는 것은 우리가 바라는 환타지일 것이다. 그렇지만 실제로 다음 날부터 서서히 증상이 호전되기 시작했고, 검사 수치들이 하나하나 정상으로 돌아오기 시작했다. 그리고 며칠이 더 지나 최종적으로 음성 판정이 나왔고, 최장기간 입원자였던 그 어머니는 그렇게 병원을 나서서 딸이 있는 집으로 돌아갔다.

나을 때가 되어서 나았던 것일까, 그날 저녁 딸의 사랑을 확인하고 감동의 눈물을 머금으면서 희망과 긍정, 낙관의 감정을 품었기에 바이러스가 사멸한 것일까? 알 수는 없지만 난 후자라고 믿고 싶다.

"당신을 사랑해. 당신이 걱정돼. 당신이 늘 건강하기를 빌어."라는 말을 항상 입에 달고 사는 가족은 없을 것이다. 모든 가족은 서로서로 괜찮은 척하면서 적당히 무심한 척하면서 사는 것 같다. 하지만 그 뒤에는 거대한 사랑이 있다. 신경 써서 보지 않으면 잘 보이지는 않는.

아! 그럼 기러기는 누가 키울 건데???

김천의료원 입원 15일차 최 할아버지가 회진 중에 말씀을 꺼내신다.

"선생님 저 여기 온 지 보름째예요."

"네, 어르신 맞습니다."

"근데 난 언제 퇴원할 수 있나요?"

회진 때 나한테 질문을 하신 것은 이때가 처음인 것으로 기억한다. 나를 볼 때면 '수고하신다. 기침이 점점 줄고 있다. 가슴팍이 아팠는데 많이 좋아졌다.' 이런 긍정적인 말씀만 하셨는데 드디어 한숨과 불안이 묻어나는 질문이 나타난 것이다.

병실에 있는 분들은 제각각 자기만의 방법으로 시간을 보낸다. 젊은 층들은 주로 스마트폰을 보고, 종교가 있는 분들은 성경이나 불경을 베껴 쓴다. 그리고 이 어르신은 노트에 한자를 하루에 천 개씩 쓰신다. 아주 정성들여서 또박또박 쓰신다. 본인의 답답함과 불안함을 글자에 꾹꾹 눌러서 노트에 내보내는 것이리라. 아마 만 오천 자 정도 쓰고 나서도 불안함이 안 가신다면 나한테 질문을 하기로 하신 것 같다. 나는 있는 그대로 대답했다.

"지금 증상도 좋아졌고, 다른 검사 수치들은 다 좋아졌는데, 바이러스 검사에서 계속 양성이 나와서 아직은 퇴원할 수 없어요. 어르신!"

시무룩하게 대답하신다. "알겠어요." 다 아는 질문과 다 아는 대답이다. 서로 힘 빠지는...

이틀 후 바이러스 검사를 재검했는데 또 양성으로 나왔다. 최 할아버지는 점점 초조해졌다.

"선생님, 내가 얼른 나가서 돌봐야 할 애들이 있어요. 나 좀 빨리 낫게 해줘요."

그렇구나, 어르신에겐 얼른 돌아가서 돌봐주어야만 하는 손자, 손녀들이 있었구나.

"어르신! 낫는다고 해도 바로 돌아가서 손주들을 돌보면 애들한테 위험할 수도 있어요. 그렇게 하시면 안 돼요."

"그게... 애들이 아니라. 기러기들이에요"

"네..? 기러기요..?"

"내가 기러기 농장을 시작했는데 내가 걔들 밥을 안 주면 다 굶어죽을 판이에요. 지금까지는 주변 사람들한테 부탁해서 어떻게 어떻게 꾸려왔는데, 더 이상 부탁할 사람이 없어요. 어서 가서 걔들 밥 줘야 해요."

이 어르신이 1초라도 빨리 음성 판정을 받고 기러기들에게 돌아갈 수 있게 최선을 다해야 한다. 기러기들의 목숨이 나한테 달려 있다니 어깨가 더 무거워져 온다. 다행스럽게도 다음 검사에서 2일 연속 음성 판정을 받고 최 할아버지는 퇴원하셨다. 지금쯤 기러기들도 다이어트를 끊고 토실토실하게 살이 올랐지 싶다.

약 먹지 말고 참으세요

입원 13일째 된 박 아주머니가 회진 중에 물어본다.

"선생님, 손가락 관절이 너무 아파요. 저 관절약 다시 먹으면 안 돼요?"

이 환자는 류마티스 관절염을 앓는 분으로 스테로이드와 저용량의 항암제로 관절염을 조절해왔다. 기존에 진료를 받아오던 대학병원의 교수님과 상의해서 입원 기간 동안 관절약은 중단하기로 한 상태였다.

"무슨 말씀인지 압니다만 지금은 폐렴 치료에 모든 것을 집중해야 할 때예요. 관절약 먹으면 면역력이 떨어질 수 있어요. 그러면 바이러스가 다시 증식하게 돼요. 그 말은 우리가 처음으로 다시 돌아간다는 소리예요. 이제 끝이 보이니 며칠만 힘내서 버티세요."

아, 이런 대사 너무 인정머리 없이 들린다. 아주머니는 "네, 알았어요." 하면서 고개를 숙인다. 관절이 오죽 아프면, 먹지 말란 소리를 들을 게 뻔한데 물어보겠는가. 괜히 면박준 것 같아서 마음이 무겁다. 다음 날 회진 때 병실로 들어서니 박 아주머니가 자기 손을 후다닥 뒤로 숨기면서 얘기한다.

"선생님 말대로 관절약 안 먹었는데도 손가락 안 아파요. 이제 괜찮아요."

그렇지만 난 봤다. 퉁퉁 붓고 뒤틀린 관절을 호호 불어가며 주무르고 있던 것을.

마음이 안됐다. 괜히 미안하다. 내가 평소에 너무 고지식하게 대했었나? 환자는 아프면 아프다고 해도 된다. 그것마저도 의사 눈치 봐가면서 해야 된다면 그런 의사는 세상에 존재할 필요도 없다.

비타민 좀 더 주세요

젊은 남자 환자들이 있는 병실에 회진을 갔다. 마흔 두 살의 김 아저씨가 말한다.

"선생님 오늘 약 보니까 어제까지 있던 비타민 그거 없는 거 같은데, 그거 다시 주세요. 그거 먹을 땐 컨디션이 좋았는데 안 먹으니까 컨디션이 나빠지는 것 같아요."

입원 초기에 고가의 치료용 비타민을 같이 쓸 거라고 말했더니 거기에 생각이 꽂혀 있었나 보다. 항바이러스제 얘기도 했었는데 그건 머리에서 사라진 듯하다. 난 속으로 말했다. '아, 이 아저씨 조금 얄밉네. 난 아저씨 개인 건강 도우미가 아니에요.'

김 아저씨는 계속 말한다.

"선생님은 잘 모르겠지만 나이가 4자 넘어가면 영양제 먹느냐 안 먹느냐에 따라 하루하루 달라요."

방금 전 얄미운 감정이 슬슬 풀린다. 난 이제 5자가 4자보다 더 가까운 나이에 접어들고 있지 않은가. 어쨌거나 동안으로 보인다는 얘기는 고래도 춤추게 만드는 법이니까. 방호복을 입고 고글과 마스크로 얼굴을 가리면 나이는 지워져 버린다. 덥고 불편하지만 그거 하나는 좋다.

"알겠어요. 계속 처방하죠."

나는 시크하게 대답했다.

비타민을 잘 챙겨 먹어서 그런지는 모르겠는데 김 아저씨는 그 방에서 가장 빨리 완치 판정을 받고 병원을 떠났다. 그때부터 나도 열심히 비타민을 챙겨 먹고 있다.

심장과 폐보다 중요한 건 피부?

피부가 유난히 희고 깨끗한 여자 환자가 한 명 있었다. 피부에 큰 자부심을 가지고, 이 피부를 열심히 가꾸는 것은 자기의 권리이자 의무라 생각하는 듯 마스크를 쓰고 입원해 있는 와중에도 뭔가를 열심히 바르고 관리를 하고 있었다. 젊은 사람이라 증상도 심하지 않았고 본인도 시간 지나면 퇴원하려니 여기면서 편안하게 마음 먹고 병원 생활을 해나가는 중이었다. 그런데 어느 날 오후 회진 때 수심이 가득한 얼굴로 내게 말을 걸었다.

"선생님 다리에 뭐가 생겼어요."

"어디 한번 볼까요?"

환자복 다리를 걷어서 보여주는데 아토피 피부염같아 보인다. 난 속으로 '별거 아니네.' 했다. 그런데 이 환자 갑자기 울상이 되어선 걱정을 토로하기 시작한다.

"이거 코로나19 때문에 생기는 거 아니에요? 이거 혹시 온몸에 다 퍼지는 거 아니에요? 이거 나을 수 있어요?"

조금 당황스럽다. 보통 환자들은 이런 걸 물어본다.

"선생님, 제가 원래 심혈관이 안 좋은데, 코로나19 때문에 더 악화되지 않을까요? 선생님, 제가 만성 폐질환이 있는데 코로나19 때문에 호흡곤란이 더 심해지지 않을까요?"

그런데 피부라니... 물론 피부라는 기관이 중요하지 않다는 게 아니다. 그런데 당장 죽고 사는 문제는 아니지 않는가?

"아직 코로나19가 특별한 피부염을 일으킨다는 정보는 못 봤습니다. 일반적인 피부염에 쓰는 연고와 약을 처방해 드릴 테니 우선 약을 쓰고 결과를 보죠."

결과는 어땠을까? 깨끗하게 나았다. 그 환자는 음성 판정을 받은 날보다 피부염이 사라진 날 더 크게 기뻐했다. 사람에 따라 자기가 가장 소중하게 생각하는 장기는 따로 있을 수 있다는 걸 그때 처음 알았다.

코로나19 환자를 보면서 70여 일을 보냈는데 막상 글로 옮기려니 쓸거리가 손에 잘 잡히지 않는다. 그저 희미하게 그 순간순간의 단편적인 느낌만이 남아 있을 뿐이다. 하긴 객관적인 우리의 진료 기록은 병원 백서에 남을 터이니, 코로나19 사태를 겪으면서 느꼈던 각자의 단상을 적는 것이 이 글의 목적엔 더 부합할는지도 모르겠다.

누구도 상상해본 적도 없고, 아무도 가 보지 않았던 길에 들어섰을 때의 그 막막함과 두려움, 하지만 차근차근 준비하여 길을 찾아가면서 조금씩 자신감을 얻고 서로를 격려하며 지나온 나날들. 이 시간들을 어찌 몇 페이지에 담을 수 있겠는가? 그리고 병원 밖에서 우리에게 엄청난 지원과 응원을 보내주셨던 김천 시민들과 다른 도시의 시민들 그리고 여러 단체, 그분들의 고마움은 평생 잊지 못할 것 같다.

모두가 힘을 합쳐 힘든 시간을 보내고 나면 무언가를 남기기 마련인데 혹자는 그것을 기록이라고 부를 것이며, 또 누군가는 그것을 추억이라고 부를 것이다. 하지만 난 이번 코로나19 사태에서 우리 김천의료원이 보여준 결과를 '평범한 사람들이 만든 작은 업적'이라고 기억되었으면 한다.

드라마는 가장 드라마틱 하지 않은 순간에 등장한다고 했던가? 우리는 지방병원의 아주 평범한 사람들이다. 하지만 뜻하지 않은 순간에 코로나19 사태를 만났고 급작스럽게 우린 무대 위에 올려졌으며 최선을 다해서 맡은 역할을 다했다.

이제 우리의 역할은 끝나 간다. 감염병 전담병원 지정이 풀리면서 우리는 원래의 자리로 돌아왔다. 하지만 만약에라도 우리가 필요한 순간이 다시 온다면 평범한 우리는 다시 그 길로 묵묵히 들어설 것이다.

함께 걷는 길, 코로나19를 넘어

정신건강의학과 과장 김용구

김천의료원은 2020년 2월 21일부터 4월 30일까지 70일 동안 감염병 전담병원으로 지정돼 경북도민들의 든든한 버팀목이 되었다. 의료원은 신속하게 병원 전체를 비우고, 선별진료소를 운영하면서 코로나19 확진자 269명을 치료했다. 대구 경북 지역의 확진자가 폭발적으로 늘어나던 시기, 처음 접하는 바이러스에 모두가 두렵고 불안했지만 단 한 명의 이탈자 없이 혼신의 힘을 다한 결과였다.

의료원은 감염병 전담병원 지정 기간에도 응급실과 외래진료를 평상시처럼 유지했다. 코로나19 확진자들을 치료하면서 의료진 부족이 심화되고, 감염 전파에 대한 우려가 증폭되는 상황에서 내려진 어려운 결정이었다. 일반 환자들에 대한 책임을 다하고 지역사회 의료 공백을 막겠다는 김미경 원장님의 결단하에 음압병실 확보와 의료진의 개인 방호 노력, 일반 환자와의 철저한 동선 분리가 뒷받침되어 가능한 일이었다.

코로나19의 기세가 날로 더해가던 3월초, 아내가 발열과 기침 증세를 보여 코로나19 검사를 받았다. 마침 이웃에서도 확진자가 발생한 상황이라 결과가 나올 때까지 불안은 커져만 갔다. 나도 왠지 열이 나는 것 같고, 목도 깔깔한 느낌이 들었다. 혹시라도 확진되면 의료원 진료에 차질이 생길 텐데, 아내와 제가 격리되면 아이는 어떻게 돌봐야 하지? 걱정은 꼬리에 꼬리를 물었다.

다행히 음성 판정을 받고 안도했지만 코로나19가 결코 확진자들만의 책임이나 어려움이 아니라는 점을 깨달았다. 질환 특성상 누구나 우연한 경로로 감염될 수 있고, 무증상 상태에서 타인에게 전파시킬 수 있기 때문이다. 그렇기에 섣불리 확진자를 비난하거나 배제하기보다는 지역사회 전체의 연대로 문제를 해결해 나가야 했다.

올봄에는 코로나19와 우울감을 뜻하는 블루를 합쳐 '코로나 블루'라는 신조어가 생길 정도로 많은 사람이 코로나19로 인한 피로, 우울, 무기력 증세를 호소하였다. 정체불명의 감염질환에 대한 두려움이 컸고, 친구를 만나거나 영화와 공연을 즐기는 평범한 일상이 갑작스럽게 거의 불가능해졌기 때문이다. 마스크와 거리두기는 감염 전파를 막아주었지만, 시원한 공기를 마실 자유를 빼앗고 사회적 고립감을 가중시키는 역기능도 있었다.

정신건강의학과 의사로서 외래진료와 코로나19 상담실 운영, 그리고 입원 협진을 통하여 여러 환자분들을 접할 수 있었다. 코로나19로 인한 신체적 고통도 크지만 심리적 괴로움도 그에 못지않았다. 확진자들은 직장에서의 낙인과 실직에 대한 두려움으로 괴로워했고, 음성과 양성을 오가는 코로나19 검사 결과와 늦어지는 퇴원에 불안해했다. 기존 정신과 환자분들은 감염에 대한 공포, 빼앗긴 일상, 고립된 생활 때문에 증상이 악화되는 경우가 많았다. 코로나19라는 거친 파도를 없애드릴 수는 없었지만, 마음의 배를 튼튼히 하여 바다를 건너도록 도와드리겠다는 일념으로 환자분들과 공감하고 빠른 치유를 위해 노력했다.

사회적 거리두기를 실천하면서 집안에서 평소보다 긴 시간을 보냈다. 재택근무와 홈트레이닝이 세계적인 트렌드로 떠오르고, 화상회의 서비스업체 줌(Zoom)은 1분기에 최대 실적을 올리기도 했다. 위급한 상황 탓에 욕망을 억누르고 화창한 주말에도 외출을 자제할 수밖에 없는 상황이 무척 답답했다. 하지만 이 기간은 평소 무심하게 흘려보냈던 집이라는 공간을 다시 발견하는 소중한 시간이기도 했다.

마음챙김(mindfulness)에서 강조하는 수련법처럼 집안 곳곳을 처음 만나는 것처럼 새롭게 보고 지금 이 순간과 공간에 집중해 보았다. 미래에 대한 불안과 과거에 대한 걱정에서 잠시나마 벗어날 수 있었다. 아내와 깊이 있는 대화를 나누고 아이와 눈을 맞추며 소소한 기쁨도 느꼈다. 새삼 행복은 가까운 곳에 있다는 평범한 진리를 깨우치게 됐다.

코로나19로 인해 무수한 사람들이 쓰러져갔지만, 광대한 우주는 코로나19로 인한 개인의 희생에는 무심해 보이기도 하다. 그렇지만 고난과 역경 속에서도 인류는 각자 자신의 위치에서 뚜벅뚜벅 쉼 없이 걸어가고 있다.

미국의 우주회사 스페이스X는 2020년 5월 31일, 최초의 민간 유인우주선 '크루 드래건'을 성공적으로 발사했다. 미약하지만 인류가 좁은 지구를 벗어나 우주로 향하는 의미 있는 첫걸음이다. 천연두, 흑사병, 스페인 독감 등 한때 공포를 불러일으켰던 이름들이 이제는 역사의 한 페이지로만 남아 있는 것처럼 코로나19 역시 인류가 극복한 또 하나의 전염병으로만 기억되기를 기원한다.

김천의료원 구성원들은 70일간 최선을 다해 환자를 살피고 코로나19와 싸웠다. 김천 시민을 비롯해 경북도민들은 따사로운 햇살 아래 조심스럽게 일상으로 돌아가 희망찬 내일을 준비하고 있다. 나 역시 김천의료원의 일원으로서 코로나19의 종식까지 작은 한 걸음을 보탤 수 있기를 희망한다.

코로나19, 이송 경험담

마취통증의학과 과장 김형동

대구에서 코로나19 확진자가 늘어나면서 김천의료원이 감염병 전담병원으로 지정 된 후에는 하루가 다르게 급격히 늘어나는 환자들로 병원은 비상상태였다. 야간까지 공사하여 음압병실을 만들면 금세 그 자리를 코로나19 확진자들이 채우곤 했다. 당시에는 직접 환자와 접촉하지는 않았지만 혹시 모르는 사이 노출되었다면 가족에게 혹은 이동 중에 타인에게 전염시키지 않을까 걱정이 되어 귀가하지 못하고 관사에서 지내던 중이었다.

어느 날 아침, 의국 회의 중에 산소포화도 저하로 상급병원으로 전원해야 할 환자가 있어 의료진 동승자가 필요한 상황이 되었다. 이송 중에 환자 상태가 나빠져 급하게 기관삽관이나 심폐소생술을 시행해야 한다면 마취통증의학과의 전문과목이 도움이 되리라는 생각과 함께 만약 감염되더라도 연령이 낮을수록 위험도가 낮지 않나 싶은 생각이 스쳐 스스로 지원하여 이송에 동승하게 되었다.

그날 처음으로 의료진이 동승하여 이송하게 된 경우라서 앞으로 일어날 상황에 대해서 어떤 예상이나 준비를 할 수 없었다. 이송 시간이 길고 방호복을 입은 채로는 화장실을 갈 수 없다는 말에 급히 화장실만 해결하고 처음 입는 레벨D 방호복에 PAPR을 착용한 채 환자가 이송 준비되기를 기다렸다. 코로나19 환자 전용 통로를 통해 만나게 된 환자는 중년의 남성분으로 이미 어느 정도 호흡곤란이 진행해 있어 산소마스크를 사용하고 있는 중이었고, 힘이 없는 듯 지친 모습이었다.

한참을 이송하여 충청지역 어디쯤을 지나던 중에 처음 한두 시간 동안은 큰 문제없이 안정적으로 상태를 유지하던 환자의 산소포화도가 서서히 떨어지기 시작하였고 머릿속으로 수많은 생각이 스쳐갔다. 달리는 구급차 안이었고 다행히 기관삽관에 필요한 기구들은 모두 갖추어져 있었지만 기관삽관을 시행하기에는 공간이 부족하였다. 고속도로 위를 달리는 차 안에서 가능할지에 대한 고민도 깊어졌다. '차를 세워 달라고 해야 하나' 하는 고민을 하던 중에 산소탱크에 산소가 거의 다 소모된 것을 발견하였다. 구급차 안에 여분의 산소탱크로 교체하면서 다행히 환자의 산소포화도는 위험한 상태까지는 가지 않고 이전과 같은 상태로 회복되었다.

이후 별다른 문제없이 이송하기로 한 병원에 도착하여 병원 의료진이 준비를 갖추고 나오기를 기다리는 30여 분간 큰 문제없이 도착했다는 안도감과 방호복을 계속 입은 채 다시 김천으로 돌아갈 생각에 갑갑함이 교차했다. 그 뒤로 타고 온 구급차 소독이 1시간 가까이 이어지면서 긴 시간 방호복을 착용한 것이 부담이 되었는지 점점 귀가에 대한 생각만 커져갔다. 돌아오는 마지막 1시간은 화장실 생각만 하면서 보냈던 것 같다.

오전에 출발하였는데 무사히 병원에 복귀하니 어느덧 밤이 되어 있었다. 마침내 레벨D 방호복을 벗고 불안한 마음에 태어나서 그 어느 때보다 열심히 몸을 씻고 관사로 귀가하였다. 자원하여 이송을 가긴 했지만 장시간 환자와 밀폐된 공간에서 있었다는 사실이 당시로서는 굉장한 불안감을 주었다. 다른 사람과 접촉도 최대한 줄이고 거의 일주일간은 몸에 혹시 어떤 증상이 생기는지 예민하게 걱정하기도 했다. 이후에 환자 수가 폭증하여 팀으로 코로나19 환자 병실을 반복적으로 회진하게 되면서 오히려 이런 걱정과 불안은 어느 정도 누그러들었다.

지금 다시 돌아보면 순간순간 많은 도움을 받아 무탈하게 지나올 수 있었던 것 같다. 물샐틈없이 전체 상황을 계획해 주신 원장님, 과장님들, 최전선에서 코로나19 확진자들을 간호한 병동의 간호사 선생님들, 방호복 착용부터 다른 모든 면에서 의지할 수 있었던 감염팀, 쉴틈 없이 음압병실을 만들어주신 시설팀, 또 밤낮 없이 병원 입구를 지켜주신 수많은 선생님들의 도움으로 나도 확진자의 한 명이 아닌 의료진의 한 명으로 그 길었던 시간을 지나올 수 있었던 것 같다. 감사한 마음과 함께 작은 부분이라도 도움이 될 수 있어 내게도 매우 의미 있는 시간이었다.

코로나19가 바꾼 우리의 나날들

신경과 과장 김민석

사람들은 집에 머물렀다. 새로운 일상의 방식을 배워가며 적응했다. 어떤 이는 음악을 듣고, 어떤 이는 피아노를 치며, 어떤 이는 기도를 했다. 코로나19는 우리의 일상을 송두리째 바꿔놓았다. 나도 코로나19부터 자유롭지 않았다.

2020년 2월말, 나의 생일이 있던 날 대구 경북지역에 코로나19 환자가 속출했다. 매스컴에서는 연신 자극적인 기사와 위험한 상황을 쏟아내고 있었고, 사람들은 전에 겪어보지 못한 혼돈과 위험 상황에 버려졌다. 나 또한 나의 직장인 김천의료원이 공공병원으로서 감염병 전담병원으로 지정되었다는 소식을 접했다. 처자식을 친가가 있는 부산으로 보내고 이 참담한 현실을 받아들이며 한 명의 의사로서 본분을 다하기 위해 김천에서 상주하기로 하였다.

아무도 겪어보지 못한 상황이었지만 병원 내에서의 체계는 단단하고 또 꼼꼼했으며 이 지옥 같은 상황을 이겨 내기 위한 희망이 생기고 있었다. 김미경 원장님의 강인한 리더십 아래 모든 의사, 간호사, 직원이 한 팀으로 뭉쳤고, 주말까지 헌신하며 우리의 세상을 지키려고 노력했다. 나 또한 실력이 뛰어나진 않지만 내게 주어진 이 직무를 다하기 위해 최선에 최선을 다하자고 매일 다짐하였다.

불과 1주일도 안 되는 시간 300명에 가까운 일반 환자를 다른 병원으로 전원하였다. 그 와중에는 코로나19에 걸려도 여기서 죽고 싶다고 하는 호스피스 환자의 얘기는 우리의 마음을 아프게 했다. 언제 끝날지도 해결될지도 모르는 이 사태에서 우리는 맘 졸이고 고민했다. 원장님과 의료진들이 있는 카카오톡 채팅방에서는 주말, 새벽 시간을 가릴 것 없이 수직적이지 않은 소통으로 실시간으로 정보를 공유하고 개선할 점을 찾았다. 우리 인간들은 언제나 시련을 겪었지만 항상 해결책을 찾았던 것을 새삼 느꼈다. 병원에는 환자들을 수용하기 위한 공조시설이 생겼고, 병원 내 감염이 퍼지지 않게 차단벽 및 격리실까지 불과 수일 만에 일이 진행되었다. 그리고 곧이어 환자들이 입원하기 시작했다.

한 가족이 있었다. 원인이 어쨌든 코로나19는 한 명의 딸을 감염시켰고, 그녀의 어머니와 아버지까지 병마와 만나는 결과를 가져왔다. 하루아침에 한 가족이 모두 코로나19에 감염돼서 병원에 입원을 하였고, 그중 엄마와 딸은 내가 주치의로 치료를 하게 되었다. 온몸을 덮는 무거운 방호복과 가만히만 차고 있어도 숨도 못 쉴 것 같은 N95 마스크를 착용한 후 처음으로 병실로 들어가는 순간 굳게 맘을 먹었지만 두려웠다. 이 전파력이 높은 바이러스가 나를 덮칠 수도 있고, 그로 인해 내 가족, 내 친구들에게 영향을 줄 수 있다는 사실은 불안증을 유발하기에 충분했다. 하지만 병실 안에서 만난 그녀와 그녀의 어머니는 생각 외로 매우 평온한 얼굴이었다. 그들도 처음 맞이한 이 지옥 같은 상황에 발 빠르게 대처하고 이겨 내려 노력 중이었다. 나는 살면서 사람들에게 연민의 감정을 느끼고 공감하는 것에 서툴지 않아서인지 그녀들에 대해서도 같은 마음이었다.

하루아침에 감옥 같은 병실에서 나가지도 못하고 갇힌 채로 지낸다는 것은 모든 사람에게 있어서 형벌과도 같은 일일 것이다. 그래도 환자들과 나 사이에 생긴 신뢰와 라포는 코로나19를 퇴치할 수 있는 도구가 되어 꾸준히 이어진 약 3주간의 치료에 병세는 호전되었고 그녀들은 2차례에 걸친 불편한 코로나19 검사를 또 거친 후 집으로 돌아갔다.

가끔씩 그 모녀에게 커피를 건네준 것 때문이었는지 퇴원 후 장문의 편지도 받았다. 편지에는 고마운 마음을 전하며 꼭 다시 병원을 방문하겠다는 약속까지 했는데 2달 뒤 아빠와 함께 그 먼 곳에서 김천까지 찾아와 내게 감사함을 표시했다. 정말 의사로서 힘든 일도 많고 마음대로 되지 않는 것이 우리네 인생이지만 그 순간만큼은 정말 보람찼고 벅찬 기쁨이 느껴졌다.

4월부터는 대구 경북지역의 코로나19 환자 수가 줄면서 본원도 감염병 전담병원에서 해제되었고 다시 일반 환자들을 입원시킬 수 있게 되었으며 우리의 일상도 조금은 다시 돌아왔다. 하지만 이 지독한 바이러스는 우리의 일상을 송두리째 바꿔 놓은 것은 사실이다. 사람들은 새로운 존재방식을 배우며 조용히 지냈고 결국 큰 위험은 지나가고 있다. 나의 치료를 거친 환자들을 생각하면 우리의 인생이란 것이 한편으로는 고난과 역경의 파도 속에서 살아가는 것이지만, 그 안에서의 기쁨이나 보람이 있기에 그 자체로 살아감이 아름다운 것이 아닐까 생각해본다.

GMC

PART 03

슬기로운 병동생활

우리는 2020년도의 봄을 평생 잊지 못할 것이다.

누구나 처음 겪는 일인데도 절대 물러서지 않았고

코로나19보다 더 끈질긴 인내로 치료하며 앞으로 나아갔다.

희망을 꿈꾸며...

31병동 간호감독 공승희

처음으로 서울 경기지역에 코로나19 확진자가 나왔다고 할 때까지만 해도 메르스를 경험한 병원 근무자로서 이번 감염병도 정부의 발 빠른 대처로 금방 종료되지 않을까, 조금은 안이한 생각으로 일상생활을 하고 있었다. 하지만 신천지발 코로나19와 청도 대남병원을 시작으로 대구 경북지역에 기하급수적으로 확진자가 나오기 시작하면서 안동, 포항, 김천의료원이 감염병 전담병원으로 지정된 후 모든 것이 바뀌었다.

모든 의료진은 신경을 곤두세우며 하루하루 준비에 들어갔다. 우리는 모든 환자의 퇴원과 원활한 전원을 위해 설명하고 안내하는 일로 숨 쉴 틈조차 없이 지나갔다. 급작스러운 상황으로 인해 환자분들의 당황하는 모습도 잠시, 충분한 설명과 차분한 대응으로 서로 이해해주며 코로나19 환자를 받기 위한 준비가 이루어지면서 각 병동에 음압기를 설치하고 안정장치로 간호사실 앞 가벽도 설치되었다.

직원 모두 처음 겪는 상황으로 두려워하고 있을 때 원장님께서 방문하셨고 감염병 전담병원으로서 앞으로의 진행 방향 설명과 현장에서 직접 부딪히며 일하고 있는 간호사들의 고민과 힘듦에 대해 소통하는 시간을 가졌다. 원장님의 지시에 따라 병동이 준비되고 순차적으로 환자를 받기 시작하면서 마지막 차례였던 31병동은 짧지만 길었던 준비 기간 동안 먼저 환자가 입원한 다른 병동의 상황을 먼저 확인하였다.

처음 레벨D 방호복을 입고 고글과 N95 마스크를 쓰고 일을 시작했을 때엔 그야말로 숨이 '턱' 막혔다. 고글에 습기 제거제를 뿌리고 발라 보아도 땀으로 인해 앞은 비가 내리듯 물기로 가득 찼고 잔뜩 긴장한 탓에 숨은 가쁘게 차올랐다. 하지만 '주방용 세제'로 고글을 닦아 습기를 제거하거나 방호복 착용 시에는 엄지손가락 위에 작은 구멍을 내어 끼우는 등 우리들만의 노하우가 생겼으며 기발한 아이디어를 함께 공유하면서 이내 잘 적응할 수 있었다.

처음 대구 경북 사태가 일어나고 많은 사람의 마음엔 특정 지역과 종교에 대한 작은 원망과 미움이 자리 잡지 않았을까 생각했다. 우리 의료진들은 사사로운 감정을 앞세우지 않으며 종교와 직업 등으로 생명의 귀천을 결정하면 안된다는 마음가짐으로 선입견과 편견을 최대한 배제하고 입원하는 환자들에게 최선을 다하자는 다짐 아래 첫 환자를 기다렸다.

3월 6일 그날 그 밤... 31병동에 쓰나미가 밀려들어온 날이었다. 최고령 서○○(F/95) 환자분을 선두로 환자와 좋은 관계형성으로 환자 쾌유에 최선을 다하자는 우리의 다짐을 비웃듯 대화가 불가능하고 설치며 소리 지르는 요양원 환자분들…

저녁 8시부터 새벽 3시까지 요양원 치매환자 31명이 쏟아져 들어오고, 한 분의 환자 파악이 끝나기도 전에 다른 환자분이 입원하고, 수많은 처치 후 돌아서면 또 다른 환자분이 대기하고 있어서 환자의 심각성에 가슴 아파하고 눈물을 보이는 것마저 사치였다.

환자가 소지하고 있는 모든 물품은 격리실에서 클린존인 간호사실로 내보낼 수 없기 때문에 요양원에서 팩스로 보내주지 못한 자가 약 내역들은 격리실 안에 비치되어 있는 스마트폰으로 촬영하여 밖에서 식별하였다. 요양원에서 본원으로 이송 오는 동안 교환하지 못하여 엉망으로 뭉게진 대소변 기저귀를 교환하는 과정은 아비규환이었다. 이건 전쟁이었다. 우주전쟁…

틈만 나면 내려와 엎드려 처치하는 간호사 옆의 처치카에 있는 물건을 만지는 환자, 또는 그 물건을 숨겨서 온 병실을 찾게 하고, 아니면 던져서 파손하는 등 환자와 최소한의 접촉을 원칙으로 한다는 우리의 규정은 야무진 허상이었다. 끝나지 않을 것 같은 시간이었다.

두려움에 살짝 떨고 있는 우리 앞에서 제일 먼저 방호복을 입고 환자 병실로 들어가셨던 원장님은 우리 두려움의 눈망울을 한순간 바꾸어 놓았다. 이러한 시간을 통해 마음의 짐을 한결 덜어내고 "다 함께 힘을 합쳐 이겨내 보자!"라는 구호를 외치며 근무에 임하며 마음을 다졌다.

처음 며칠 동안 식사 수발과 기저귀를 갈아드리는 일로 힘들었지만 간병사, 조무사들이 투입되고 각자의 일을 나눠 더욱 질적인 간호를 할 수 있게 되었다. 요양병원, 요양원에서 오신 고령 환자분들은 특성상 기본적으로 고혈압, 당뇨, 천식 등의 기저질환과 치매를 가지고 계셨다. 식사량이 원래 적은 요양원 환자지만 기저질환과 코로나19 관련 투약으로 한 숟가락도 드시려고 하지 않아 담당 간호사가 간장에 참기름까지 사와서 드시게 하였으며, 식당에서는 배식 시 요플레, 요쿠르트 등의 간식을 준비했다.

침을 뱉거나 물고 때리는 치매환자분들께서 식사 또는 간식 수발 시 과격해져 방호복을 잡아당기거나 발로 차며 고글을 벗기려 하실 때면 감염 가능성을 우려하지 않을 수 없었다. 치매환자분은 다른 환자의 음식이나 소지품에 집착하여 옆 환자분들과 싸우거나 수시로 문을 열고 나오며 복도에서 서성였다. 또한 문손잡이를 너무 많이 흔들어서 문손잡이조차 빠져버린 상황과 병실을 뛰쳐나와 전실 문을 열고 집으로 가겠다고 하는 위험천만한 소동이 일어날 때마다 놀란 가슴을 쓸어내렸으며, 이 모든 상황을 모니터해야 했다.

코로나19로 인해 환자분들을 김천의료원으로 떠나보낸 뒤 장기간 보지 못하고 불안해하는 보호자께 꼭 원하시는 경우에는 의료진의 동반하에 면회 가능성을 설명하였으나 감염의 두려움으로 선뜻 방문하지 못하였다. 누구보다 외롭고 힘드실 환자분들을 위해 보고픈 가족의 얼굴이라도 보시고 더욱 힘내셨으면 좋겠다는 마음으로 한 분 한 분 영상통화를 시켜드렸다.

하나뿐인 가족을 멀리 떠나보낸 마음에 비해 짧게만 느껴질 5~10분 정도의 통화 시간 동안 많은 대화를 나누는 모습을 볼 수 있었다.

"엄마, 여기 손주 얼굴 좀 봐봐요... 우리 금방 이겨내고 다시 만나서 엄마

하고 놀러가고 싶었던 곳도 함께 가고 먹고 싶었던 것들 전부 먹어봐야지…"

"약이 많이 독해서 입맛이 없더라도 밥 많이 먹어야 얼른 보지! 조금만 더 기운내요."

"간호사 선생님 저희 어머니(아버지) 좀 잘 부탁드려요."

이러한 모습을 옆에서 전해드리면서 딸, 아들 얼굴을 보여줘 고맙다며 흐려진 의식 중에서도 손을 잡아주던 환자분의 모습에 참았던 눈물을 흘릴 수밖에 없었다. 또한 청각 장애가 있는 할머니께서는 아들과 통화하면서 수화로 자기한테 빨리 오라며 운전대를 돌리는 모습을 계속하는 것을 보고 그때야 운전해서 빨리 오라는 뜻인 것을 알았다. 그 모습에 우리 모두가 많이 울었다.

이러한 일들이 있는가 하면, 방호복을 입고 환자 전원을 돕던 중 복도 소독을 위해 모든 사람이 밖으로 나오면 안 되는 30분 동안 격리실 안에 갇혀있던 한 간호사가 배탈이 났으나 밖으로 나오지 못해 식은땀을 흘리며 다리를 꼬고 발을 동동 구르는 곤욕을 치렀던 웃지 못할 헤프닝도 있었다.

점점 늘어나는 환자들로 ICU, 51병동 간호사들도 우리와 함께하게 되었다. 이 지면을 빌려 근무에 정말 큰 힘이 되었다고 말씀드리고 싶다. 의료진 내 감염을 막기 위해 레벨D 방호복을 벗은 뒤에도 마스크를 쓰고 있었지만 그 뒤로 가려진 서로를 위한 웃음은 아무도 막지 못했다.

이제 힘들고 어려웠던 처음 순간들이 어느새 지나갔다. 의료진들이 지치지 않도록 신경 써주시며 자신을 믿고 맡길 수 있도록 힘을 주고 진두지휘하신 김미경 원장님과 각자의 위치에서 최선을 다했던 31병동에서 근무했던 간호사들 모두에게 마지막으로 감사하다고 말씀드리고 싶다. 코로나19 종식 선언이 되는 그날까지 우리는 서로 믿고 의지하며 코로나19와 함께 싸울 것이다.

코로나19로 깨달은 일상의 소중함

31병동 장예진

2020년 2월, 코로나19 확진자가 기하급수적으로 늘어나 감염병 전담병원으로 바뀌면서 기존 재원 환자분들을 전원하게 되었을 때부터 전쟁이었다. 하지만 일을 하면서도 실감이 나지 않았다. 환자분들을 전원하고 잠시 병동을 닫았을 때도 이렇게 쉬고 있어도 되나... 하는 불안감만 있었으며 피부로 크게 와닿지 않았다.

하지만 3월, 31병동으로 다시 출근을 하게 되는 날, 정말 전쟁 같다는 생각을 하게 되었다. 무섭고 두렵기는 했지만 잘할 수 있겠다는 마음을 가지고 웃으며 나이트 근무하러 출근한 순간 병원 앞에 있는 여러 대의 구급차... 병실로 계속 들어오는 어르신들... 그렇게 다음 날 새벽 3시까지 30여 명의 코로나19 환자분들이 봉화 푸른 요양원에서 오셨다. 새벽이 될 때까지 퇴근하지 못하는 데이, 이브닝 근무 간호사들… 나이트 퇴근을 하니 해가 중천에 떠 있었다.

요양원 어르신들이라 거의 치매가 있고 대화도 잘 되지 않았으며 거동도 못하셔서 새벽부터 아침까지 방호복을 착용하고서 기저귀를 갈고, 식사도 직접 먹어드리며 그렇게 첫날을 마쳤다. 그렇게 며칠 지나니 해도 해도 끝이 없는 일에 지쳐 눈물이 났다. 3차 병원 중증환자들을 보는 의료진들에 비하면 나는 괜찮다고 생각했지만, 생각과는 너무 다르고 너무 많은 일에 가끔 화도 났지만 울컥울컥하는 마음을 억누르며 일을 했다.

그래도 인간은 적응의 동물이라고 시간이 지나니 익숙해지기 시작했다. 환자분들을 매일 보며 파악이 되자 차차 정이 들기 시작하였다. 대부분 식사를 너무 거부하셔서 어떻게 하면 뭐라도 드시게 할 수 있을까 고민하면서 요플레, 요구르트, 두유, 빵 등을 가지고 들어가서 드시게 했다. 대화가 되지 않는 분들이 많아서 혹시 불편한 것이 있는지 눈을 맞추고 하나하나 살펴보고, 보호자분들에게도 전화하여 상태 설명을 드리며 조금이나마 걱정을 덜어드리려고 노력하니 일에 점점 적응이 되어 갔다.

보호자분들도 자꾸 전화해서 미안하다고 하시면서 고생한다, 수고한다, 좋은 말만 해주셨다. 영상통화 한 번씩 해드리면 대화가 잘 되지 않는데도 얼굴 보며 어머니, 할머니 하시며 건강하게 치료 잘 받으시라고 울면서 통화하고, 저희에게도 정말 고맙다고 여러 번 감사 인사를 하시는 등 찡한 순간도 많았다.

어느 나이트 근무 날, 할머니 환자분이 갑자기 상태가 악화되어 보호자분에게 연락했으나 임종을 보실 수가 없는 상태여서 방호복을 입고 2시간 동안 돌아가실 때까지 환자분을 지켜보았다. 처음 입원하실 때는 아무것도 모르고 오셔서 우리와 대화도 하시고 얌전하게 계셨기에 그 모습이 귀여우셨는데, 방호복을 입고 자꾸 오는 저희에게 점점 두려움을 느끼며 무서워하시고 때리고 꼬집고 화내시고… 그런 모습이 안타깝고 속상한 환자분이셨다. 발길질에도 힘이 있으셨는데 그렇게 갑자기 상태가 악화되며 힘이 없어지는 모습에 너무 마음이 아팠다. 끝내는 마지막 순간을 맞으셨다. 임종을 지켜보면서 "할머니 좋은 곳으로 가세요."라고 말을 하면서 나도 눈물이 났다. 코로나19가 뭐길래 보호자도 곁에 없이 이렇게 쓸쓸히 음압병동에 격리되어 돌아가시는지 너무 마음이 아프고 속상하고 화나고… 많은 감정이 교차했다.

지금은 코로나19 환자분들이 거의 다 퇴원을 하셨지만 여러 요양원에서 오셨던 할머니, 할아버지 어르신들이 아직도 생각이 난다. 다른 지역에 사시는 분들이라 이제 다신 만날 수 없겠지만, 건강하고 안전하게 잘 지내셨으면 하는 바람이다.

이번 코로나19를 겪으면서 가족들, 친구들, 지인들 걱정과 생각을 많이 하게 되는 시간을 보냈다. 혹시나 코로나19 환자를 간호하는 내가 코로나19에 감염되어 다른 사람에게 피해를 주면 어떡하지 하는 생각에 가족을 보러 집에도 갈 수 없었고, 친구도 만날 수 없었고 외출도 하지 못하는 날들이었다. 나뿐만 아니라 많은 사람이 같은 생각을 하고 있을 거라 생각한다. 내 가까운 사람들을 생각하는 마음이 있어 더 큰 피해가 생기지 않고 곧 끝나기를 모두가 바랄 것이다.

이 몇 달을 지내면서 평범하고 지루하다고 생각했던 평소의 나날들이 얼마나 의미가 있었는지 하루를 헛되게 보내면 안 되겠다는 생각이 들었다. 코로나19 사태로 인해 살아 있는 하루하루가 얼마나 감사하고 소중한 시간인지 다시 한 번 느끼게 되었다.

당연한 것들이 그립습니다

31병동 송보경

얼마 전 TV로 중계하는 시상식에서 아역배우들이 노래를 부르는 모습을 보게 되었다. 거리를 걷고, 친구를 만나고, 손을 잡고 껴안아 주는 모든 당연한 것들을 할 수 없는 지금의 현실... 우리가 살아왔던 평범한 나날들이 얼마나 소중하며 이 당연한 것들을 다시 할 수 있을 때까지 힘내자는 노래 가사가 사람들의 지친 마음을 위로해주는 것 같아 눈물이 왈칵 흘렀다.

문득 치열했던 3월의 그날들이 생각난다. 간호사라면 환자에게 가까이 다가가 환자의 이야기를 경청해주고 공감해주고 빠른 시간 안에 간호 처치를 해주는 것이 당연한 일이다. 하지만 코로나19 환자들에게는 그 당연한 것들을 제대로 해주지 못했다는 죄책감과 아쉬움이 여전히 남아 있다.

2020년 1월 처음 중국 우한에서 코로나19 사태가 발생했을 때 설마 우리

나라에까지 영향을 미칠까 하고 안일하게 생각했다. 하지만 상황이 점점 악화되어 대구 경북지역이 코로나19로 큰 타격을 입고 우리 김천의료원이 감염병 전담병원으로 지정되어 입원해 있던 환자들을 급하게 모두 전원하는 일이 발생하니 나도 사람인지라 너무 무섭고 걱정이 되었다. 내가 코로나19 환자를 간호하면 같이 사는 어린 내 아이와 연세 많은 어머니는 어떻게 해야 하지, 나도 코로나19에 걸리면 어떡하지 하는 걱정 때문에 며칠 동안 밤잠을 설쳤다.

다른 병동에 먼저 코로나19 환자들이 입원을 하였는데 혼자 거동이 가능한 젊은 사람들이라 그나마 다행이라고 안심하고 있었다. 그런데 갑자기 봉화 경산지역 요양원 환자들이 한꺼번에 확진을 받으면서 그 환자들이 밤늦은 시간부터 새벽까지 우리 병동에 입원을 하는 바람에 초번 근무였던 나는 흔히들 말하는 '멘붕'이 오면서 다시 불안함에 떨었다.

거의 bedridden 환자에다가 치매가 심하여 배회를 심하게 하는 고령의 환자들이라 갑갑한 보호구를 착용한 둔한 몸으로 기저귀를 갈고 식사를 일일이 먹여주어야 하였기에 신체적으로나 정신적으로 너무 힘이 들었다. 치매가 심하여 수액 라인을 뽑아버리고, 약이 먹기 싫어 간호인들에게 퉤퉤 뱉어내는 환자들도 있었다.

처음에는 이 상황을 어떻게 헤쳐 나가야 하나 암담했지만 인간은 적응의 동물이라고 하지 않았던가. 서서히 환자 파악이 되니 힘든 일도 견딜 수 있게 되고, 창살 없는 감옥 같은 병실에 갇혀 있는 환자들이 안쓰럽게 느껴졌다.

식사를 거부하는 환자를 위해 간장, 참기름을 사서 비벼주기도 하고 바나나, 오렌지 같은 과일도 챙겨드리고 나름 노력했지만, 낯설고 삭막한 환경을 고령의 환자들은 쉽게 받아들이지 못하는 것 같았다. 농아 환자가 옆의 치매 환자 때문에 속상해서 소리를 지르고 흥분했을 때는 도저히 안정이 되지 않아 껴안아 달래주기도 하였다. 마음 같아서는 면도, 샤워, 머리 감기 등 개인 위생에도 더 신경 써 드리고 싶었지만 상황이 여의치 않아 해드릴 수 없어 안타까웠다.

입원할 때는 정정했던 환자가 상태가 악화되어 임종하셨을 때 외롭게 돌아가신 환자와 환자의 마지막 모습을 지킬 수 없어 가슴 아파하는 가족의 모습이 너무 슬프고 참담했다. 아무것도 해줄 수 없는 상황에서 깊은 무력감을 느꼈다.

그러나 슬픈 날만 있었던 것은 아니었다. 방호복과 고글, 마스크에 내 몸이 뿌연 안개 속에 갇혀 있는 것 같아 평소 늘 하던 일들도 어렵기만 하고 불안했다. 하지만 그런 상황에서도 하루하루 업무 체계를 잡아가는 김천의료원 의료진들의 모습에서 끈끈한 동지애를 느낄 수 있었다. 그리고 전국 각지에서 의료진을 응원해주고 정성스러운 격려물품, 도시락을 챙겨주는 모습에서 우리나라 사람들의 따뜻한 정을 느낄 수 있었다. 환자들의 가족도 전화 통화를 할 때마다 감사하다고 연신 말씀해 주시고, 편지에 의료진들은 영웅이라고 치켜세워 주셔서 내가 이런 칭찬을 받아도 되나 오히려 부끄러움에 몸 둘 바를 몰랐다.

솔직히 지금은 생계형 간호사로 소극적으로 일하면서 간호사로서의 사명감이나 소명의식이 처음 간호사가 되었을 때보다 빛바래져 버렸던 것이 사실이다. 하지만 이번 일을 계기로 나도 할 수 있다는 자신감이 생기고, 환자들에게 조금이나마 도움을 줄 수 있는 간호사가 된 것 같아 정말 보람되고 자부심이 느껴졌다.

아직도 대구의 3차 병원에서는 코로나19 중환자들을 돌보며 더워진 날씨에 육체적으로나 심리적으로 지친 의료진이 많다. 그분들의 노고를 깊게 새기며 국민 모두 한뜻으로 사회적 거리두기에 동참하고 코로나19 예방에 힘써 이번 사태를 슬기롭게 헤쳐 나가길 기원해본다.

코로나19
난중일기

32병동 수간호사 강해연

가깝지만 먼 이웃나라에 원인도 모르는 바이러스로 인해 여러 사람이 치료도 받지 못하고 죽어 가고 있다고 언론에서 무섭게 들려오고 있었다. 남의 집 일이라고 사실 강 건너 불구경이었다. 그러나 얼마 지나지 않아 거대한 쓰나미가 대한민국 이곳 경상북도에 휘몰아쳤고, 우리는 병동을 다 비우는 초유의 사태를 맞이하게 되었다.

2020년 2월 22일(토)

원장님께서 경상북도 도청 회의에 참석하셔서 3개 의료원 소개명령을 받고 오셨다고 한다. 24일 50%, 26일 70%, 28일 100% 소개 완료하라고 하신다.

2월 23일(일)

약 220명가량 남은 환자를 어떻게 보낼 것인지 수간호사 긴급회의 소집, 지사님께서 경상북도 병원에 협조요청을 했으니 어디든 보내라고 하셨다.

2월 24일(월)

드디어 시작!

응급의학과 임창덕 과장님께서 입원환자와 관련된 수간호사 선생님들을 모아 단체톡방을 개설하면서 출발음이 울렸다. 우리가 보고도 하기 전에 회진오신 의사 선생님들께서 모든 환자에게 퇴원 처방을 내신다. 까다로운 환자가 속출한다.

'간병 문제 때문에 아무데나 못 간다.', '수술한 지 2~3일밖에 지나지 않아서 못 간다.', '병원에서 정해주는 병원이 아니라 본인들이 가고 싶은 병원으로 보내달라.' 심지어 '코로나19에 걸려서 여기에 있고 싶다.'고도 하신다. 너무나 어렵고 식은땀이 나고 입에 단내가 난다. 41병동, 42병동, 51병동 소개 완료. 31병동 20여명, 32병동 12명, 중환자실 10여 명 남짓 남았다. 당초 목표했던 50%보다 훨씬 더 많이 병실을 비웠다.

2월 25일(화)

오늘 하루도 환자를 보내는 일로 시작. 전원환자, 퇴원환자, 이도저도 아닌 환자들은 최종 중환자실로 보내기로 했다. 31병동, 32병동 소개 완료. 220여 명의 환자에서 7명 남았다. 경상북도에서 코로나19 환자가 급속히 증가해 가는데 입원할 병실이 없다고 언론은 오늘도 우리보다 더 긴박하게 빨간색 자막으로 표시해 가며 보도한다.

마지막 환자를 보내고 빈 병실을 둘러보니 이곳에서 울고 웃던 일들이 주마등처럼 지나간다. 잠시도 쉬지 않고 울리던 콜벨, 조무사님~~ 간호사님~~ 부르던 소리, 처치카를 밀면서 빠르게 걷던 모습, 수술환자를 태운 스트레쳐카와 휠체어를 끌던 소리. 쉼 없이 24시간 가동하고 있던 기계가 정지한 것 같은 생각에 차마 발길을 돌릴 수 없어 멍하니 간호사실에 앉아 있었다.

2월 26일(수)

전 병동 100% 소개 완료. "짝짝짝 모두들 수고했습니다." 다들 힘찬 격려의 박수로 마무리를 했다. 원래 계획했던 것보다 훨씬 더 빨리 환자가 정리되었다. 이 모든 일이 깊이 생각하시고 한발 앞서 나가시는 원장님의 깊은 고민의 결과라 생각한다.

원장님은 소개명령 이후 먼저 의료진 설득 그리고 직원들에게는 조회를 통해 설명, 가장 핵심은 평소 환자를 이송하는 데 있어서 방법과 절차를 제일 잘 아시는 응급의학과 과장님을 선두로 세우셨다. 담당주치의는 퇴원 또는 전원에 대한 결정을 하셨고 간호사들은 필요한 서류를 챙겼으며 전원 담당이셨던 응급의학과 과장님은 적극적으로 환자에 대한 정보를 공유하면서 환자에게 맞는 병원을 찾아주셨다. 이 3박자가 맞을 수 있도록 원장님의 끊임없는 생각과 집중이 우리를 움직이게 하였다.

2월 27일(목)

고요한 병동에 "쿵쾅쿵쾅, 윙~윙~" 연신 소리가 울린다. 병원 안에 또 다른 건물을 짓는다. 음압기를 설치하기 위해 병실 안 냉장고를 다 빼고 창문도 다 막고 사이사이 칸막이를 치고 오염구역과 청결구역을 확실하게 만들어 직원들을 안전하게 하려는 원장님의 마음이 엿보인다.

며칠 전 아침 조회 시간에 원장님께서 아주 따뜻하면서도 차분하고 힘 있게 공공병원의 역할에 대해 말씀하시면서 '그 무엇보다 직원 안전이 최우선이다.'라며 직원들이 동요가 되지 않도록 마음을 모으셨다. 한창 공사 중인 상황에 도지사님께서 병원에 직접 방문하셨다. 얼마나 다급하셨던지 엉망인 병실 안을 둘러보시며,

"최대한 빨리 공사를 끝내고 음압기를 복도에 한 대 설치해서 코로나19 환자를 받으면 안 되나요?"라고 재촉하신다.

원장님의 대답 또한 단호하시다.

"그렇게 진행하면 의료진이 위험합니다. 밤을 새서라도 최대한 빨리 공사하고 음압기를 설치해 경상북도의 환자를 다 받겠습니다."라고 말씀하신다.

직원들의 안전과 지사님의 고충에 힘이 되려는 원장님의 모습이 역력했다. 때마침 땀에 젖은 축축한 머리와 엉망인 모습으로도 밝게 퇴근하는 간호사들을 지사님께서 보고, 젊은 간호사들이 흔들리지 않고 현장을 잘 지켜줘서 안심하시는 모습이 보였다.

2월 28일(금)

40여 명의 병동 식구들이 모두 나와 레벨D 방호복 착탈의 교육을 받았다. 일 년에 한 번 정도는 방호복 착탈의 교육을 받았지만 이번에 더 긴장하면서 비장한 모습이었다.

3월 1일(일)

오후 2시쯤 스마트폰 벨소리가 울린다. 언제든지 환자가 입원해도 될 만

큼 병동은 준비되어 있었지만 하필 청도 대남병원의 정신과 환자가 입원하여 치료받으러 온다고 한다. 코로나19도 어려운데 정신질환자라는 게 엄청난 스트레스로 다가와 걱정과 두려움이 앞섰다. 방호복을 입은 모습을 보고 혹시나 해코지나 하지 않을까 걱정이 되었지만 업무에 노련한 베테랑 간호사를 투입시켜 어려움 없이 해결하였다.

3월 2일(월)

환자 18명이 한꺼번에 입원하여 오더를 준비하는 시간만 2시간 남짓 걸렸다. 두 겹의 장갑, 숨 쉴 틈도 없는 N95 마스크, 시야가 좁은 고글을 쓰고 수액을 산더미같이 챙겨 들어가는 간호사들의 모습이 마치 전사와 같았다.

4시간 동안 방호복을 입어 온몸이 땀에 흠뻑 젖었지만 눈빛만은 의료인의 투철한 사명감으로 활활 타고 있었다. 휴! 다행이다. 병동 책임자로서는 잠시도 긴장을 늦추면 안 되고 또 무섭다고 도망이나 가면 어떡하나 걱정했는데, 선배를 믿고 동료를 믿는 마음으로 업무에 임해주니 이보다 더 고마울 수가 없었다.

3월 6일(금)

오늘은 31병동에 봉화의 요양원 환자가 온다고 한다. 비록 내가 근무하는 병동은 아니지만 같은 간호사로서 걱정이 태산이다. 사실 요양원 환자는 간호보다 간병이 더 문제다. 잠시만 눈을 떼도 어린아이와 같아지기 십상이다. 장소에 대한 인지도 없어 온 복도를 돌아다니고 남의 방에 가서 소변을 보기도 하며 대변이 손가락 손톱에 끼여 있고 벽에 바르기도 한다.

가장 위험한 일은 침대나 화장실, 복도 등에서 넘어지는 낙상사고이다. 채

혈하려다가 발에 차이기도 하고 꼬집히기도 했으며 심지어는 침도 뱉었다고 한다. 그럼에도 불구하고 '내가 아니면 누가 환자를 지키겠나?'라는 비장한 마음으로 병실에 들어가는 어린 간호사들의 책임감과 사명감은 눈물겹도록 고맙고 감사할 일이다.

4월 8일(수)

환자가 입원을 하면 며칠 안에 경·중증으로 나누어지는 것 같다. 중증환자는 대학병원으로 후송 보내고, 경증환자들은 빨리 완치가 되어 집으로 보내는 방법이 제일 좋다. 우리 병동도 60여 명 이상의 환자를 받았고 약 10%는 상급종합병원으로 후송을 갔으며, 생활치료센터로 이동도 많았고 완치되어 집으로도 많이 갔다.

코로나19는 일반적인 질환과 다른 점이 많이 발견된다. 대부분의 환자가 경한 감기 증상을 보여서 빨리 나을 것 같다고 생각했지만 막상 코로나19 검사를 하면 눈으로 보이는 객관적인 컨디션이랑 다르게 결과가 나와 완치 정도의 시간적 예측이 어려웠다.

32병동은 3월 1일부터 오픈하여 40일간 운영하였다. 증상이 심한 환자가 많지는 않았지만 그렇다고 해서 간호하기가 결코 쉽지도 않았다. 병원 간 비교도 많이 당하였고 요구사항도 많았다. 병동 안에서 갇혀 지내야만 하기에 먹고 싶은 것, 몸에 좋다는 것, 생활용품 등 얼마나 많은 택배가 배달되어 오는지... 어떨 때는 수액이나 주사보다 택배를 더 많이 들고 들어간 것 같다. 택배가 바뀌어 다른 사람이 영양제를 빼 먹는 웃지 못할 해프닝도 있었다.

코로나19 환자를 간호하면서 또 하나의 문제점은 폭발적으로 쌓여가는 의료 폐기물이다. 환자의 삼시세끼 남은 음식물과 일회용 그릇, 이불, 기저귀, 일상생활 쓰레기 등 매일 엄청난 양의 폐기물 박스가 들어가고 나온다. 어떻게 하면 폐기물을 줄일 수 있을까 고민 끝에 병실마다 미션(?)을 주었다.

모든 쓰레기를 잘 정리하고 폐기물통을 줄이는 병실에는 소원 한 가지씩 들어주기로 했다. 그랬더니 여기저기서 "우리 쓰레기 잘 정리했어요."라고 하며 난리들이었다. 소원이래야 겨우 커피 한 잔씩 주거나 초코파이 한 개씩, 컵라면이었는데도 효과는 아주 대박이었다. 그렇게 남은 10여 명의 32병동 환자들은 효율적인 관리를 위해 42병동으로 이동하였다.

4월 29일(수)

드디어 마지막 날 !!!

며칠 전 원장님께서 감염병 전담병원에서 해제되고 급성기 병원으로 복귀명령을 받아오셨다. 몇 명 안 되는 마지막 환자들이 컨디션은 괜찮아 보이는데 코로나19 검사만 하면 계속 양성이 나와 우리 속을 태웠다. 적절한 수액, 영양제 처방, 심리적인 안정 등 모든 방법을 동원했지만 차도가 없었다. 이젠 자가면역을 올리는 수밖에 별 뾰족한 수가 없다고 판단하신 원장님께서 "사람이 아무리 많이 아파도 잘 먹으면 낫는다고 어른들이 늘 하시는 말인데 우리도 환자를 최대한 잘 먹여보자."라고 하시면서 특별 식사 처방을 내셨다.

그래서 환자들에게 먹고 싶은 것이 뭔지 물어보고 음식을 만들어 주었고, 고단위 영양이 들어 있는 그린비아를 모든 환자에게 배식하여 먹게 했으며, 시간 시간마다 환자들에게 간식을 먹여 건강 상태를 올리려고 하였다.

전 직원이 코로나19 환자 8명에 집중하고 있으려니 너무 힘이 들었던 차에 복귀명령을 받아오셨고, 환자들은 연고지가 가까운 병원으로 보내기로 하여 대구 안동 포항으로 각각 나누어 전원하였다. 우리는 이렇게 끝이 났는데 우리 병원에 있던 환자를 받아주는 세 의료원이 고맙고 안타깝기도 했다. 그렇게 우리는 70일간의 대장정의 막을 내리게 되었다.

우리 모두가 코로나19를 통해 일상이 얼마나 중요하고 소중한지를 깨달았다. 너무 평범해서 표시도 나지 않던 하루하루가 코로나19로 인해서 다 뺏겨버리니 일상이 그립고 답답해서 견딜 수가 없었다. 감염병 전담병원으로 지정되어 코로나19 환자를 간호해야 하는 무섭고 어려운 힘든 상황 속에서도 흔들리지 않았던 가장 큰 이유는 서로를 믿었다는 것이다. 동료가 동료를, 선배가 후배를 지켜줄 것이라는 믿음은 결국 "그 어떤 경우에도 직원들의 안전이 우선이다."라고 말씀해 주시는 원장님의 신뢰에서부터 시작되었다.

"우리는 지금 400명 단체 줄넘기를 뛰고 있다. 단 한 사람도 줄에 걸려 넘어지면 안 된다."라고 하시면서 아무도 걸리지 않게 줄을 돌린 분도 원장님이시다. 때로는 팽팽하게 때로는 느슨하게, 때론 빠르게 때론 천천히, 행여 한 사람이라도 줄에 걸릴까 온힘을 다해 조심 또 조심하셨다. 이런 원장님의 따뜻하고도 전략적인 리더십이 400명 단체 줄넘기를 안전하게 뛰게 한 것 같다.

우리보다 훨씬 더 뛰어난 병원에서도 의료진이 감염되어 '셧다운' 소식이 들려오는데. 우리 병원은 다행히도 직원 단 한 명도 코로나19에 감염되지 않았다는 것은 우리에게 엄청난 자부심으로 여겨진다.

2020월 2월 21일부터 감염병 전담병원이라는 타이틀을 받고 공공병원의 역할에 충실하고자 쉼 없이 달려왔다. 그렇지만 우리는 한 달 동안 열심히 환자를 봐야지만 월급을 받을 수 있다는 사실을 알고 있는데, 꽉 차 있던 병실을 비우고 코로나19 환자만 받아서 과연 급여를 받을 수 있을지... 의문이다.

원장님께선 직원들에게 "절대 월급 걱정 하지 말라." 하시지만 지난 과거를 돌이켜 보면 국가에선 일을 시킬 때는 다해줄 것 같이 말했지만 실상은 급여 및 경영의 부족분을 채우기엔 국가 보조금만으로 턱없이 부족할 때가 많았다. 다들 말은 안 했지만 모든 직원이 '월급이 제대로 나올까?' 속으로는 걱정하고 있었는데 3월도 4월도 5월도 어김없이 급여 날이 되면 통장에 급여가 들어와 있었다. 분명히 수익이 없어 경영이 힘들었을 텐데...

원장님은 직원들 앞에서 앓는 소리 한 번 안 하신다. 오히려 걱정하고 있는 직원들에게 "코로나19 때문에 너무 고생했는데 더 못 챙겨 줘서 미안하다."고 하신다. 가장 어려웠던 5월 20일 급여 날, 어떤 병원은 50%, 어떤 병원은 70%, 아님 아예 한 푼도 못 받았다고 연신 전화가 온다. 우리도 원장님이 안 계셨더라면 남의 일이 아니라는 생각에 가슴을 쓸어내린다. 이날도 우리 통장에는 급여가 들어와 있었다.

우리는 대한민국 최고라 할 만큼 뜨겁고 열정적으로 공공병원의 역할을 잘 수행한 것 같다. 원장님의 리더십은 위기에서 더 강하게 빛을 발하셨고, 의료진 설득을 어떻게 했는지 모두가 원장이나 된 듯한 자세로 환자를 돌보았으며, 직원들은 누구랄 것도 없이 각자 맡은 자리에서 일한다고 정신이 없었다. 이렇게까지 직원들이 동요되지 않고 똘똘 뭉쳐 일하는 것이 신기하기까지 하였다.

앞으로도 공공병원이라면 당연히 앞장서서 국가 재난 극복에 참여해야 되고, 우리가 먹고사는 문제는 국가가 책임져야 한다고 생각한다. 다만, 일하는 게 어려운 게 아니라 이렇게 앞서서 재난에 참여했는데 국가가 모른 척 할까봐 걱정이 된다.

우리는 2020년도의 봄을 평생 잊지 못할 것이다. 누구나 처음 겪는 일인데도 절대 물러서지 않았고 코로나19보다 더 끈질긴 인내로 치료하며 앞으로 나아갔다. 우리가 잘 극복할 수 있도록 끊임없이 앞에서 끌어주고 뒤에서 밀어주신 원장님과 직원들에게 정말 잘했다고, 그리고 훌륭했다고 힘찬 격려의 박수를 보낸다.

코로나19 격리병동, 시작부터 우린 하나가 되었다

32병동 김연주

2월 25일 입원환자 전원하는 날

코로나19 사태로 입원 중인 환자를 집이나 다른 병원으로 모두 전원해야 하는 일이 발생되었다. 20년 동안 일을 하면서 이런 상황은 처음 접하는 일로 뉴스에서만 나오는 일이 우리에게도 다가왔다. 감염병 전담병원으로 지정되면서 음압병동을 만들어야 한다는 이야기에 마음이 무겁고 겁도 나고 어떻게 하면 잘할 수 있을까 하는 생각이 들었다.

2월 28일 병동 정리

공사하는 한 분이 철근을 자르며 뭔가를 만들고 계셨다. 코로나19 병원으로 지정되어 아무도 일하러 오려고 하지 않아서 혼자 일하고 계신다면 웃으면서 말씀하셨다. 그 말을 들으니 벌써부터 코로나19 병원으로 지정되었다고 멀리 하는 느낌이 들었다. 비타 500을 드리고 "힘내세요."라고 했더니 오후 되면 인부가 더 온다고 하시면서 고맙다고 하신다. 병실 하나씩 하나씩 만들어 가고 있는 모습. 이제 음압기만 들어오면 되겠다. 간호사실도 칸막이를 설치하고 유리도 달았다.

41병동 병실 구경을 하면서 구조. 배치 사진을 찍고 필요한 물품을 어떻게 배치를 하면 편리하게 사용할 수 있을까를 생각하며 정리하고 있는데 시장님, 도지사님 오셔서 고생한다고 격려하시며 인사를 전하고 가셨다.

2월29일 방호복 교육이 있는 날

집에서 유튜브로 방호복 착용법, 탈의법 영상을 보고 왔지만 교육을 받으면서 더 자세히 알 수 있었다. 서로 웃으며 방호복 입을 때 도와주고 챙겨주는 모습이 너무 보기 좋았다. 같이 함께할 수 있어서 힘이 되는 동료들, 방호복을 입고 단체 사진도 찰칵. 음압 병동 구조, 전실 출입구까지 하나하나 설명해 주시는 수간호사 선생님. 병실에 안내 문구 부착, 전화기 전화번호 부착, 물, 컵, 물품 배치하고 간호사실 휴게실에 간식, 세면도구 준비까지 신경 쓰셨다. 이렇게 32병동은 한마음 한뜻으로 일사처리로 준비하고 있었다. 이제 환자 받을 준비 완료.

3월 1일 근무표는 나왔지만 우린 대기조

오후에 청도 대남병원 정신과 환자 2명이 입원한다고 연락을 받았다. 첫 출근을 준비하면서 잘할 수 있을까? 초조함의 연속이다. 마음의 준비를 단단히 했지만 환자가 오신다니 떨리는 마음, 걱정되는 마음이 교차된다.

차지 샘과 나는 방호복을 입고 환자를 기다리는 동안 웃으면 사진을 찍고 단체톡에 공유하였다. 동료들은 다 같이 '힘내세요', '멋져요' 등의 카톡을 보내오고, 우리 병동은 서로 챙겨주고 힘이 되어주는 선후배 사이임을 다시 느끼게 되었다.

청도 대남병원 정신과 남자 환자 2명이 입실하였다. 2시간 동안 차를 타고 와서 멀미가 있다며 속이 울렁거리고 숨도 차다고 한다. 아무리 급해도 처치 준비, 식사 준비 후에 들어가야 해서 마음을 졸이면서 불안했다. 일반 환자였다면 바로 처치가 가능한데, 방호복을 입고 들어가야 하는 시간이 길게만 느껴졌다.

334호 병실에 들어가니 대남병원 환자복을 입은 남자 2명이 누워 있었다. A 환자는 속도 안 좋고 숨도 차다고 하여 SPO2 확인하고 환자 history를 시행한 후 수액, injection 처지를 하였다. 식사 보조를 하는데 환자분이 먹지 않겠다며 침상에 누워 있는 모습에 조금이라도 드시라고 권하며 자가약을 정리해 챙겨드렸다. 병실을 나오면서 B 환자분께 부탁을 하고 나와야 하는데 걱정이 되어 발걸음이 떨어지지 않았다. 문을 잠그고 나오면서 환자분이 편안하게 주무시길 바랐다.

A 환자 보호자께 전화 연락을 하여 환자 상태 설명 후 필요한 물품(수건 등)을 택배로 보낼 것을 설명했더니 보호자인 할머니께서 아무 것도 못 보내준다며 거기서 알아서 하라고 하시면서 전화를 끊어 버렸다. 좀 난감하지만 그래도 병동에 있은 물품으로 챙겨주었다.

퇴근을 하고 집으로 가는 길, 코로나19 환자를 간호하고 집에 들어가기가 걱정스러웠다. 아이들, 친정 부모님, 남편이 있는데 내가 가서 혹시나 코로나

19에 걸리면 어쩌나 하는 마음에 짐을 챙겨 촌집에서 혼자 생활하기 위해 나왔다. 아이들은 친정 부모님이 돌보아 주시고, 영상통화로 아이들 얼굴을 보았다.

"엄마~ 힘내~ 보고 싶어~."라는 말에 눈물이 나왔다. 꿈이 간호사였지만 아이들이랑 이별 아닌 이별을 하고 있는 모습... 그래도 난 의료진이니까 경북 대구 환자 간호를 해야 한다면 지원해서라도 당연히 먼저 할 수 있다는 생각을 하고 있었다.

3월 3일 A 환자분 이실

A 환자분은 335호로 이실하셨다. 입원할 때부터 환자복 바지에 소변이 지려 있었는데 이날은 바지에, 이불에, 병실 바닥에 누렇게 소변을 본 모습이었다. 옷을 다 갈아입히고 시트, 이불을 갈아주었다. 화장실 바닥을 청소하고 소독을 하고 식사를 하게 도와드렸다. 밥은 잘 안 드시려고 하여 죽을 챙겨서 들어갔는데, 안 드신다고 누워만 계셔서 과일, 간식을 좋아하시는 것 같아 바나나, 초코파이를 챙겨 드렸다. 그러자 갑자기 일어나 웃으시며 앉아서 간식을 드시는 모습을 보니 한결 마음이 놓이고 좋았다.

인계를 하였다. 식사 시간 때마다 항상 간식을 가지고 들어가서 A 환자분이 챙겨드시게 하였고. 환자분 상태가 좋아졌다. 전원하는 날에는 살도 찐 모습, 깨끗한 환자 모습으로 전원 가시는 모습을 보면서 보람된 일을 하였다는 생각을 들었다.

3월 9일 나이트 근무

인계를 받고 차트 보고 처방 확인, 기록, 약, 수액, 주사 혈액검사, 혈당검사, 활력 증상을 시행하는 환자 확인하고 준비를 하였다. 새벽 1시 30분경 간호사실로 전화가 왔다. "병동 들어가도 되나요?" 원장님 목소리에 놀랐지만 밤 근무하는 우리를 챙겨주시는 모습에 깊은 감동과 함께 너무도 반가웠다. 원장님은 집에 계시다가 병원에서 일하는 의료진들이 너무 걱정되어 무작정 병원으로 오셨다고 하셨다.

"고생 많다", "힘내라", 우리에게 격려, 힘이 되는 말씀을 많이 해주시고 전체 병동을 순회하셨다. 환자분 상태도 보신다면서 방호복을 입고 병실 회진도 하시고 가셨다. 간호사 한 명 한 명 챙겨주시는 모습에 다시 한 번 감사함을 느꼈다.

코로나19 사태로 우리에게는 힘든 일도 많았지만 힘이 되는 말도 있었다.

"간호사님 고맙습니다."

"간호사님 식사 챙겨 드세요."

"간호사님~~ 택배 오면 그냥 문 앞에 놓고 가세요."

방호복을 입고 고글에 습기가 차고 몸에는 땀이 나는 것은 간호사로서 당연히 할 수 있는 일이지만, 환자분이 음성 판정을 받고 퇴원하는 모습을 보면 보람되고 뿌듯함으로 더욱 더 자부심을 가지고 임할 것 같다.

코로나19 어둠의 끝에 밝은 빛, 그곳에 우리가 있었다

32병동 김혜진

2월 24일(월)

코로나19 전담병원으로 지정된 우리 김천의료원, 입원환자를 전원하느라 데이 근무는 늦게까지 퇴근하지 못하고 있었다. 어떤 환자는 어디로 가야 하나며, 갑작스러운 퇴원 통보에 간호사들도, 환자와 보호자들도 긴장된 분위기였다. 얼마 남지 않은 환자들을 간호하고 일반 병상 근무는 마무리되었다. 우선은 연락이 올 때까지 집에서 대기하라는 지시를 받고 귀가하였다.

그동안 피로를 회복시키며 휴식하면서 대기, 이미 병동 가족들은 근무 준비를 시작하고 있었으나 파트타임은 아직 출근 지시가 없어 불안한 마음으로 대기를 하면서 두 가지 마음이 공존하였다. 코로나19 병동에 가고 싶지 않다는 생각(아이 셋과 부모님이 함께 살고 있었기에…)과 우리 같은 계약직은 일

자리를 유지하기 힘들 수도 있겠다는 불안감이 있었다.

그러나 다시 복귀해서 일할 수 있기에 인터넷으로 레벨D 방호복 입는 영상을 보며 미리 공부하기도 했다. 감염병 전담병원은 처음 근무이고, 무엇이라도 공부하고 지식을 습득하자는 마음으로 유튜브로, 뉴스로 전해지는 소식에 아주 민감하게 귀를 기울이며, 2주 휴가 후 다시 출근하라는 연락을 받고는 밤잠을 설치기도 했다.

3월 9일(월)

막상 출근하니 칸막이로 인해 이전 병동의 모습은 없어지고 이미 일하고 있던 동료들의 방호복과 장갑, AP 가운 입은 모습에 낯설고 무엇을 해야 할지 모르겠다. 천천히 순서대로 방호복을 입고 마스크를 쓰는 순간 답답하고 힘들었다. 방송에서 방호복 입은 간호사들이 쓰러지기도 한다는 뉴스에 두렵기도 했지만 그래도 견뎌야 했다.

전실을 통과해 복도에 들어가는 순간 두려운 마음이 먼저 들었다. 보이는 것도 둔하고 움직임도 둔하고. 몇 걸음 걸으면 신발에 밟혀 넘어질 뻔하고…

병실에 들어가 일을 하다 보면 어느새 두려운 마음은 사라지고 일에 집중하게 된다. 혈압 혈당 체크, 시계 건전지 교체, 식사 보조, 각 방마다 물 나눠주기, 어르신 기저귀 갈기, 퇴원환자 짐 들고 인도하기, 항생제 투약, 폐기물 박스 정리 및 소독, 퇴원 자리 정리 소독 등 환자에게 필요한 일들은 하게 됐다.

3월 17일(화)

고글을 쓰고 일하다 보면, 20분 정도 지나면 습기가 차서 고글의 2/3가 보이지 않은 상태에서 주사바늘을 찔러야 하는데 혈관이 잘 보이지 않으니 너무 무섭고 두려웠다. 뿌옇게 흐린 시야 속에서 떨리는 손으로 다행히 정확하게 잘 투약하였으나 그때의 두려움은 잊을 수 없다.

3월 26일(목)

점차적으로 퇴원환자가 늘어나면서 다인실에 어떤 환자가 혼자 남게 되자 몹시 불안해하였다. 식사도 안 하고, 우울해지는 모습이 보였다. 환자 스스로 노래를 크게 들으며 춤을 추거나 운동하며 기분을 전환하려 하는 모습도 보였다. 이틀 뒤 환자는 입맛이 없는지 영양제를 맞기로 해 준비하여 병실에 들어갔다. 환자는 기운도 없고 아무 말도 없었다.

"환자분 잘 드셔야 해요."라는 나의 한마디에 환자는 눈물을 콸콸 흘리며 울었다.

"잘 버터야 가족도 만나고 다시 일상으로 돌아갈 수 있어요."라며 격려해 주었다. 같이 안아주고 같이 울어주고 싶었다. 방호복과 전염 관계로 안아드리지 못한 섭섭함이 아직도 남아 있다. 간호사의 눈빛 하나, 말 한마디, 표정들이 환자에게 얼마나 중요한지 느낄 수 있었다.

4월 20일(월)

환자가 40명에서 점점 줄어들고 전체적 컨디션 향상을 위해 간식을 직접 갖다드리고, 물 섭취를 격려하였다. 장기간의 입원과 보호자 방문이 없으므로, 환자들은 온전히 병원 식사에 의존하여 생활할 수밖에 없어 초코파이, 초코바. 과자, 고영양 음료를 제공해 드렸을 때 함박웃음으로 너무 감사히 받아주셨다.

4월 28일(화)

8명의 환자가 남은 상태에서 다른 병원으로 이송을 하게 되면서 코로나19 병동 업무는 종료되었다. 3월부터 4월말까지 두 달 동안 방호복을 입고 매일 병실에 들어가는 동안 두려움과 불안은 계속 있었다. 아무리 신경을 쓰더라도 나의 작은 실수에도 감염되고, 나로 인해 동료, 가족 모두에게 슈퍼전파자가 될 수 있다는 생각에 힘들기도 했다. 매일매일 아이들과 남편이 나를 위해서, 코로나19로 인해 아픈 시간을 보내는 사람들을 위해서 속히 이 시간이 지나가기를 기도했다. 힘든 시간 동안, 친구들과 단절되는 시간 동안 가족과 더욱 사랑을 다지는 시간이기도 했다.

그래도 감사하다. 함께 힘을 나누고, 웃으며 함께 이 시간을 보낸 동료들이 있었기에. 우리에게 멋지다며, 대단하다며 응원해주신 모든 대한민국 국민들. 이 힘든 상황에도 난 일을 할 수 있었고, 건강을 유지했으며, 지금도 환자들 가까이에서 일을 할 수 있어 감사하다. 동료, 가족 모두 건강함이 가장 감사하다.

2020년 봄,
그땐 그랬지

41병동 수간호사 김경희

설 명절을 고향에서 보내면서 들려오는 중국의 우한폐렴은 남의 나라 일이었다. 명절 연휴가 끝나고 출근하자 며칠 지나지 않아 우한폐렴은 코로나19로 바뀌면서 나의 일이 되어버렸다. 대구 경북에서 하루에 수백 명씩 확진자가 나오면서 우리 김천의료원은 감염병 전담병원으로 지정되었고 상황은 긴박해졌다.

2월 27일 목요일 아침, 무겁고 두려운 마음으로 출근을 했다. 밤낮으로 병동과 간호사실 공사를 하였고 병실에는 이동형 음압기가 설치되었으며, 이날부터 우리 병동에도 코로나19 확진자가 입원하기로 되어 있었다. 출근하자마자 가운도 갈아입기 전 탈의실에서 기도부터 했다.

'의료진이 감염되지 않도록, 또 입원하는 모든 환자가 잘 치료되어 무사히

퇴원하기를...'

오전 10시가 지나자 한꺼번에 20명이 넘는 환자가 밀어닥쳤다. 20년 넘게 간호사로 살아오면서 처음 겪는 일이었다. 뾰족하고 날카로운 환자들이 많았다. 우리도 피해자라고 하면서... 그 속에서 우리 간호사들은 정말 헌신적으로 간호했다, 서로 보듬어주면서, 서로 이해하면서 서로를 잘 살펴주었다. 어느 누구하나 불평 한마디 없이 업무에 임해주었다.

"이번에는 내가 병실에 들어갈게. 이제 너는 좀 쉬어."

"열나는 할아버지 물티슈로 닦아주었더니 할아버지가 고맙대요."

"ㅎㅎ 병실에서 할머니가 과일 먹으래요."

"보호자랑 할아버지 영상통화 해드렸어요."

"병실 세면대가 막혔다고 연락 왔어요. 제가 가서 확인하고 해결하고 올게요."

이마에 생긴 시뻘건 고글 자국을 쓰다듬으며 우리 간호사들이 해맑게 웃으며 조잘조잘 한다. 철부지라고만 생각했던 우리 간호사들이 누구 하나 흔들리지 않고 사명감을 가지고 최선을 다해주어 눈물 나도록 고마웠다.

"땀 흘리고 먹는 밥이 꿀맛이에요. 밥맛이 너무 좋아요."

격리식이 맛있다고 우리 간호사들이 한 그릇씩 뚝딱 비웠다. 전국에서 보내온 격려물품들은 우리를 지치지 않게 해주었다. 환자의 가족들이 병실로 보내온 택배 속에는 고맙게도 우리의 간식도 같이 들어 있었다. 아몬드, 쿠

키, 심지어 떡볶이와 김밥까지 고생하는 간호사들 먹으라고 보호자분들이 보내주셨다. 뾰족하고 날카로웠던 환자들의 마음이 어느새 녹아 우리와 함께 코로나19를 이기자고 했다.

"간호사님들 고마워요, 파이팅"이라고 외치면서...

소각해야 할 일회용 폐기물이 너무 많아지니 환자들 스스로 쓰레기를 분리하며 줄이는 노력도 하였다. 산소포화도가 떨어지고 상태가 악화되는 환자를 3급 병원으로 전원하면서 무사히 완쾌되기를 기도했다. 또, 힘든 고비를 잘 이겨내어 퇴원하는 환자들에게는 손을 흔들며 인사했다. 두렵게 시작한 코로나19 환자 간호는 어느덧 일상이 되었고 우리는 그 속에서 최선을 다했다.

끝나지 않을 것 같았던 코로나와의 전쟁도 어느덧 끝이 보였다. 병원 밖 세상은 계절이 바뀌어 꽃이 피었고 꽃이 진 자리에는 새순이 돋아났다. 단 한 명의 감염자도 없이 4월 30일 감염병 전담병원으로서의 역할은 끝이 났다. 너무나 감격스러웠고 또 자랑스러운 날이었다.

코로나19를 지나오면서 아직도 세상에는 마음이 따뜻한 사람이 많다는 것, 또 평범한 일상이 얼마나 큰 행복임을 새삼 느꼈다. 아직은 코로나19와의 전쟁은 진행 중이고, 이런 일이 우리에게 또 닥친다 하더라도 우리는 이겨낼 것이다.

뛰어난 리더십과 직원 안전을 최우선으로 생각하시는 원장님이 계시고, 힘들고 어려운 순간에도 몸을 사리지 않는 우리 400여 명의 직원들이 있으며, 사명감을 가지고 최선을 다하는 전국의 의료진과 위기 때마다 저력을 발휘하는 우리 대한민국 국민들이 있기 때문이다.

김천의료원 fighting! 대한민국 fighting!

두려움을 함께 나눈 70일

41병동 서송현

김천이라는 작은 지역 병원에서 TV에서만 보던 방호복을 입고 고글을 끼면서 환자를 케어하게 될 것이라는 생각은 단 한 번도 하지 못했다. 코로나19로 인한 지난 70일은 두렵기도 했고, 힘들기도 했으며, 뿌듯하기도 했던 작은 감동들을 이야기하려고 한다.

2월 27일은 다른 사람들에겐 평범한 목요일이지만 그날의 데이 근무는 나에게는 특별했다. 아니 두려웠다고 해야 솔직한 것 같다. 코로나19 확진자를 수용하기 위한 준비를 끝내고 처음 환자를 받는 날이라 모두 초긴장 상태에 놓여 있었다. 어떤 환자들이 올지... 뉴스에 나오는 것처럼 상태가 급격히 나빠지진 않을지 다들 말은 없지만 동동거리는 발걸음이 초초함을 보여준다.

첫날의 환자들은 종교단체 감염자가 대부분이었다. 그들은 병에 대해 두려움을 느끼는 만큼 훨씬 예민했다. 보호자가 드나들 수도 없고, 병실 밖에도 나올 수 없으니 그럴 수 있다고 머리로는 생각하면서 우리 역시 마음이 열리지 않았다.

병실에서 전화나 호출벨로 간호사를 호출하면 우린 방호복을 점검하고 병실로 들어간다. 상태가 더 악화 되진 않았을까 하는 우려도 잠시

"커피 한 잔만 줄 수 있어?"
"침대 밑에 휴대전화가 떨어졌어"
"치킨 배달 좀 해줘"

이런 요청을 해오면 힘이 쭉 풀린다. 어떨 땐 방호복이 우리의 표정까지 가려주니 그나마 다행이라는 생각도 하면서 듣고 나온다.

막 입원한 환자가 간호사실로 전화를 걸어왔다. '뭐가 불편하신 걸까?' 정확히 알아들을 수 없지만 소리치는 환자를 보러 걱정되는 마음으로 병실에 들어갔다.

"하루 종일 사람을 끌고 다니더니 감옥 같은 곳에 환자를 몰아넣고 죽으라는 거야! 밥만 넣어주고 내가 짐승이야? 여기가 무슨 병원이야! 서울로 보내줘."라고 말하며 설명하는 간호사를 밀쳐내고 병실 밖으로 나가셨다.

간호사실에서 지켜보던 수간호사 선생님과 모든 근무자가 그 환자가 나가는 걸 막기 위해 들어가서 겨우 설득하여 병실로 모셨다.

'사망자가 나날이 증가하니 지역병원에서 치료받기 불안했을 거야...' 라

는 생각을 하면서도 속상한 마음은 감출 수가 없었다.

입원 중 검사를 통해 2회 연속 음성이면 퇴원을 한다. 30일째부터 퇴원환자가 생기기 시작했다. 5명이 사용하는 다인실에서 하나둘씩 퇴원하고 한 명만 남게 되었다.

"나처럼 오래 치료하는 환자도 있어요? 뉴스에서 젊은 사람도 죽었다는데... 나 같은 노인이 퇴원할 수 있을까?"

많이 불안해 보였다. 어느 날은 배식 후 식판 정리를 하면서 보니 밥이 그대로 있었다. 혼자라 많이 두렵고 입맛이 없다고 하셨다. 독거노인이라 보호자도 없어 간식조차 없었다. 그날부터 식사 때마다 식사 보조를 했고 조금이라도 더 드실 수 있도록 했다. 출근하면서 할머니 간식까지 사 오는 간호사도 종종 있었다. 8주가 지나고 시행한 검사에서 드디어 음성이 나왔고 내 가족인냥 기쁘고 감사했다.

입원 중엔 보호자의 면회가 되지 않는다. 타 지역에서 입원한 환자도 많아 필요한 물품은 모두 보호자가 택배로 보내주게 된다. 모든 택배는 폐기물과 관련하여 간호사실에서 포장을 개봉 후 환자에게 전달하는데, 그중 많은 양의 과일을 택배로 보내주신 보호자가 있었다. 병실 내 냉장고가 없어 실내에 보관하니 며칠 내 부패되어 폐기물 박스 2개 분량의 과일을 버리게 되었고, 신선식품은 상하기 쉬워 먹을 양만큼 소량씩 보내달라고 보호자에게 요청을 하였다. 그 후부터는 소량의 과일이 매일 배달되었다. 하루 두 번씩 병실 문을 열고 들어가면서 "○○○님, 택배 왔습니다."라며 70일간의 배달부의 기억이 떠오른다.

첫날을 떠올려보면 모든 것이 걱정되고 두려웠지만 혼자가 아닌 동료와 함께여서 힘든 날도 웃으며 지낼 수 있었다. 격리라는 특수한 입원 환경 속에서 더 예민할 수밖에 없는 환자들을 돌보며 많이 힘든 것도 사실이지만, 다시 한 번 간호사란 직업에 대한 자부심을 느낄 수 있었다. 퇴원한 모든 분들이 건강하길 바라며 하루빨리 코로나19가 종식되길 기도한다.

코로나19에 갇힌 아이들을 위하여

41병동 박정현

2020년 새해에 접어들면서 불행히도 전 세계적으로 코로나19라는 전염병이 주체할 수 없을 만큼 확산되어 버렸다. 우리 지역에는 감염자가 없었으면 하고 바랐지만 결국 상당히 많은 감염자가 나타나면서 의료 종사자인 나로서는 남의 일이라 생각할 수 없었다. 그리고 내가 설마 그곳에서 일을 할 것이라고는 생각하지도 못했을뿐더러 상상도 하기 싫었다.

내가 일하는 병원이 감염병 전담병원이 되기 전에도 가끔 열나는 환자들이나 비슷한 증상이 있는 환자가 오면 코로나19 판정 결과가 음성이라 하여도 내게 전염되지 않을까 하는 두려움이 앞서 마스크를 항상 끼고 위생관리도 열심히 하였다. 그런데 감염환자가 갑자기 급격하게 늘어나면서 병상 수도 부족해졌고, 도립병원인 우리 병원도 감염병 전담병원으로 지정되었다.

감염병 전담병원이 되고 나서 음압병동을 준비하는 며칠 동안 대기를 했다. 집에서 대기하면서 만감이 교차하였다.

아직 아이들도 어린데 혹시나 내가 감염되어 아이들한테 전염되지 않을까? 만약 내가 감염되면 애들을 한 달 동안 못 보고 살 수 있을까? 평상시에도 눈물이 많은 나는 가족 생각만 하면 자꾸 눈물이 왈칵 쏟아졌다.

두려워하면서 기다리는 것도 잠시, 드디어 출근하는 날이 되었다. 막상 출근할 때가 되고 나니 전염되지 않을까 하는 두려움에 이직하고 싶었던 마음도 잠시 들 때도 있었지만, 내가 병원에 가서 코로나19 환자들을 간호해야 우리 아이들도 지킬 수 있다는 생각이 들었다.

나는 코로나19 전담병원이 되고 첫 근무 시간이 나이트였다. 병실에 들어가기 전 환자들의 차트를 보니 다행히 경증환자가 대부분이라서 안심이 되었다. 그중에 안 좋은 환자들이 몇 명 있어 신경이 쓰이긴 했지만 일의 중증도는 생각보다 높지는 않았다. 새벽에 환자에게 해줄 처치가 있어 방호복을 입고 N95 마스크와 고글까지 쓰고 들어가려니 준비 시간이 꽤 많이 걸렸다.

병실에서 처치를 마치고 나온 후배는 마스크를 꼈음에도 불구하고 병실에서 숨 쉬기가 무서워 숨도 제대로 못 쉬었다며 호들갑을 떨었다. 정말 그럴까 싶었지만 나 역시 막상 방호복을 입고 병실에 들어가 보니 숨 쉬기가 무서웠다. 자꾸 숨을 참게 되면서 처치를 하니 답답하고, 방호복이 더워서 땀을 비 오듯이 흘렸다. 고글에는 뿌옇게 김이 서려서 앞이 잘 보이지도 않았다. 방호복을 입고 쓰러진 간호사가 있다는 말이 실감이 되었다.

출근 이튿날 밤, 첫날에 한 번 경험해봤다고 병실에 들어가서 숨 쉬는 게 조금 나아졌다. 하루 전보다는 환자들의 얼굴이 더 잘 보였고 긴장이 조금

풀려 일도 수월하게 하고 나왔다. 차츰 그렇게 적응하면서 환자들이랑 라포 형성도 되고, 경증환자들이라 배식 정리까지 깔끔하게 도와줬다. 중간에 상태가 안 좋은 환자들이 있어 대학병원으로 전원하게 되면 마음이 좋지 않았다. 정말 꼭 치료 잘 받아서 쾌유하시길 바랬다.

경증환자들이 거의 다 호전되어 퇴원할 무렵 요양원 환자들이 입원을 하였다. 경증환자들보다 환자 수는 적었지만 병실에 한번 들어가면 나올 수가 없었다. 기저귀 교환, 식사와 화장실 보조 그리고 수시로 옷을 버려 새로 갈아입혀 드려야 했고, 화장실에 데려다 달라, 대변 봤다 하면서 수시로 불러 근무할 때마다 방호복을 두세 번씩은 입고 들어가야 했다.

고령 환자들이라 lab 결과도 좋지 않았다. 검사 결과가 좋아지는 어르신들을 보면 정말 다행이었고, 나빠지는 어르신들을 보면 정말 우리가 옆에서 보살펴 드려서인지 남 같지 않은 안타까운 마음이 들었다. 처음엔 혹시나 전염되지 않을까 하는 불안감에 코로나19 환자들이 달리 보였지만 막상 환자들과 지내다 보니 우리가 방호복만 입었을 뿐이지 평상시 돌보는 환자들과 똑같았다.

주위에서 의료진들이 수고한다며 많은 격려와 구호물품을 나눠주셨다. 애쓴다는 인사를 들을 때마다 평상시 하는 일을 방호복만 입고 할 뿐인데 너무 영웅처럼 추켜세워 주셔서 멋쩍기도 했지만, 드디어 우리의 진가를 인정받는 것 같아 의료인이라는 것이 자랑스럽기도 하였다. 이번 코로나19 사태로 나 또한 이 사회에 꼭 필요한 사람이구나 생각하며 땀 흘린 보람도 느끼게 되었다.

그리고 무엇보다 가장 소중하게 느꼈던 사람들은 직장 동료들이었다. 힘들 때 같이 울어주고 옆에서 많은 의지가 되면서 누구보다 내 마음을 가장 잘 알아주었다. 이렇게 팀워크가 좋았었는지 이번 일로 더 감사하게 느껴졌다. 각자의 자리에서 조금이라도 더 도와주고 싶어 하는 마음이 너무 고마웠다. 아무리 힘든 위기 상황이 다시 오더라도 좋은 동료들과 함께하면 모두 이겨 낼 수 있을 것 같다.

나 또한 아이들의 엄마이기 전에 간호사로서 코로나19가 종식되기까지 맡은 자리에서 최선을 다하여 하루 빨리 평범한 일상 속으로 돌아 갈 수 있는 날이 오기만을 바랄 뿐이다.

일상에서의 소소한 행복은 언제쯤... 그립다

42병동 외래감독 강성희

2020년 1월 20일 중국 우한에 거주한 중국인 여성의 우한폐렴 확진 보도를 보았다. 하지만 그때까지는 단순한 계절성 바이러스 질환이라고 생각했고 우리 모두 심각성을 느끼지 못했다.

1월말까지 10여 명 이상의 확진자가 나오면서 어~~ 이게 뭐지??? 모든 매스컴에서 우한폐렴~~ 우한폐렴~~ 난리가 아니었다. 당연히 환자들과 생활하는 의료인이기에 우리에게 다가올 위험성을 생각 안 할 수는 없었다. 본원도 2월초부터 환자 및 병문안객 관리에 들어갔고, 염려한 대로 김천의료원은 '감염병 전담병원'으로 지정되었다.

42병동을 시작으로 코로나19 확진자들이 입원을 하였고, 이런 대유행은 처음이고 어느 누구나 겪어보지 못한 일이었으니 원칙을 아는 사람은 없고,

질병관리본부의 지침이 있었지만 정확한 치료 지침이 없었다. 그러니 간호 현장에 있는 우리는 많은 어려움을 겪을 수밖에 없는 현실이었다.

나 또한 가장 먼저 확진환자들을 받았던 병동의 관리자로서 병동 간호 현장의 목소리에 귀 기울이며, 아주 작은 것부터 체계를 세워서 추후 입원환자를 받는 병동에 조금이라도 도움을 주고 싶었다. 서로서로 불안한 마음으로 서툴게 하루하루 현장에 투입되었고, 아무도 가지 않은 동굴을 탐험하는 설렘과 두려움이 뼈저리게 느껴졌다.

관리자로서 매 근무마다 힘겹게 일하는 간호사들을 지켜보면서 해줄 수 있는 게 없다는 것이 안타까웠다. 시간이 지나고 큰 틀의 지침이 병원으로 내려오면서 의료진과 직원들이 빠르게 세부 지침을 만들고 본원 상황에 맞게 바꿔가며 신속하게 체계를 잡아가고 있었다.

가장 큰 우려는 무엇보다 우리가 감염이 될 수 있다는 것이었다. 레벨D 방호복을 착의하고 병실에 들어가 두세 시간 처치 후 온몸이 땀범벅이 된 간호사들을 보면서 어쩌나... 어떻게 하면 조금이라도 힘들지 않게 근무를 할 수 있을까... 걱정에 걱정이 꼬리를 물었다. 얼굴에 찍힌 고글 자국, 방호복 속의 흐트러진 머리카락, 발갛게 달아오른 얼굴, 겁먹은 듯한 표정, 이것이 현장의 모습이었다. 그리고 레벨D 방호복 착용도 중요하지만 더욱더 신경써야 하는 것이 탈의라고 생각하였기에 간호사 하나하나 탈의하는 순서를 관리하면서 땀범벅이 된 모습과 두려워하는 모습에 눈시울이 붉어질 때도 많았다.

입원 첫날에 8명, 다음 날 10명, 그다음 날 15명... 급기야 일주일 만에 전체 60명의 환자들이 입원을 하게 되었다. 환자 각 개인의 상태가 다르기에 그 상황에 맞게 대응을 하였지만 확진환자들의 예민한 성격과 짜증스런 컴플레인을 들을 때마다 힘들었던 상황이 너무나도 많았다. 본인이 할 수 있는 사소한 것까지 도움을 요청하고, 처치하는 시간에 개인적인 용무 때문에 기다려 달라며 억지를 부리는 환자도 있었다.

레벨D 방호복이 얼마나 숨 막히고 땀나고 힘든데… 한번쯤은 이해해주었으면 하는 마음이 한두 번이 아니었다. 야속하게도 까칠한 성격의 몇 명의 환자분은 퇴원할 때까지 우리를 힘들게 했다. 그럼에도 불구하고 내가 간호사임에 자부심을 느끼게 해주신 환자분도 계셨다. 3월 5일 첫 번째 퇴원환자, 3월 6일 두 번째 퇴원환자는 고맙다고 감사하다고 밝게 웃으시면서 집으로 가시는 모습에 간호사라는 직업에 사명감과 뿌듯함을 느꼈다.

코로나19라는 거센 폭풍이 휩쓸고 가면서 우리의 일상은 많은 변화가 왔다. 코로나19 이산가족을 만들었고, 마스크를 착용하면서 화사하게 화장하던 얼굴이 민낯으로 바뀌었으며, 학생들은 몇 달 동안 등교를 하지 못하고, 가족들과 맛있는 외식 금지, 친구들과의 커피숍에서의 수다 금지 등 문화생활이 중단됐다. 아침에 눈을 뜨면 날씨가 아니라 코로나19 뉴스속보, 가장 중요한 것은 전 국민들의 생활 위생 수칙이 변화되었다는 점이다.

하지만 우리는 해냈다. 하루하루 새롭고 힘든 상황과 마주하면서도, 희망이라는 문구를 생각하면서 힘든 시기를 이겨냈다. 세계가 칭찬하는 K-방역과 드라이브 스루에 대리 처방까지 전 세계가 작은 대한민국을 주목하고 따라왔다. 문화적으로 BTS만 전 세계적으로 이름을 떨친 게 아니고, 이번에는 의료계에서도 전 세계적으로 "코리아! 코리아!"를 외치고 있다 우리나라 국민성에 놀라고, 백의민족인 대한민국 국민이란 게 뿌듯하고 자랑스럽다.

"우리가 겪은 시행착오를 바탕으로 매뉴얼이 계속 수정되고 보완되었으며, 아픈 상처는 아물고 무뎌지며 결국 새살이 돋아 더 강해집니다."라는 어느 코로나19 현장에서 나온 말이 떠오른다.

코로나19를 되돌아보며

42병동 김자영

2월 어느 날, 우리 병원이 감염병 전담병원으로 지정되었다는 이야기를 들었고, 며칠 후 현재 입원해 있는 환자들을 모두 소개하고 코로나19 확진자를 받는다는 이야기를 전해 들었다. 사실 코로나19가 발병되고 언론을 통해 그 소식을 접했을 때만 해도 먼 나라의 이야기인 줄만 알았다. 그런데 그게 우리 병원에, 그리고 우리 간호사들이 해야 할 일이라는 소리를 들었을 때, 가장 먼저 떠오르는 사람은 이제 막 5살, 3살이 된 두 아들의 얼굴이었다. 사실 남편도 같은 병원에 근무하기 때문에 감염에 대한 우려가 컸고, 또 일을 하는 동안 어쩌면 만나지 못할 수도 있겠다는 생각에 일이 손에 잡히지 않았다.

하지만 이런 나보다도 '이렇게 아픈데 다른 데 어디를 가겠느냐', '코로나19 환자랑 같이 있어도 괜찮으니 병원에 있겠다.'는 환자들을 보면서 어쩌면 지금 당장 걱정을 해야 되는 건 내가 아니라 환자들이라는 생각이 들었다.

이에 다른 생각은 접고 환자들이 조금이나마 건강하고 불편함 없이 퇴원할 수 있도록 준비하고 도와드리는 일에 집중하고자 했다. 그러면서 틈틈이 코로나19에 대한 준비 및 교육에 참여하면서 마음을 새로이 했다.

'그래 나보다 어린 후배들도 있고 또 당장 우리가 아니면 누가 이 환자들을 돌보겠나.' 하는 생각에 조금씩 힘을 내기 시작했고, 그러다 보니 어느새 환자들이 입원하기 시작했다.

그렇게 정신없이 며칠이 지나갔다. 우리는 임시로 만들어진 클린존과 레벨D 방호복, N95 마스크 등 최소한의 보호구에 의지한 채 환자들을 맞이하기 시작했는데, 막상 입원하는 환자들을 보니 일반 환자들과 크게 다르지 않은 모습에 조금은 마음이 놓였다. 또한 간호를 하면서 환자분들과 이야기를 하고 조금씩 친해지다 보니 옆집 아저씨 같고 또 우리네 할머니 같은 느낌에 조금씩 경계의 벽이 허물어졌던 것 같다. 이후 일주일에 한 번씩 코로나19 검사를 하면서 결과가 음성으로 나올 때마다 우리가 더 기뻐했고, 하나둘 퇴원하시는 모습을 보면서 우리의 직업이 주는 보람과 우리가 가지는 사명감의 의미를 다시 한 번 느낄 수 있었던 시간이 그렇게 지나갔다.

한번은 어느 부부가 코로나19 환자로 입원하였던 적이 있었다. 같은 병원 같은 층에 입원하였지만 격리 관계로 만나지 못하는 모습이 너무 안타까워 대신 이야기를 전해주며 그 상황과 이야기에 함께 울고 웃었던 기억 그리고 이후 아내분이 먼저 퇴원하면서 남은 배우자에게 틈틈이 안부를 묻기도 했던 기억이 난다. 이후로 많은 환자를 보면서 어느새 익숙해지고 조금은 편안해진 내 모습을 보면서 '하고자 하는 의지와 피하지 않는 용기만 있다면 우리가 하지 못할 일은 없겠구나.' 하는 생각이 들었다.

그렇게 내가 환자 케어에 익숙해져 갈 무렵 또 하나 어려움이 생겼다. 같은 병원에 근무하는 남편이 코로나19 상황실 근무에 투입되면서 아이를 돌보기 어려운 상황에 직면했다. 간호사의 직업특성상 교대근무를 하기 때문에 평소 남편이 육아에 많은 도움을 주고 있었는데, 남편까지 교대로 근무에 들어가야 하면서 당장 두 사람 모두 근무에 투입되는 상황이 생겼다. 다행히 양가 모두 근처에 살고 계시면서 우리의 상황을 매번 이해해주시고 편의를 봐주셨기에 상황이 어려울 때는 도움을 요청할 수 있었고, 양쪽 부모님께서 흔쾌히 돌봐주신 덕분에 무사히 코로나19를 이겨낼 수 있었다.

그렇게 코로나19는 나와 우리 가족에게 그리고 나의 직장 김천의료원에 있어 힘든 순간이었던 것은 분명했지만 참고 견디다 보니 어느새 환자가 하나둘 줄어들었고 그 끝이 보이기 시작했다. 어느덧 두 달이라는 시간이 훌쩍 지나 4월의 마지막이 되어서는 그 많았던 환자가 모두 퇴원하였고, 이후 일주일간 멸균소독 및 재정비를 통해 오픈 준비기간을 가졌다.

환자가 줄어들면서 오프도 많아지고 환자 보는 일에 여유가 생겼던 것은 사실이지만 이렇게 공식적으로 병원이 쉬는 것은 입사 이래 처음이었다. 수간호사 선생님이나 다른 선배님들 이야기를 들어 봐도 이런 경우는 본인들도 처음 겪는 상황이라며 이런 시간을 함께 보내게 된 지금이 어쩌면 특별한 추억이고 이후에 우리에게 많은 힘이 되어주지 않을까 하는 이야기를 해주셨다.

그랬다. 우리가 지내왔던 70일은 내가 살면서 겪어 보지 못했던 특별했던 시간이었고, 힘들었지만 보람 있고 감동적이었던 시간이었다. 비록 다시 겪기 싫은 상황임에는 분명하지만 언젠가 다시 재유행이 오고, 혹은 또 다른 감염병이 발병해 우리를 필요하게 되는 순간이 온다면 그때도 이번처럼 현장에서 묵묵히 나에게 주어진 일을 하고 있지 않을까 생각해 본다. 물론 그런 일이 다시 생기지 않기를 바라지만.

무엇보다 우리 간호사들이 현장에서 묵묵히 맡은 일을 할 수 있도록 끊임없는 지원과 격려를 보내주시며 걱정에 밤잠 못 이루셨을 김미경 의료원장님과 환자들이 무사히 퇴원할 수 있도록 매 순간 최선을 다하셨던 진료 과장님들, 현장이 안전하게 돌아갈 수 있도록 도와주신 여러 직원분들께 감사하다는 말씀을 드린다. 힘든 순간 옆에서 같이 고생하며 든든한 의지가 되어준 선생님을 비롯한 동료 간호사들과 이번 상황을 이겨낼 수 있도록 버팀목이 되어준 가족에게 사랑한다는 말을 전하며 코로나19의 시간을 정리하고자 한다.

마지막으로 끊이지 않은 구호물품을 통해 마음을 전해준 국민들과 누구보다 힘들었을 시간을 보내고 건강하게 퇴원하신 환자분들의 건강을 기원하며, 앞으로 김천의료원과 대한민국이 더 건강해지는 날이 하루빨리 오기를 기다리며 이 글을 마친다.

잿빛 코로나19

51병동 수간호사 신영순

2월 24일 급성기 환자를 바쁘게 요양원, 집, 인근에 있는 병원으로 보냈다. 국가적 재난으로 갑자기 일어난 일이지만 의료원에 근무하면서 공공병원의 기능과 역할을 알고 있었기에 당연히 우리가 간호해야 된다는 생각이 들었다. 처음으로 42병동에 코로나19 환자가 입원했을 때 걱정도 되고 약간의 두려움도 있었지만, 우리 간호사들이 실수 없이 잘할 것이라는 믿음이 있었고, 우리 병동도 빨리 오픈하기를 기대하고 있었다.

42. 41. 32. 31병동이 오픈하면서 우리 병동 간호사들은 뿔뿔이 흩어져 다른 병동에서 근무를 하였다. 근무가 끝난 후 샤워하러 51병동으로 돌아온 간호사들은 레벨D 방호복과 고글을 쓰고 근무했을 때 느낌을 생생하게 들려주었고, 처음 겪는 일이라면서 살면서 이런 일이 생길 거라고는 생각도 못

했다는 이야기를 우리끼리 하였다.

아래 연차 간호사들은 근무를 하고 있었지만 위 연차 간호사들 중 집에서 쉬고 있는 친구들은 우리도 코로나19 환자를 간호할 준비가 되어있는데 언제 병원에서 불러 주는지 궁금해 하면서 근무 중인 친구들에게 미안해 하기도 하였다. 경진 간호사는 대구 가서 도와주고 싶다는 이야기도 했고 사연, 진희도 빨리 불러주기를, 후배들하고 같이 근무하기를 바랐다. 나 또한마음 한편에 같이 근무하지 못하는 것에 미안하기도 하고, 모든 후배가 서로 간호하려는 모습이 대견하고 고마웠다.

임종하는 환자가 보호자를 만나지 못해 화상으로 통화하고 마지막 가는 모습을 보고 짠했다는 진희, 나갈 수 없어 답답하지만 어린 간호사들이 본인들 때문에 고생하니까 잘 협조해야겠다고 말하는 환자를 보며 고마웠다고 말하는 영미, 할머니가 고맙다고 먹을 것을 주셨지만 마음만 받겠다고 고마워하는 주미. 영양제 챙겨 먹고 힘내라고 응원해줬다는 다연이 등 어린 간호사들의 열정과 땀방울은 잊지 못할 것 같다. 같이 간호하고 싶었지만 함께하지 못해 미안했고, 우리 후배들을 보면서 의료원의 미래가 밝다는 생각이 들었고, 정말이지 너무 감사하다는 생각밖에 없었다.

다시 일상으로 돌아와 환자를 돌보지만 그때 그 마음으로 후배들하고 같이 일하고 싶고, 코로나19 같은 국가적 재앙이 다시는 생기지 않았으면 좋겠고, 빨리 종식되도록 개인 서로가 조심해야 될 것 같다. 눈에 보이지 않는 바이러스가 이렇게 무섭고 일상생활을 위협할지는 누구도 생각 못 했지만, 단 하나 알 수 있는 것은 우리 후배들의 열정과 땀방울은 잊을 수가 없을 것 같고, 모두 고생했으며 힘든 중에도 웃음을 잃지 않는 모습을 가슴속에 기억하고 싶다.

직원 여러분 모두 고생하셨습니다. 김천의료원 파이팅!!!

사랑의 콜센터

51병동 최진희

대한민국을 공포로 물들게 한 코로나19가 발생한 지 벌써 두 달째이다. 이 두 달 동안 안타깝게 사망한 사람들도 있었지만 치료를 받고 회복한 사람들이 더 많이 있다는 것에 우리는 희망을 갖는다. 처음 코로나19가 발생하고 시간이 흐른 지금까지 코로나19 병동에서 일하며 많은 것은 경험하고 느꼈다. 병동에서 처음 일할 때는 레벨D 방호복을 입으면서 나도 코로나19에 걸리지 않을까하는 걱정도 많이 했다.

초기에 나는 경증환자들 위주로 간호를 하여 환자들과의 의사소통이나 병원 식구들의 적극적인 협조를 통해 큰 어려움 없이 이겨낼 수 있었다. 처음 환자들을 받고 2~3주가 흘러 코로나19 검사 결과에서 음성이 나온 환자들이 퇴원을 할 때에는 얼마나 기쁘던지, 환자들이 안정되어 퇴원할 수 있다는 사실에 감사했으며 이제 코로나19 사태가 진정되어 가는 것 같아 안심하고 있었다.

방심은 금물이었다. 점점 일도 익숙해지고 두려움이 사라질 때 쯤 대구 요양원에서 집단감염이 터졌고, 그 요양원 환자들이 우리 병동으로 입원을 한다는 것을 알았을 때는 절망감도 느꼈다. 그 당시 많은 간호사가 심신과 육체적 피로에 지친 상태였고 끝나지 않는 감염 소식에 몹시 힘들어 했다.

그러나 이러한 상황에서도 많은 사람이 도움의 손길을 보냈으며 김미경 원장님과 수간호사 선생님들 또한 격려와 칭찬을 아끼지 않으며 물심양면으로 환자 간호를 위해 힘을 주셨다. 요양원 환자들을 간호하며 회복되어 가는 모습을 보고 보람도 느꼈으나 회복하지 못하고 돌아가신 환자들을 통해 코로나19의 무서움과 슬픔이 밀려오기도 했다.

데이 근무를 하던 중 요양원에서 입원할 때부터 상태가 좋지 않아 산소호흡기를 계속 쓰고 계셨고, 하루하루 상태가 점점 나빠져 가족들에게 사망 가능성까지 설명한 어르신이 계셨다. 환자 상태를 계속 앞에서 지켜볼 수 있는 것이 아니고 교대로 돌아가며 방호복을 입고 들어가 환자를 봐야 하는 상태여서 혹시나 내가 들어가지 못한 사이에 돌아가시면 어쩌나 하는 불안한 마음과 안타까운 마음이 들었다.

가족이 면회를 올 수도 없는 상황에서 임종을 하시게 되면 마지막에 얼굴도 볼 수 없다는 현실에 수간호사 선생님과 간호사들이 회의하여 병동에 지급된 스마트폰으로 가족들에게 영상통화를 시켜주었다. 방호복을 입고 스마트폰을 들고 들어가 영상통화를 시켜주었고, 가족들은 10분이 넘는 시간 동안 환자와 마지막을 보냈다.

그런데 통화 마지막에 환자분의 딸이 간호사 선생님들께 감사하다며 이제는 괜찮다고, 정말 감사하다는 말을 들었을 때는 울컥하며 부끄러웠다. 사실 마음 한구석에는 통화를 시켜주기 위해 방호복을 입고 갑갑한 마스크와 고글을 끼고 들어가야 한다는 것에 지치기도 하면서 '왜 하필 내 근무 때 이러는가' 하는 생각을 가지고 있었는데, 보호자의 감사하다는 말 한마디에 '내가 당연히 해야 하는 일, 이것도 환자와 보호자를 위한 간호'라는 것을 알게 되었다. 다음 날 환자분은 돌아가셨고 전날의 통화가 가족에게, 그리고 우리 간호사들에게 그 중요했던 순간을 잊을 수 없을 것 같다.

요양원 환자들을 간호하면서 힘든 점도 많았지만 그렇기 때문에 알 수 있는 소중한 순간이 배로 많았다. 이번 코로나19로 인해 내가 왜 간호사가 되었는지에 대해서도 다시 돌아보는 계기가 되었으며 일할 수 있는 직장이 있다는 것에 감사했고 많은 사람이 서로 도우며 살아간다는 것을 다시 한 번 더 알게 되었다.

전국적으로 코로나19가 안정 추세가 되어 많은 사람이 직장 및 일상생활로 돌아갈 때 김천의료원도 일반 환자들을 받기 위해 일상으로 돌아갈 준비를 했다. 병원 전체에 방역작업을 시행했으며, 방역 기간 동안 의료진들과 직원들은 지친 심신을 달래고 일상 복귀를 위한 짧은 휴식 기간을 가졌다. 쉬는 동안 다시 일상으로 돌아가는 것에 대한 부담도 있었으나 기대감과 설렘이 더 컸다.

지친 몸과 마음을 달래고 복귀한 병원은 코로나19 환자를 위해 세웠던 벽이 사라지고 치워두었던 물품들을 정리하고 청소하며 3달여 만에 다시 올 환자들을 위한 준비가 한참이었다. 닫혀 있던 병원 문이 열리고 많은 환자가 병원을 찾아주었다. 첫날에는 어떻게 흘러갔는지도 모를 만큼 바쁜 하루를 보냈고, 일주일 정도 지나고 나니 일하는 나도 간호를 받는 환자들도 적응해 가고 있었다.

이제 일상으로 복귀한 지 한 달 정도 되어 가는데 언제 코로나19 환자를 간호했는지 잊을 만큼 바쁜 나날을 보내고 있다. 끝날 것 같지 않았던 코로나19 환자 간호도 마무리가 되었고, 이제는 모두가 맡은 일에 최선을 다하며 하루를 보내고 있다.

코로나19를 겪으면서 의료진뿐만 아니라 환자 및 보호자 모두가 마스크 착용과 손 씻기가 일상이 되었고 가끔은 마스크가 답답하기도 하지만 일할 수 있다는 것에 더 즐거운 나날을 보내고 있다. 아직 전국에 입원 중인 코로나19 환자들도 하루빨리 회복되어 다 같이 웃으며 맑은 하늘을 보는 날이 왔으면 좋겠다.

피와 땀, 그리고 눈물

51병동 이수화

코로나19 사태가 터지고 병원 내부 공사와 준비 과정으로 집에서 쉬는 동안 불안해하며 답답한 일상을 보냈던 시간이 떠오른다. 51병동이 가장 마지막 오픈으로 다른 병동의 오픈 과정을 전해 들으며 과연 나도 잘할 수 있을까 하는 마음에 불안하고 초조했고, 집에서 가만히 있는 것보다 나가서 일을 하는 것이 나을 거 같다는 생각을 했다. 다른 병동이 힘들게 고생하는 시간에 쉬고 있는 내가 죄책감이 들어 마음이 불편해서였다.

결국 오픈을 하지 않아 다른 병동으로 헬퍼를 가게 되었는데, 처음엔 코로나19 병동에서 일을 해야 한다는 사실에 복잡하고 막막했다. 하지만 나의 불안과 걱정과는 달리 31병동 선생님들은 친절했고, 오랜 시간 코로나19와 사투를 벌이며 생긴 여유마저 보였던 것 같아 마음은 편했다.

그러나 봉화 푸른 요양원 등 요양원 환자들이 입원을 하게 되면서 상황은 달라졌다. 레벨D 방호목을 입고 들어가서 2시간 정도 일을 할 때면, 걱정했던 IV(정맥주사)를 하는 것, 혈당을 재는 것, 혈압을 측정하는 것, 식사를 도와주는 것, 그리고 각종 요구사항을 해결해 줘야 하니 이미 숨은 턱 끝까지 찼다.

식사가 나오면 밖에 선생님 한 분이 밥을 하나하나 넣어주고, 그걸 받아서 각 병실 환자에게 전달해 주는데, 한 환자분이 자기는 바나나가 나오지 않았다며 소리를 질렀다. 그때는 바나나 한 개쯤 안 나온 것 가지고 엄청 화낸다는 생각에 속이 상했다가도 환자를 생각하면 그마저 큰 것일 테니 정성을 들여 안 해 줄 수가 없었다.

요양원 환자들은 기본적으로 치매 있으신 분들이 많아 케어하는데 난항을 겪을 수밖에 없었다. 두세 명이서 붙잡고 IV를 해놓고 갔다가 다음에 들어와서 보면 다 빼놓기 일쑤였다. 습기 찬 고글 사이로 눈을 치켜뜨고 다시 놓으면 아프다고 사람 잡는다고 욕하는 할머니... 아프게 해서 미안하다며 절대 빼면 안 된다고 당부했지만 소용이 없었다.

시각, 청각 장애가 있으신 한 할머니가 계셨다. 옆에 가서 혈압만 재려고 하면 화부터 내고 자신을 괴롭힌다고 생각을 하시는지 IV할 때 특히 더 난폭했다. 주먹을 휘두르고 발로 차고 온 힘을 다해 거부하는 할머니를 혼자서는 절대 감당할 수 없어 다른 선생님과 함께 들어가야만 했다. 할머니를 달래면서 한 명은 꽉 붙들고 한 명은 처치를 할 수 밖에 없었는데, 그렇게 하고 나면 기진맥진 온몸에 땀이 줄줄 흐르고 고글엔 습기가 차 앞이 잘 보이지도 않는다. 간신히 IV를 하고 빠진 건 없는지 확인하고 밖으로 나와 화장실에 있는 거울을 보면 얼굴에 고글 눌린 자국, 땀에 젖은 머리로 엉망이다.

옷은 이미 다 젖은 채로 스테이션에 가면 감독님이 샤워하고 나오라 하신다. 그럼 샤워를 하고 나와 쉬다가 레벨D 방호복을 입고 또 들어가는 것이다.

그렇게 2주 가까이 하고 나서 다시 다른 병동으로 헬퍼를 가게 되었다. 42병동에 모든 선생님이 모여 다 같이 일하게 되었다. 다른 병동과는 달리 3군데로 분담을 해서 누가 어디 들어가서 뭐를 하고 나올지를 정하게 된다. 하루하루 시간이 지나면서 퇴원이 늘고 10명대 초중반으로 환자가 줄어들었을 때는 일하기가 정말 수월해졌다. 처음에 31병동에서 bedridden 환자들을 보며 고생하다가 그런 환자들이 4~5명 남고 다 퇴원을 해서 후반부는 숨통이 트였다.

어느새 몸도 코로나19에 적응을 해가고 있었다. 마지막까지 남은 환자 소수는 포항, 안동의료원으로 나눠서 전원을 하고, 병동을 정리할 때의 기분은 좋지도 나쁘지도 않았다. 이제 병원 방역을 하고 나면 일반 환자들을 받을 생각에 오히려 두려웠다. 편한 특수복 차림에 양말 속으로 옷을 집어넣어 발목 위까지 길게 올려 신고, 상의는 바지 속으로 넣어 입고, 머리는 한 가닥도 나오지 않게 똥 머리를 만들어서 앞머리는 다 넘겨 실핀으로 고정한 내 모습에 이미 익숙해져 있었다.

그렇게 병원 방역 기간 동안 며칠 쉬고 나서 원래 나의 일터인 51병동 정리정돈을 위해 오랜만에 5층 선생님들과 모여 청소를 했다. 이제 코로나19도 정말 끝이고 일반 환자를 받아야 한다는 것이 실감이 되었다. 너무 오랜만에 병동에 와서 있어 보니 기분이 오히려 이상하기도 했다. 근무는 나이트로 시작해 부담은 덜 되었지만 51병동이 먼저 오픈을 하는 것이라 바쁠 것을 예상하며 출근했다.

처음 하루 이틀은 한 자릿수인가 싶더니 바로 풀 베드를 채웠고 넘쳐나는 수술 환자 속에서 허둥지둥 일하기 바빴다. 평소 같았으면 1~2건의 수술이었지만 5~6건 수술 준비를 다 해놓고 퇴근하려니 아침부터 혼자 뛰어다니며 확인 또 확인을 했다. OS 환자가 많아서 인젝 양은 많이 줄었지만 입, 퇴원이 많아져 그 편안함을 누릴 새가 없었다. 무엇보다 KF94 마스크를 착용하고 일을 하려니 숨이 차고 조금만 액팅을 하다 보면 얼굴에 열기가 느껴지면서 숨을 편하게 쉴 수가 없어 힘들기도 했다. 하지만 그래도 방호복을 입지 않고 고글을 쓰지 않아도 되니 행복한 일이다.

모두가 마찬가지겠지만 코로나19가 빨리 종결이 되어서 일상을 되찾고 싶은 마음이 누구보다도 간절하다. 언제 터질지 모를 불안감 속에서 일을 하고 있고, 항상 예의주시하며 일을 하는데도 어렵다. 생각보다 코로나19에 대해서 잘 모르는 사람이 많고 그런 사람들을 이해시키고 주의시키는 과정도 어려운 것 같다. 코로나19가 완전히 종결된 것이 아니기에 모두가 주의사항을 숙지하며 잘 지켜 나가면 좋을 텐데, 가장 기본이 언제나 항상 어려운 것 같다. 앞으로 더 코로나19 확진이 나오지 않게 조심하며 예방하는 데 모두가 노력해야 할 것이다.

유주 엄마! 걱정 마세요 유주는 우리가 지킬게요

응급실 수간호사 김진숙

진단명: 코로나19

중국 우한시에서 처음 발생하였다고 하여 우한폐렴으로 불려지던 시기, 2020년 2월 17일 월요일 오후 4시쯤 38.8℃가 넘는 8살 여자아이를 안고 엄마가 응급실을 방문하였다. 응급실에서도 아직 정확한 매뉴얼이 생성되지 않은 시기였고 레벨D 방호복도 착용하지 않고 환자를 진료하는 상황이라 많은 고민이 되는 상태였다.

일단 엄마와 아이를 응급실 내 음압격리실병상으로 안내하였고 히스토리를 진행한 결과 며칠 전 아이의 아빠가 두바이 출장을 다녀왔고, 아빠와 접촉 후 아이가 열이 나고 목이 아프다고 하니 코로나19를 의심하지 않을 수 없었다.

접촉자를 최소한으로 줄이기 위하여 출입하는 간호사를 한 사람으로 제한하고 일회용 비닐 가운을 입고 격리실에 있는 아이에게 코로나19 검사와 링거를 정맥 주사하였다.

8살 여자아이.... 얼마나 징징거리며 물 먹고 싶다, 화장실 가고 싶다, 배 고프다 등 요구사항이 많던지, 그리고 아픈 아이의 엄마 또한 많이 예민해져 있었다. 우리 아이가 코로나19에 걸리면 어떡하지 하는 걱정에 흥분되어 아이 기침 소리 하나에도 민감하여 간호사를 계속 찾아댔다. 아이가 배가 고프다고 의료진에게는 상의도 하지 않고 배달 음식을 시킨 후 격리실 콜벨을 눌러 퀵비를 주며 배달 음식 좀 가져다 달라고 하였다. 조금은 어처구니가 없다는 생각이 잠깐 스쳐갔지만 아이를 키워 본 입장에서 당연히 이해해야 한다고 생각을 했다.

그때는 검사 결과가 12시간 이상이 걸리는 상황이었고 검사 넘기는 시간에 따라 결과가 오전과 오후로 나뉘는 때라 부탁에 부탁을 거듭하여 검사 결과를 기다렸다. 다음 날 다행이 코로나19 검사 결과는 음성으로 판정이 났다.

그러나 지속되는 고열로 인하여 입원 치료가 필요한 상태여서(그 당시 본원 소아과 휴진 상태) 다른 병원으로 전원하여 입원을 권유하였으나 아이의 엄마는 꼭 우리 병원에서 입원 치료를 하고 싶다고 하였다. 응급의학과 과장님께서 휴진인 소아과 과장님께 연락을 하여 상황을 설명하였고 감사하게도 소아과 과장님께서 진료가 없는 상황에서도 환자를 입원시켜 진료를 해주셨다.

며칠 뒤 아이가 호전되어 퇴원을 하였고 우리 병원도 감염병 전담병원으로 전환되어 일반 환자들이 있던 병실이 대구 경북의 코로나19 확진자로 채워졌다. 레벨D 방호복 입고 응급실에서 진료를 보고 있을 때 아이의 엄마에게서 그때 너무 감사하다며 의료진들 힘내라며 감사의 메모와 함께 초콜릿을 한가득 퀵으로 보내왔다. 우리의 작은 배려와 친절이 그들에게는 커다란 감동으로 받아들여졌고 그 감동이 다시 우리에게 돌아오니 우리 의료진들에게는 더 힘이 나고 분발할 수 있는 에너지가 되었다.

감염병 전담병원에서 해제되고 일반병원으로 전환되어 그동안 오고 싶어도 못 오고, 2달여 동안 기다리다가 병원을 찾아주신 환자들에게 더 따뜻한 마음으로 다가 갈 수 있도록 노력해야겠다.

김천의료원 직원 모두 수고하셨습니다. 우리 모두 아자! 아자! 파이팅!

한 달간의 서투른 엄마 역할

31병동 이지숙

코로나19 전담병원으로 지정되어 3월부터 4월 첫째 주까지 우리 병동에서는 다른 병동과 다르게 대구 경북지역에 있는 요양원에서 발생한 환자들을 많이 돌보게 되었다. 처음 레벨D 방호복을 입고 들어가 환자들을 간호하기 시작할 때는 정말 힘들었다. 요양원에 있는 환자들이다 보니 기저귀를 갈아줘야 하는 분이 많았고 식사와 약 먹는 것을 보조해야만 했다.

일반 환자들을 간호할 때 잘 하지 않았던 일이어서 평상복을 입고 할 때도 온몸에 땀이 났었는데 방호복을 입고 고글까지 쓰고 하다 보니 평상시보다 두 배, 세 배 정도 더 힘들고 정신력도 떨어졌다. 환자들에게 정맥주사를 놓아야 할 때도 손에 장갑을 두 개 끼어야만 해서 많은 어려움이 있었다. 혈관이 잘 만져지지 않아 눈에 보이는 혈관으로만 주사해야 하니 한 번에 성공을 못 할 때도 있었다. 그럴 때면 얼마나 죄송하던지.

코로나19 치료제가 개발되지 않아 말라리아 치료제 등으로 대체해서 약을 사용하는데 그 약이 어찌나 독한지 이 약 때문에 속이 울렁거리고, 구토 증상까지 있어서 환자들이 식사를 잘 하지 못하게 되니 약을 먹지 않으려는 환자들이 많았다.

밥 한 숟가락이라도 드시게 하기 위해 환자를 달래면서 문득 이런 생각이 들었다.

'우리 형제를 키우면서 우리 엄마의 심정도 이러셨겠구나.'

그렇게 매일 '한 숟가락만이라도'를 외치며 꾹 참고 일을 하다 보니 일주일이 눈 깜짝할 사이에 지나가고, 다행히 환자 상태가 호전되기 시작했다. 식사량도 조금씩 늘고 어느덧 방호복을 입고 고글을 쓰고 장갑을 두 개씩 끼고 일하는 것에 적응이 되어 갔다. 그러다 보니 환자들이 있는 병실에 들어가면 시간 가는 줄 몰랐고, 환자들을 간호하는 것이 처음과 달리 익숙해져 갔다.

2년차 밖에 되지 않은, 신규라면 신규라고 할 수 있는 내가 처음에 환자들을 맡았을 때는 정말 두려움이 컸다. '방호복을 입지만 혹시나 환자들을 돌보면 나도 감염되지 않을까?' 하는 두려움 때문에 '간호사를 하지 말걸, 내가 왜 이 직업을 택했을까.' 하는 생각을 정말 많이 했던 게 사실이다. 그러나 막상 환자들을 보니 두려움보다는 '어떻게 하면 빨리 나아 일상생활로 돌아가게 할 수 있을까?'라는 생각을 많이 하게 되면서 스스로 '나는 의료인이다. 나 아니면 누가 이 일을 할 수 있나.' 하는 간호사의 사명감이 저절로 생겨나는 것을 보고 스스로 대견해 하기도 했다.

비록 한 달 정도밖에 겪지 않은 일이지만 나에게는 1년 동안 코로나19 전담병원에서 근무한 것처럼 크게 느껴진다. 나 나름대로는 최선을 다했던 지난 시간 속에는 내가 직접 퇴원시킨 환자들도 여러 명 있다. 아마도 오랫동안 액자 속 사진처럼 그 모습을 잊지 못할 것 같다. 퇴원할 때 웃으면서 손을 흔드는 그 모습을…

따뜻한 나의 집으로 돌아가는 그날을 기다리며

31병동 김수정

처음 코로나19를 접하게 되었을 때 이렇게까지 심각해지고 내가 몸소 이런 일을 겪게 될 줄은 상상도 하지 못했다. 기존에 입원하고 있던 환자분들을 서둘러 퇴원시키고 코로나19 환자를 입원시키던 첫날. 방호복을 입은 119 대원들이 봉화 푸른 요양원에서 31병동으로 끊임없이 환자를 모시고 들어오던 모습이 아직도 눈에 생생하다.

한 번도 입어 본 적 없는 방호복이라는 것을 착용하고 처음으로 환자를 돌볼 때 나도 감염될 수 있다는 불안감과 함께 숨도 제대로 쉴 수 없었고 습기 찬 고글 때문에 앞도 잘 보이지 않았다. 그렇지만 그런 나보다 더 두려움에 떠는 환자들을 보며 마음을 추스르고 힘을 내서 일을 했다.

낯선 환경에 굳게 닫힌 문, 방호복을 입은 사람들만 문을 열고 들어와 모든 일상을 통제하는 그 상황이 환자들은 얼마나 두려우셨을까? 창살 없는 감옥에서 안절부절 어쩔 줄 몰라 하며 집에 당장 보내달라고 사정하시는 분, 아들에게 전화를 해달라고 졸라대는 분, 또 짐을 수차례 싸고 집으로 가겠다며 병실을 수십 번 나오는 분들까지… 그 당시엔 무척 당황스럽고 힘들었지만 지금 생각해 보니 나의 부모님, 할아버지, 할머니 같아 가슴이 쓰려온다. 일제강점기를 겪은 할머니가 "아리가도 고자이마스."라고 인사를 할 때는 '감금'이라는 단어가 생각나며 쓰라린 우리나라의 과거가 떠오르기도 했다.

갇혀진 공간에서 지내다 보니 공격적으로 변하여 우리를 때리고 물려던 분도 계셨고, 낙상이 걱정되어 억제대를 묶었더니 반항하며 얼굴에 침을 뱉기도 했고, 뭐라도 드셔야 한다며 억지로 먹을 걸 손에 쥐어 주면 안 먹겠다며 얼굴에 던지고 욕까지 하셨다. 치매가 있는 환자분은 병실 전체를 똥으로 칠해 놓은 적도 있었고, 남의 물건을 본인 것이라며 몰래 가져가 병실이 떠나가게 심하게 다투기까지… 그 모든 일이 이젠 하나의 추억으로 스쳐지나간다.

그런가 하면 말없이 병실에 누워 계시다가 우리가 문을 열고 들어가면 반가워 웃으며 손 흔들고 반겨주던 할머니, 저희가 베푼 작은 간호와 돌봄에 "고마워."라고 말해주시거나 택배 온 음료수를 꼭 마시라며 챙겨주시는 어르신, "나 때문에 고생 많았어."라고 말씀하시며 퇴원하시던 할아버지도 계셔서 그동안 힘들고 서운했던 감정들이 눈 녹듯 사라지기도 했다.

31병동을 마무리하던 날은 밀려들던 환자들로 놀랐던 가슴이 빈 병실을 정리하며 태어나서 처음으로 간호사로서 가슴이 뭉클해지는 큰 감동을 느겼다. 안타깝게 세상을 떠난 분들도 계셨지만, 쾌유하여 집으로 돌아가는 모습을 보며 내가 아픈 분들에게 조금이나마 도움을 줄 수 있었다는 것에 감사했다.

모두가 맡은 임무에 최선을 다했지만, 특히 환자가 입원하면서부터 31병동을 지키셨던 공 감독님을 잊을 수 없다. 환자와 간호사 모두의 안전과 건강을 위해 몇 날을 새벽까지 31병동을 지키시며 본인의 피로는 생각지도 않은 채 과중한 업무와 피로로 직원들이 감염될까봐 항상 건강식품과 비타민을 챙겨주시곤 했다. 또한 업무의 긴장을 놓지 않도록 지켜보며 실수하지 않도록 병동을 지키시던 그 모습이 너무나 든든하고 존경스러웠다.

고위험군인 신랑과 부모님, 또 세 자녀를 위해 집을 나와 생활한 지 두 달째. 힘든 상황을 잘 버틸 수 있었던 것은 최전선에서 일하는 나의 모습이 자랑스럽다며 격려의 메시지를 보내주던 가족과 친구들이 있었기에 가능했다. 직접 만든 마스크를 보내주던 친구, 건강을 생각해 홍삼을 택배로 보내주는 친구, 어디 그뿐인가, 고생한다며 의료인을 위해 구호물품과 지원을 아끼지 않았던 많은 분들이 계셨기에 감동과 감사의 날들을 보낼 수 있었다. 하루빨리 모든 환자가 퇴원하고 따뜻한 나의 집으로 돌아가는 그날을 기다려 본다.

온정의 손길로

32병동 강민지

2월 28일(금)

이번 주 초에 입원해 있던 환자들이 코로나19 환자 입원으로 인해 모두 퇴원하셨다. 다들 퇴원하고 싶지 않으셨으나 어쩔 수 없이 병동을 나설 수밖에 없었다. 보내는 맘도 편하지 않고, 씁쓸하기만 했다. 그리고는 며칠 집에서 쉬었는데, 무섭고 두려운 마음이 앞선다.

출근하라는 연락을 받고 병원에 나와 보니, 음압 시설과 가벽이 설치되어 있어 너무나 삭막한 느낌이 들었다. 병동 식구들이 모여 레벨D 방호복을 입고 벗는 교육도 받고, 코로나19 환자들이 입원하기 전에 필요한 물품들을 채우며 병실마다 안내문구와 소독제를 비치했다. 병실을 둘러보니 걱정이 앞섰지만, 최전방에서 코로나19와 열심히 싸워야겠다는 의지가 불끈 올라왔다.

3월 1일 (일)

오늘 코로나19 환자 두 분이 입원한다는 연락을 받고, 첫 나이트 출근을 했다. 첫 환자는 청도 대남병원에서 확진된 정신과 환자 두 분이었다. 정신과 병동 경험이 없는 나로서는 걱정을 넘어서 초조해졌다. 먼저 환자를 본 이브닝 선생님은 생각보다 환자 컨디션이 괜찮다고 이야기해 주셨지만, 불안한 마음이 가득했다. 처음부터 정신과 환자가 입원할 줄 몰라 준비가 되지 않았던 터라 급한 대로 체인으로 병실 문을 칭칭 감아서 자물쇠로 잠궈야 하는 상황이 되었다.

아침에 배식을 위해 방호복 입고 들어갔다. 다행히 밤새 환자는 잘 잤다고 하시는데, 얼마나 다행이었는지 모른다. 한 분은 양극성 장애가 있어 방호복 입고 들어온 간호사를 경계하는 탓인지 밥을 한 숟갈도 먹지 않아 달래며 먹여드렸지만, 끝내 드시지 않았다. 다음 배식 때는 초코파이 하나를 챙겨야겠단 생각을 하고는 첫 나이트 근무 퇴근을 했다.

3월 2일 (월)

두 번째 나이트 근무 출근! 늦은 시간에 코로나19 환자 18명이 입원을 했다. 환자들이 우르르 들어와 이브닝 근무 간호사는 방호복에 장갑을 두 겹 끼고, IV(정맥주사)에 환자 히스토리를 하기 바빴다. 밤새 밀려든 신규 환자 차트 정리에 꼬빡 밤을 새웠다.

3월 8일 (일)

데이 출근, 9시 30쯤 332호 담당 주치의 신경과 김민석 과장님으로부터 전화가 왔다. 일요일인데 병원에 나갈 일이 있어서 가는 길에 332호 담당 환자들에게 스타벅스 커피를 한 잔씩 사드리고 싶다며. 11시쯤 음압병실에 들어가는 시간에 맞춰서 갈 테니 기다려 달라고 하셨다. 따뜻한 아메리카노를 투고백에 가득 사 오신 과장님은 식기 전에 환자들에게 잘 전해 달라고 하시며, 고생하는 우리들에게도 한 잔씩 주고 가셨다.

방호복을 입고 커피를 들고 들어가는 발걸음이 왠지 모르게 신이 났다. 아니나 다를까 환자들의 눈이 휘둥그레지면서 너무 좋아하셨다. 음압병실에 갇혀서 제일 먹고 싶은 게 커피였는데 너무 고맙고 감사하다고 하셨다. 소소하게 커피를 마시는 일상마저도 특별해진 이곳은 참으로 슬프면서 짠하기까지 했다.

3월 15일(일)

343호에 병동에서 제일 고령인 82세 할머니가 데이와 이브닝 인수인계할 타임에 돌아가셨다. 급히 병실에 들어가서 환자 V/S 및 상태를 파악한 후에 당직 과장님이 오셨다. 결국 할머니는 코로나19를 이기지 못하고 돌아가셨다. 정말 마음이 아팠다.

가족들은 감염병이라 들어가지 못하고 스마트폰으로 전송된 사진으로 마지막 작별 인사를 할 수밖에 없었다. 할머니의 며느리께서 다급히 전화를 하셔서 제발 수의라도 입혀달라고 부탁했지만, 감염병 특성상 입혀 드리지 못함을 양해 구할 수밖에 없었다.

나무관에 놓인 할머니 모습에 고글 낀 눈에 눈물이 흘러내렸다. 그저 죄송하고 미안한 마음뿐이었다. 슬퍼할 틈도 없이 재빨리 소독하고, 돌아가신 할머니 짐 정리를 했다. 음압병실에서 외부로 가져 나갈 수 없기 때문에 폐기물 박스에 하나하나 담아 버릴 수밖에 없었다. 참 안타깝고 씁쓸했다. 어느

새 짐 정리를 하고 보니 고글에는 땀과 습기가 차서 한 치 앞도 보이지 않아 서둘러 정리하고 마무리했다.

3월 26일 (목)

어느덧 코로나19 환자가 입원한 지 한 달 가까이 되어 간다. 절반 이상은 완치되어 퇴원하셨다. 같은 병실에 5명이 치료받다가 하나둘씩 떠나고, 그 병실에는 한 분만 남게 되었다. 마음이 힘드실 것 같아 들어가 다독여 드려도, 반복되는 양성 결과에 많이 지치셨다. 한마디만 건네도 눈물이 주르르 흐르는 모습에 안타깝기만 했다.

입맛도 없다고 하셨다. 미안한 마음에 도움을 드리고 싶어서 여쭤보았다.

"뭐가 가장 하고 싶으세요?"라고 물었더니, 컵라면과 믹스 커피가 제일 먹고 싶다고 하셨다. 그 정도쯤이야 충분히 해드릴 수 있음을 설명하고 챙겨드렸더니 살짝 웃으시는 모습을 보여주셨다.

한 달 열흘 정도 코로나19 환자들을 간호하면서 두려움도 컸고 혹시나 내가 감염되지 않을까 걱정이 많았지만, 답답함에 힘들어 하는 환자들을 보고 있으니 순간순간 최선을 다해야겠다는 생각이 들었다. 무엇보다 방호복을 입고 간호하는 게 체력적으로 힘이 들고 지쳤지만, 완치되는 환자들을 보니 뿌듯함은 두 배 세 배 컸다. 지금은 우리 병동에 있던 환자들이 모두 퇴원하시거나 다른 병동 또는 생활치료센터로 가셨다. 비어 있는 병실을 지나갈 때마다 음압병동 가벽을 보면 힘들었던 순간순간이 스치듯이 지나간다. 간호사로서 최전방에서 건강히 일하고 잘 마무리할 수 있게 되어 무엇보다도 감사하고 또 감사하다.

당신의 웃음 덕분에

32병동 최문희

처음 코로나19가 발생했을 당시 "설마 이 사태가 5월까지 가겠어?" 했는데 이제는 코로나19 종식을 올해 말로 바라보고 있는 추세이다. 지치기도 하고 매일 쳇바퀴 돌아가듯 비슷한 일상에 무력감에 빠지는 날이 많다. 벌써 코로나19 환자 치료를 한 지도 두 달이 다 되어 간다. 초반에는 다들 처음 겪는 상황이라 두려움이 앞서고 많이 힘들어 했는데 하나둘 완치 환자가 나오면서 지금은 '으쌰으쌰' 힘내자는 밝은 분위기가 되었다.

아직 음성 판정을 받지 못해 퇴원 못 하신 환자분들이 병실마다 한두 명씩 남아 계시는데, 그중에서도 가장 마음이 가는 분이 계셨다. 333호 환자분은 평소 말수가 적어서 여태 한 번도 웃는 모습을 본 적이 없었다. 다른 환자들처럼 "불편하다, 혼자 있기 무섭다, 답답하다."라는 말이라도 해주면 좋을 텐데 항상 괜찮다고만 하신다.

오늘은 TV도 켜지 않은 채 창밖을 바라보고 계신다. “오늘은 바깥 날씨가 좋죠?”라고 인사를 건네 보았다. 환자분과 눈이 마주쳤고 처음 피식 웃는 환자분의 모습을 볼 수 있었다. 왜 그러냐고 물으니 예뻐서 그런다고 하신다. 어리둥절하다가 창문에 비친 내 모습을 보고 나도 같이 웃어버렸다. 레벨D 방호복을 착용하면 누가 누군지 잘 몰라 내가 나임을 표식하기 위해 오늘은 방호복과 고글에 속눈썹과 입술을 그려보았는데, 그 모습이 우스꽝스러웠나 보다. 그래도 이렇게나마 환자분에게 웃음을 드릴 수 있어 너무 좋았다. 환자분의 웃음을 보니 쌓였던 피로가 눈 녹듯이 사라졌다.

치료제도 없는 무서운 코로나19로 인한 막연한 상황에 무엇보다 심리적으로 힘들어 하실 환자들, 그들 곁에서 이야기를 들어 주고 공감해 주며 같이 이 상황을 극복해 나간다는 사실에 하루하루 보람을 느낀다. 환자분들이 볼 때마다 ‘감사하다, 영웅이다’ 힘을 북돋아 주시는데, 나는 오히려 환자분들이 코로나19를 잘 이겨내 주셔서 나에게 또 다른 원동력을 만들어 주심에 더욱 감사한 마음이다.

나 혼자가 아닌 우리 모두에게 동일하게 주어진 이 순간을 비극이라 생각하지 않고, 잘 극복할 수 있도록 오늘도 내 자리에서 최선을 다해 노력할 것이다. 몇 년 후에 지금 이때를 생각하며 ‘그런 때도 있었지.’ 하며 추억할 날이 빨리 오길 바래본다.

병동에 있던 코로나19 환자들이 모두 퇴원하면서 우리 병동 선생님들도 모두 뿔뿔이 흩어졌다. 나는 외래로 가게 되었는데 외래 또한 전쟁터나 마찬가지였다. 간혹 마스크를 쓰지 않고 오시는 분도 계시고, 열이 나서 못 들어가게 막는 출입통제팀에게 화를 내는 분들도 계셨다. 외래 업무는 처음이라 걱정과 불안이 앞서 며칠 잠도 제대로 못 잤더니 퇴근할 때쯤 몸에 이상 징후가 보였다.

평소에 기초체온이 높아서 항상 불안에 떨어야 했는데 오늘은 몸에 열감이 있어 열을 재보니 38℃가 나왔다. 두려운 마음에 수간호사 선생님에게 연락을 드렸고 코로나19 검사를 진행하기로 했다. 그 순간 무엇보다도 내가 코로나19에 걸려 우리 가족, 병원 직원들 모두에게 피해가 가는 건 아닐까... 많은 걱정이 앞섰다. 손이 떨리고 머리가 멍했다. 수간호사 선생님과 병동 선생님들 모두 아닐 거라며 걱정 말라고 다독여 주셨지만 나는 온갖 걱정에 시달리며 극도로 예민해졌다.

코로나19 검사를 받으러 가는 길. 지옥에 끌려가는 기분이 이런 기분일까? 병원 출근길에 보던 선별진료소를 내가 들어가다니 믿기질 않았다. 과장님이 오셔서 검사를 진행했다. 엄청 긴 면봉을 코에 슥~, 입에 슥~ 하니 정말 죽을 맛이었다. 두 번 다시 하고 싶지 않은 이 검사를 코로나19 환자들은 음성이 나올 때까지 여러 차례 했는데 어떻게 버텼나 싶다. 내일 아침에 검사 결과가 나온다고 한다. 12시간을 어떻게 기다리지...

나는 언제가부터 욕심과 두려움 앞에서는 꼭 기도를 하게 되었다.

"하나님, 부처님, 모든 신님 제발 꼭 음성 판정 나오게 해주세요. 건강한 몸으로 뭐라도 자신 있게 할 수 있다면 그것 말고는 아무것도 바라는 게 없습니다!"

평소에는 소박하다고 생각할 이 기도가 오늘은 하나도 소박하지 않고 너무 간절했다.

어느덧 새벽 3시, 나도 모르게 체념한 듯 눈물을 흘리며 입원할 때 필요한 짐을 싸고 있었다. 내가 코로나19 검사를 받아 보니 환자들의 마음이 이해가 됐다. 코로나19 환자를 간호할 때 환자들이 요구하는 게 많아지면 짜증도 났었는데 그때 왜 더 잘해주지 못했나 후회가 된다. 긴긴밤을 뜬눈으로 지새웠고 드디어 "띵동" 문자가 왔다.

"귀하는 코로나바이러스감염증-19 검사 결과 음성입니다."

꿈은 아니겠지 볼을 계속 꼬집어 봤다. 병동 카톡방에는 '축하한다, 다행이다.' 선생님들의 격려 글이 올라왔다. 코로나19 환자를 간호할 때 선생님들 모두 혹시 내가 실수해서 감염이 되진 않았을까 걱정하며 일했었는데, 이번에 내가 음성 판정이 나와 모두 안심이 된다고 하셨다. 우리 모두 건강하게 코로나19 임무를 끝낸 거 같아 너무 기쁘다. 최고의 성적표를 받은 기분이다.

코로나19 음성과 양성의 갈림길에 서서 밤새 마음 고생한 내 마음도 이제야 풀린다. 사실 요즘 확진자도 줄어들고 예전보다 나아졌다 생각하며 긴장이 늦춰졌는데 이번 계기를 통해 다시 경각심을 가지게 되었고, 끝날 때까지 끝난 게 아니라는 걸 깨우쳤다. 아직까지 고생하고 계시는 다른 전담병원 선생님들을 응원하며 두 번 다시 검사받는 일이 없도록 조심해야겠다.

희망 한 조각

32병동 박세림

처음 코로나바이러스가 발생하고 한국에 첫 확진자가 생겼을 때 만해도 나와는 상관없다고 여겼다. 2월 중순 대구에서 확진자가 갑자기 늘어나면서 '우리 병원까지 영향이 미칠까?' 라는 생각이 들었다. 막연히 불안에 떨던 중 김천의료원이 감염병 전담병원으로 지정되자 만감이 교차했다. 코로나19에 감염된 사람과 접촉해야 한다는 두려움을 시작으로 나도 걸릴지 모른다는 불안감, 나와 내 가족에게 옮길지도 모른다는 걱정으로 하루하루가 힘든 나날의 연속이었다.

집에 있는 16개월, 34개월 아이들이 생각났다. 코로나19 병동에 들어가게 되면 당분간 볼 수 없다는 걸 알기에... 감염병 전담병원으로 지정되고 코로나19 확진자를 수용할 수 있는 시설을 갖추는 데는 긴 시간이 걸리지 않았다. 일사천리로 전실과 음압기가 갖추어지고 환자를 수용해야 할 날이 코앞으로 다가왔다.

갓 돌 지난 둘째와 첫째를 꼭 끌어안고 엄마는 코로나19와 싸우러 가야 한다고 말하니 아무것도 모르는 첫째가 왜 엄마가 가야 하냐고 물었다. 그냥...그냥... 엄마가 해야 하는 일이라고 하고는 문밖을 나서는데 처음으로 간호사라는 직업에 대한 후회가 들었다. 그러나 그 생각은 곧 사명감으로 바뀌었다. 병동에 출근하니 수간호사 선생님을 비롯한 선배님들, 동기들, 후배들 모두 씩씩하게 전투태세에 돌입한 듯 의연해보였기 때문이다. 서로 다독이고 격려하며 괜찮다고 되뇌였다.

첫 근무에 확진자 18명이 한꺼번에 입원하면서 두려움은 온데간데없고 정신없이 환자 정보를 조사하고 증상을 파악해 처방을 받고 처치를 준비했다. 하지만 만반의 준비를 하고 병실 문을 여는 순간 다시 두려워졌다. 평소 바쁘게 다니던 병동 복도가 유난히 더 어둡게 느껴졌고 환자들이 있는 병실은 더 답답하게만 느껴졌다.

고글에 찬 습기, 두 겹으로 낀 장갑 때문에 둔해진 감각, N95 마스크로 인해 호흡이 곤란해지고 땀은 비 오듯 쏟아졌다. 환자들의 물음에 답하는 것도 숨이 차서 시간이 걸리고 혈관을 찾는 것도 평소보다 더 어려웠다. 그럼에도 불구하고 환자들은 식사 후 과일 안 주냐, 커피 타 달라, 혈관 찾는 데 왜 이렇게 오래 걸리냐, 세면도구는 제공해야 되는 거 아니냐, 물 가져와라, 쓰레기 버려 달라, 짐 옮겨 달라, 간식 사다 달라 등등 불평불만이 가득했다. 맥이 탁 풀리는 순간이었다.

차근차근 설명을 하면서 처치를 끝내고 폐기물통 박스 뚜껑을 닫는데 눈앞이 뿌옇게 느껴졌다. 빨리 이곳을 나가고 싶은 마음뿐이었다. 밖으로 먼저 나가기로 한 동기가 전실에서 방호복을 벗고 있었다. 그 동기를 향해 소리쳤다.

"숨을 쉴 수가 없다고, 죽을 것 같으니 빨리 나가게 해달라고..."

그 순간 이성을 잃은 사람처럼 문을 두드리고 같은 말만 반복했다. 다행히 옆에 있던 선생님이 괜찮다고 조금만 참자고 다독이자 조금 정신이 들어 심호흡을 하고 눈을 질끈 감고 버텼다. 1분 1초가 1시간인 것 같았다. 전실 밖을 나오니 '이제 살았구나' 하는 생각이 들었다. 집에 와서 녹초가 되어 누워 있으니 내일이 오지 않았으면 하는 생각밖에 들지 않았다. 사실 두려웠다.

그러던 중 2차 당뇨로 인해 고위험군으로 분류되어 주의 깊게 지켜봐야 할 20대 여자 환자가 입원했다. 나와 이름이 비슷해서인지 유난히 눈이 갔던 젊은 환자였다. 나이에 비해 컨디션이 좋지 않아 3차 병원으로 전원 갈 가능성이 높아보였다. 그러던 중 그녀의 어머니가 입원하게 되었다. 그 어머니는 본인 병에 대한 두려움보다 딸의 안위가 우선이었다. 나를 보자마자 울먹이며 "혹시 00이 아시나요? 00이는 잘 있나요? 괜찮나요? 괜찮아질까요?" 라고 물으셨다. 그때 갑자기 눈물이 핑 돌았다.

나만 힘들고 나만 가족이 그리운 줄 알았다. 나만 두렵다고 생각했다. 그런데 코로나19에 감염된 사람들은 그 두려움과 힘듦이 나보다 더 클 수 있다는 생각이 들었다. 같은 병동에 있으면서 딸의 얼굴조차 볼 수 없으니 얼마나 가슴이 미어질까 하는 생각이 들어 마음이 아팠다. 어머니 손을 꼭 잡고는 "저희가 최선을 다해 따님 치료하는 데 힘쓸 테니 어머님도 잘 드시고 힘내서야 합니다. 따님은 밝고 환하게 웃으며 씩씩하게 치료 잘 받고 있어요. 처음보다 당수치도 조절되고 얼굴색도 많이 밝아졌더라구요."라고 말씀드렸다. 이런 내게 어머니는 계속 감사하다며 고개 숙이시는 모습을 보면서 힘든 순간에도 나의 긍정적인 희망의 말 한마디, 손짓 하나가 그들에게는 큰 힘이 될 수 있다는 것을 느꼈다.

감염병 전담병원에서 간호사로 일하면서 사회의 차가운 시선도 많이 받았다. 김천의료원 간호사의 아이, 남편, 부모라는 이유로 보이지 않는 차별도 겪었다. 나의 가족이 코로나19에 노출된 것처럼 피하려는 사람도 있었다. 속상하고 화도 났다. 그러나 최전방에서 코로나9와 싸우는 엄마가, 아내가, 이런 딸이 자랑스럽다고 얘기해주는 가족이 있었다. 땀에 흠뻑 젖어 서로의 어깨를 두드려주고 힘내자고 조금만 더 버티자고 할 수 있다고 격려해주는 동료 및 선배님들도 계셨다. 우리 간호사 하나하나가 다 소중하고 고맙다고 아껴주신 수간호사 선생님도 계셨다. 또한 직원들이 더 힘들지 않게, 조금이라도 나은 환경에서 일할 수 있게 밤낮 없이, 그리고 든든하게 지원을 아끼지 않으신 원장님도 계셨다.

아직 코로나19 사태가 끝나진 않았지만 무탈하게 감염병 전담병원의 업무를 수행해 낸 김천의료원이 너무 자랑스럽다. 이번의 경험으로 간호사로서 조금 더 성장할 수 있었다고 생각한다. 일상생활로 돌아가 지금의 경험과 기억을 바탕으로 더 나은 간호사가 되어야겠다고 다짐해본다.

우리의 간절함은 코로나19보다 강했다

41병동 권정미

12월 말 '우한 폐렴'이라는 이름으로 시작되었을 땐 이렇게 심각해질 것이라는 생각을 전혀 하지 못했다. 우리나라에 확진자가 한두 명씩 늘어나는 것을 보면서도 메르스 때처럼 그렇게 넘어가겠지 하면서 먼 세상 이야기처럼 느껴졌다.

하지만 2월 17일 대구에 첫 번째 확진자가 나오면서 실상은 달라졌다. 하루에 몇 백 명씩 감염되고 사망자가 점차 늘어나기 시작하자 의료인인 나 역시 무섭긴 마찬가지였다. 머릿속엔 공공병원인 김천의료원이 코로나19 확진자를 보는 것이 당연하다고 수없이 되새겼지만 '제발 김천의료원은 아니기를...' 하는 마음을 가진 건 사실이다. 2월 27일 막상 환자를 받는다고 했을 때 혹시나 나도 실수해서 감염되지는 않을지, 스테이션 앞의 벽이 우리를 안전히 보호해 줄지, 나로 인해 내 아이까지 아파지지 않을지 등등 수많은 생각이 머리를 스쳤다.

처음엔 신천지 종교 단체 때문에 우리가 이런 고생을 하는 것 같아 원망스러웠고, 환자라는 생각보다 나에게도 감염시킬 수 있는 감염자라는 이름으로 선을 긋고 본 것도 사실이다. 꽉 끼는 고글과 방호복 안에서 끝없이 흐르는 땀보다도 열리지 않은 내 마음이 예민하고 까칠한 그들을 받아들이기가 더 힘들었던 것 같다.

며칠 후 열이 내리고 통증도 줄자 환자들이 간호사를 대하는 태도가 달라지기 시작했다. '잘 돌봐줘서 너무 고맙다.', '매일 주는 이 생강차가 더 빨리 낫게 해준 것 같다.', '우리 때문에 너무 고생해서 너무 미안하다.', '많이 더울 텐데 너무 안쓰럽다.'라며 본인 몸보다 우리를 걱정해 주셨고, 보호자분들도 간호사실로 전화해 감사 인사를 자주 해주셨다. 그때부터 원망스런 감염자들이 아닌 환자로 보이기 시작했다. 아니 환자가 많이 힘들 때 더 따뜻하게 못해준 것이 죄송스러웠고 더 잘해드리고 싶었다. 완쾌가 느려질수록 안타깝고 더 이상 해 줄 없다는 게 답답하기까지 했다.

간호사라는 직업으로 뛰어들 수밖에 없는 코로나19의 전쟁터 속에서 절대 없을 것 같던 따스함을 느끼면서 내 마음가짐도 변했다. 게다가 늘 우리를 응원하시고 건강까지 챙겨주신 원장님과 얼굴도 모르는 대한민국의 국민이 힘을 보내주시니 오히려 내가 한 것보다 너무 과한 인사를 받은 건 아닌지 송구스럽기까지 하다. 지금도 SNS에는 '의료진 덕분에'라는 수식어와 함께 의료진에 대한 존경과 자부심을 표하는 수어 동작과 응원 글이 수없이 올라오고 있다. 이백 명이 넘는 생명을 앗아가고 몇 달째 모든 생활을 마비시킨 코로나19 전쟁은 아직도 이어지고 있지만, 김천의료인의 간절함이 코로나19를 이겨낸 것처럼 모든 국민이 한마음 한뜻으로 이어간다면 반드시 승리로 끝날 것으로 믿고 있다.

우리 층에 입원 중이던 환자 모두 퇴원한 지금, 간호사라는 이름으로 일한 16년 중 그 어떤 때보다 감동과 성취감이 큰 순간이었다고 당당히 말할 수 있다. 만약 지금 이 순간 내가 간호사가 아니었다면 이런 커다란 인사를 받을 수 있었을까? 하는 생각도 잠깐 해보면서 동료들과의 또 하나의 같은 추억거리를 만들어 나간 소중한 시간에 감사를 표한다.

우리들의 긴 여정

42병동 박은진

2월 22일, 데이 근무 도중 코로나19 환자들을 받아야 한다는 수간호사 선생님의 말씀에 따라 기존 환자들을 다른 병동으로 이실시키거나 퇴원시키며 정신없이 바빴던 기억이 떠오른다. 42병동인 우리 병동이 가장 먼저 코로나19 환자 입실을 시작한다고 했을 때의 그 두려움과 불안함은 아직도 잊을 수 없다. 갑작스런 코로나19 병동 오픈이었기에 그날의 긴박했던 상황과 무거운 마음의 무게는 겪은 자만이 느낄 수 있는 기분이었을 것이다.

우리 병원이 감염병 전담병원으로 지정되면서 곧 코로나19 환자들을 받겠거니 했지만, 이렇게 급작스럽고 빠르게 다가올 줄 누가 알았을까.

TV 뉴스와 인터넷에서만 보던 방호복을 실물로 보니 더욱 실감이 났다. 감염관리실 선생님의 교육에 따라 방호복 착용과 탈의 방법을 배웠던 기억이 새록새록 떠오른다. 의료진들의 감염률이 아무래도 방호복 탈의 시 더 높았기 때문에 매번 탈의법 안내판과 거울을 보며 주의를 기울였다.

코로나19 환자들이 처음 왔을 때는 IV(정맥주사)부터 혈액검사, 심전도, 히스토리 등을 직접 다 해야 하니 여간 어려운 일이 아니었다. 점점 고글에는 습기가 차오르고 N95 마스크 덕에 숨은 차오르고, 방호복 덕에 온몸에 땀이 송글송글 맺히고, 장갑은 두 겹이라 IV에도 어려움이 있었다.

처음엔 두세 시간을 오염존에 있으면서 더디게 가던 시간이었지만 점차 요령이 생기기도 하고 영상의학과, 진단의학과 등 모든 부서의 지원에 수월해지기도 했다. 코로나19 자체가 처음인지라 아무런 기준이 정해진 게 없었기 때문에 힘든 점도 있었지만 서로 소통하며 엇나가던 것들도 맞춰가는 것을 보니 참 신기했다.

코로나19 환자는 기본 2주 동안은 입원 생활을 해야 했기에 택배를 시키는 일이 허다하여 매 근무 때마다 택배를 나르는 게 일이었다. 정말 초반에는 매일매일이 택배와의 전쟁이라고 할까, 매일 열댓 개씩 오는 택배들, 또 오염존에 불필요하게 택배상자들이 쌓이면 안 되었기에 일일이 상자를 뜯어서 비닐봉지에 넣어 전달하는 일을 하며 '우리가 택배기사인가' 하며 가벼운 농담들을 하곤 했다. 택배 전달도 오자마자 바로 할 수 있는 게 아니었다. 방호복도 아껴야 했고, 처치나 식사 시간 등 오염존에 들어가야 하는 시간이거나 꼭 들어가는 상황이 생겼을 때 같이 전달을 해야 했다. 그걸 이해하지 못하는 환자들도 있어 더욱이 택배는 골칫거리였다.

42병동을 시작으로 31병동, 32병동, 41병동도 오픈을 하여 코로나19 환자들을 받기 시작하면서 경증환자를 지나 중증환자들도 입원하기 시작했다. 우리 병동도 마찬가지로 경증환자들이 자택이나 생활치료센터 입소를 통해 퇴원을 하면서 이후 요양원 환자들이 입원을 하기 시작했다. 무증상 환자들은 과장님들의 판단하에 생활치료센터 입소가 가능했는데, 병원 생활이 더 편하다며 입소를 꺼려했던 환자도 있었다.

중증환자들은 기존 환자들과는 다르게 산소 공급을 받아야 하는 분, 거동이 불편해 넘어지시는 분, 기저귀를 차신 분, 치매가 있어 자꾸 병실 밖으로 나오려는 분, 식사를 못하시는 분, 불필요한 일로 콜벨이나 전화를 하시는 분 등등 환자의 유형은 아주 다양하였다. 그렇게 기저귀 갈기, 식사 보조, 체위 변경, 위생 간호 등 한 번 들어가면 1~2시간은 후딱 지나간 듯하다.

특히 컨디션이 좋지 않은 중증환자들은 처치해야 할 부분도 많았고, 환자 상태도 자주 체크해야 했는데, 자주 들락거릴 수 없었기 때문에 정말 힘들었다. 혹여나 상태가 더 안 좋아지거나 응급 상황이 생겼을 때는 빨리 환자에게 가 봐야 하는데 방호복 입는 시간이 있기 때문에 바로 달려갈 수 없었다. 환자에게나 우리에게나 참으로 안타깝고 답답했던 순간들이였다. 그렇기에 야간 근무 때에는 더욱 중증환자들을 중점으로 살펴보며 업무에 집중했다.

정말 의료진들에게 감사한 마음을 가진 환자분이 많았다. 퇴원할 때 직접 쓴 편지를 보여주시거나 병원 홈페이지에 감사한 마음을 전하시는 분들도 계셨다. 방호복을 입고 들어갈 때마다 의료진들에게 너무 감사하다는 말을 들을 때마다 그 뿌듯함은 나 자신에게 더욱 힘을 북돋을 수 있는 원동력이 되었다.

의료진이기에, 동료들과 함께이기에 나 자신과 가족, 주위 사람들에게 감염시킬 수 있다는 위험을 안고도 지금까지 잘 버텨내며 일할 수 있었다. 3개월 동안 코로나19 병동에서 일하며 지치기도 할 때도 있었지만, 구호물품을 보내주시는 다양한 직종의 진심 어린 응원들, 원장님의 방문 격려 등 누군가는 뒤에서 항상 나를 응원하고 신경 써주고 알아봐준다는 생각에 끝까지 '으샤으샤' 하며 일할 수 있었다.

감염병 전담병원이 지정 해제된 지금도 여전히 코로나19와의 싸움은 진행 중이다. 여전히 뉴스나 신문에서는 코로나19라는 검색어가 계속 오르락내리락하고 있다. 조금씩 일상을 되찾고 싶은 마음에 감염 예방 수칙을 간과해 버리는 어리석은 행동은 하지 않았으면 한다. 지금도 거리에는 마스크를 쓰지 않은 사람들이 보이곤 하는데, 그 잘못된 행동으로 모두가 피해 보지를 않길 바란다.

힘들었지만 코로나19 때문에 많은 것을 느낄 수 있었다. 공공병원이기에 감염병 전담병원이 되어 역사적인 순간에 이런 경험을 할 수 있었다는 것에 보람을 느낀다. 또한 이번 기회로 많은 사람이 작지만 가벼이 여겼던 것들에 대한 소중함을 다시 일깨울 수 있는 시간이 되었다.

지금 이 순간도 피땀 흘리며 환자를 위해 싸우고 있을 의료진들을 응원하며, 얼른 코로나19 확산이 멈추고 모두 일상을 즐길 수 있는 그날이 오길 바란다. 대한민국 파이팅!

처음 입원부터 마지막 퇴원까지

42병동 안정숙

2020년 2월 18일 대구에서 31번째 확진자가 발생하고 단 3일 만에 대구 경북지역은 아수라장과 같았다. 김천의료원이 감염병 전담병원으로 지정되고 31번째 확진자 발생 후 4일째가 되던 2월 22일, 우리 42병동은 입원환자들을 퇴원시키기 시작하여 오후 2시, 환자분이 하나도 없는 빈 병동이 되었다.

오후 8시경에 8명의 코로나19 확진자의 입원이 확정되었다는 소식을 전해 듣고 나서야 덜컥 실감이 나기 시작했다. 출근 후 단 6시간 만에 병동을 비우고 레벨D 방호복 탈·착의 방법과 오염구역, 준클린구역, 클린구역의 경로를 빠르게 습득하고 코로나19 확진자 8명의 입원 준비를 했다. 이때부터 나는 다짐을 했다. 코로나19 사태가 우리 병원에서 종결될 때까지 감염법을 지키며 나 자신을 지키고 병원과 42병동 식구들, 우리 가족을 지키겠다고.

처음 42병동이 오픈하고 코로나19 확진자 8명을 맞이했을 때는 매뉴얼이나 노하우가 없었고, 게다가 방호복을 착용하고 격리병동에서 일을 했기 때문에 체력적으로나 정신적으로 많은 에너지가 소비되었다. 그 누구도 탓할 수 없는 상황이었기 때문에 이런 상황이 만들어진 것에 대한 원망스러운 감정뿐이었다. 하지만 중국에서는 이미 많은 감염자와 사망자가 발생하고 있었고, 세계적으로도 확진자 수가 기하급수적으로 늘어나고 있었기 때문에 우리나라와 병원, 병동 식구들, 가족을 위해 사명감을 가질 수밖에 없었다.

8명의 코로나19 확진자들이 입원을 하고 꼬박 3시간 동안을 격리음압병동에서 일을 하고 나왔을 때의 느낌은 상상하지도 못할 만큼 버겁기만 했다. '내가 이걸 언제까지 할 수 있을까'라는 나 자신에 대한 의심과 혼자서 상대방도 없는 외로운 싸움을 해야 했기 때문에 계속해서 겁이 났다. 땀범벅이 된 가운과 고글 자국으로 짓눌린 이마, 땀이 들어가 따갑고 충혈된 눈, 샤워를 해도 가시지 않는 찝찝함은 코로나19와의 전쟁에서 점점 지쳐가고 있다는 증거로 다가왔다.

하지만 기약 없는 상황 속에서도 42병동은 계속해서 우리 병동만의 매뉴얼과 약속, 노하우를 터득하려고 애를 썼고, 어떤 상황이 주어져도 위기를 극복해 나가려는 42병동 식구들을 보면서 이 어려운 시기를 잘 헤쳐 나갈 수 있으리라는 믿음이 생겨났다.

2월 29일, 코로나19 확진자를 받기 시작하고 일주일이라는 시간이 흘렀다. 42병동은 60명의 코로나19 확진자로 가득 차게 되었다. 점점 지쳐가고 컨디션이 좋지 않은 선생님들이 나오고, 나 또한 아무것도 아닌 증상에 괜한 의심이 생기기 시작했다. 그러나 강성희 수간호사 선생님께서는 본인도 스트레스로 힘든 상황 속에서도 늘 42병동 식구들의 증상과 상태를 유심히 지켜봐 주셨고 관심을 아끼지 않으셨다.

우리에게 위로가 되었던 전국 곳곳에서 보내주신 구호물품과 기부물품은 우리로 하여금 코로나 사태가 종결될 때까지 버틸 수 있는 힘을 가지게 했다. 정성 어리고 따뜻한 사랑과 수많은 챌린지는 김천의료원뿐만 아니라 전국의 코로나19 환자를 치료하는 병원과 온 국민에게 힘을 주었고 가슴이 뜨거워지는 감동으로 전해왔다.

3월 5일, 첫 퇴원자가 나왔다. 이날부터는 퇴원하는 속도가 빠르게 늘었고 생활치료센터로 옮겨지는 환자도 많았다. 비워지는 병실을 고글 안 습기 사이로 마주할 때마다 뿌듯함을 가슴에 새겼다. 이제야 코로나19 사태를 이겨나가고 있다는 생각이 들었다. 조금씩 상황이 나아질 즈음 다른 병동에 있던 코로나19 환자들을 42병동으로 모은다는 소식이 들려왔다. '또 다시 시작이구나!' 하지만 겁이 나지는 않았다. 42병동이 가장 먼저 격리병동을 오픈하였고 그만큼 다양한 시행착오 끝에 많은 양의 매뉴얼과 노하우를 가지고 있었기 때문이다. 10명대의 코로나19 환자를 치료하던 42병동은 다시 40명에 달하는 환자들을 맞이하게 되었다.

4월 29일, 김천의료원 42병동에는 6명의 코로나19 환자만이 남았다. 남은 환자들은 안동의료원과 포항의료원으로 이송이 결정되었고, 안전한 이송을 위해 아침부터 병동이 분주했다. 감염병 전담병원으로 지정되고 70일 만에 환자의 이송을 돕기 위해 입는 마지막 방호복, 방심하지 않고 더욱더 단단하고 완벽하게 입었다. 굳건한 마음으로 마지막 환자를 보낼 때 평소에 말이 없었던 환자분께서 나에게 손을 흔들어 주셨다. 70일 동안 코로나19 환자를 보면서 겪었던 모든 일과 고생이 영화 필름처럼 머릿속을 스쳤고 눈물이 왈칵 났다. 마지막 환자분께서 흔들어 주시는 손에 내가 할 수 있는 것은 고글 속 눈인사와 땀으로 가득한 장갑을 낀 손인사뿐이었다.

마무리를 하고 땀에 젖은 채 격리병동을 나왔을 때 김미경 원장님께서 반겨주셨다. 고생했다며 맛있는 점심식사와 함께 김천의료원의 코로나19 사태 종결을 축하하는 케이크도 잘랐다. 점심식사에 초대된 고생한 간호부 모두가 뿌듯하고 서로가 자랑스러운 자리라는 생각이 들었다.

며칠 후 이철우 도지사님께서 김천의료원을 방문하여 우리 병원의 코로나19 종결을 축하해 주셨고 감사패를 전달하는 자리가 있었다. 감사하게도 코로나19 사태의 처음과 마무리를 함께한 나를 불러주셔서 소감을 발표할 수 있는 기회를 주셨다.

우리 병원에서 코로나19 사태의 처음 오픈과 퇴원 마무리까지 참여했다는 것은 나에게 너무나 영광스러운 일이었다. 처음에는 겁도 나고 여러 가지 감정이 섞여 복잡했지만 마지막에는 뿌듯함과 웃음이 가득했다. 한마음 한뜻으로 노력했기 때문에 이러한 성과가 있었다고 확신한다.

우리 병원은 전 직원 중 단 한 명도 코로나19 확진자가 나오지 않았다는 것은 기적 같은 일이다. 이에 대해 원장님께서 하신 말씀이 생각이 난다.

"400명 중 단 1명이라도 줄넘기를 넘지 못하면 1개의 성과도 이뤄낼 수 없습니다."

김천의료원 400명의 직원이 동시에 줄넘기를 넘었기 때문에 가능한 일이었다. 코로나19 사태 70일간 고생하신 김미경 원장님, 과장님, 42병동 강성희 수간호사 선생님, 그리고 간호사님. 간호조무사님. 간병사님 덕분에 안전한 김천의료원이 있습니다! 감사합니다.

슬픈 메아리

43병동 수간호사 황광순

코로나19, 나에게 멀게만 느껴졌다. 그런데 대구 경북에서 신천지교회 집단 감염이 발생하면서 공공병원인 우리 김천의료원이 2월 21일자로 감염병 전담병원으로 지정되면서 바로 나의 일이 되었다. 원장님께서 직원들을 독려하면서 "우리가 해야될 일이면, 최선을 다해서 코로나19와 싸워보자."고 동기부여를 해주었지만, 걱정이 앞섰다. 원장님은 의료진과 직원들이 흔들리지 않도록 솔선수범하며 앞장서서 지휘하였다.

2월 22일, 42병동에 코로나19 환자의 입원이 예정되었다. 감염 전파를 막기 위해 42병동과 호스피스 병동 사이에 가벽이 세워졌다. 또, 일부 시설이 폐쇄되면서 불편해 할 보호자들에게 상황을 알리고, 입원환자와 보호자의 안전을 유지하기 위한 조치임을 설명했다. 그런데 상황은 더 급박하게 진행되면서 입원환자를 3일 안에 퇴원시키거나 아니면 다른 병원으로 보내야 된다는 지시가 내려왔다. 호스피스 완화병동 8명의 중증환자를 다른 병원으로 전원해야 하는 급박한 현실이 막막하고 참담했다.

중증환자 보호자와 상담하면서 주말 동안 어디로 갈 건지 가족과 상의하도록 설명하였다. 중증환자에 대한 배려를 강하게 요구하는 보호자들을 설득해야 하는 어려움에 힘이 들었고, 또 한편으로는 안타까움에 눈물이 났다. 임종기에 있는 환자도 있어서 보호자와 상담하고 설득하는 과정에서 서로 마음이 아파 함께 울고 또 울었다. 구미, 상주 등에서 호스피스 치료를 위해 김천의료원으로 오셨고, 가족 모두 편안하게 임종을 준비하는 중이었는데, 이렇게 전원해야 하니 마음이 처절했다.

2월 24일, 출근길이 몸도 마음도 천근만근이다. 오늘 안으로 모두 퇴원이나 다른 기관으로 보내야 된다. 의료진과 상의하여 집으로 퇴원하기 원하는 환자는 퇴원 처방을 받고, 다른 병원으로 전원할 하는 환자는 다른 기관을 알아보는 등 정신없이 여기저기 호스피스 기관에 전화했다. 대구는 신천지 집단감염으로 상황이 좋지 않아 보호자들이 고민하고 있었고, 가까운 병원은 입원 자리가 없다고 했다.

발을 동동 구르고 있는 중에 응급의학과 임창덕 과장님의 메시지가 구세주처럼 날라 왔다. 다른 병원으로 전원시킬 환자를 구미강동병원과 김천제일병원으로 연계시켜 주신 것이다. 어디로 갈지, 환자를 받아줄지 불투명한 상황에서 임창덕 과장님께서 신속한 정리와 엄청난 파워로 어려운 상황을 완벽하게 종료시켰다.

집단감염으로 인해 코로나19 환자들이 매일매일 밀어 닥쳤다. 호스피스 완화 간호사들도 긴급히 42병동으로 투입되었고, 나는 필요한 물품들을 청구하고 관리하는 등의 업무지원으로 간호부가 원활히 돌아갈 수 있도록 만만의 준비를 하였다. 그리고 짧은 휴가를 사용하였지만 사회적 거리두기로 집안에서 많은 시간을 보냈다. 코로나19에 대해 인터넷 매체의 기사를 읽고, TV 등 여러 미디어에서 쉴새없이 쏟아지는 뉴스를 보면서 선진 방역대국인 대한민국 국민으로서의 자긍심으로 가슴이 따뜻했다.

이번 코로나19 사태를 격으면서 직장이 있음에 감사하고, 가족과 건강하게 살고 있음에 감사하고, 내가 사회에 도움이 되는 의료인임에 감사했다. 아직도 계속되고 있는 코로나19와 싸움에서 나는 항상 싸울 준비가 되어 있고, 간호사로서의 자긍심과 김천의료원의 직원으로서 자부심으로 항상 무장되어 있다.

3월 25일, 본원 호스피스에서 전원하신 환자들의 상황을 파악하기 위해 보호자와 통화를 했다. 8명의 환자 중에 5명은 사망하셨고, 3명은 투병하고 계셨다. 끝까지 책임지지 못해 죄송하다고 조의를 표하며 마음 깊은 인사를 드렸다. 보호자들은 힘든 중에도 전화를 해주었다며 감사 인사를 하며 고마워하셨다. 마지막 전원 보낼 때의 모습이 생생하게 가슴에 새겨져 마음 한편이 시리고 아팠다.

호스피스병동 입원에 대한 문의전화가 1주일에 한두 번 정도 온다. 입원 예약을 원하시는 분들이 많지만 병원의 상황으로 기대여명이 짧은 환자들은 예약 받을 수 없어, 일반 병원에서 치료받도록 설득하고 있다. 하루 빨리 호스피스 환자들이 가족과 함께 편안한 임종을 준비할 수 있기를 간절히 소망해 본다.

"그동안 고맙고 감사했어요."

임종기 환자의 마지막 인사가 슬픈 메아리로 가슴을 울렸다.

코로나19
공포와 맞서서

42병동 박진선

나에게 2020년의 봄은 두려움과 공포였다. 아직도 그날이 생생하다. 꽃이 피기도 전인 2월 말, 코로나19가 전국을 강타하면서 우리 병원은 감염병 전담병원으로 지정받았다. 격리병실과 음압병실을 급하게 만들어 확진자들을 받아 간호해야 한다는 청천벽력 같은 소리에 가슴이 떨렸다. 더욱이 우리 42병동이 첫 스타트를 끊어야 한다는 사실에, 매뉴얼도 갖추어져 있지 않은 이런 상황이야말로 '맨땅에 헤딩이구나.'하는 걱정과 두려움이 앞섰다. 기존에 입원 중이던 환자분들께 양해를 구하고 이틀에 걸쳐 퇴원과 전원 절차를 밟은 것을 시작으로 쉴 틈도 없이 바로 음압병실을 갖춰 코로나19 확진자를 받는 과정에서 다들 힘들어 했다.

방호복을 입고 들어가 두꺼운 장갑을 끼고 혈관 주사 놓기도 어려웠고, 고글은 습기로 인해 뿌옇게 흐려지고 숨이 막혔다. 어떤 것에서든 불만이 가득했다. 그러던 어느 순간 '확실히 나는 간호사, 의료인이다.'라고 느꼈던 때가 왔다. 방호복 입고 땀 흘리며 병실로 드나들면서 병실에만 갇혀 나오지도 못하는 환자들을 보니 '매일이 감옥이고 답답하겠구나. 그래서 쇼핑도 그렇게나 했던 거구나.' 하고 생각을 하자 나름의 측은지심이 들었다. 그런가 하면 가족이나 지인으로부터 감염이 되어 확진자가 된 환자들도 있었기에 그분들은 더한 가슴 아픔을 느꼈으리라 생각되니 너무나 안쓰러운 생각이 들기 시작했다.

코로나19 확진환자들을 간호하면서 어려웠던 점은 중환자들이 생겨 전원해야 하는 경우였다. 코로나19 확진자들이 늘고 있는 상황에서 그들을 수용할 수 있는 병원이 줄어들다 보니 환자를 받아줄 수 있는 곳을 알아보는 것이 어려웠다. 이 부분은 감염관리실에서 담당했는데, 당일 전원이 어려워져 하루 반에서 이틀에 걸쳐 지연이 되기도 했다. 그러는 사이 혹시라도 환자에게 잘못되는 일이 생길까봐 수시로 환자의 상태를 체크하느라 분주했다. 또한 응급상황에서의 처치, DNR, 사후 처치 등에 대해서도 제발 그런 일이 우리에게 일어나지 않기를 빌며 매번 고민하고 불안했다.

전원할 병원이 결정되면 역시 감염관리실 담당자가 이송에 관여하며, 우리 간호사들도 이동용 산소 등을 준비하였고, 처치가 필요한 경우 구급차 이송까지 동행하게 된다. 필요서류들도 모두 지퍼백에 이중보관하고 보호자들에게 전원을 설명하는 과정에서도 직접적으로 얼굴을 볼 수가 없는 상황이니 많이 안타까웠다. 그러면서 제발 건강하시기를 빌었다.

첫 퇴원 환자가 나왔을 때는 믿기지 않았다. 그게 우리 병동 첫 입원환자였다는 사실에 더 뿌듯했고, 우리가 보람찬 일을 하고 있다는 걸 다시 한 번 깨닫게 되는 날이었다. 남아 있는 모든 환자분 모두가 자택으로 퇴원하시기를 빌었다.

확진환자의 수도 줄어들어 '빠르면 3월 말이면 이 생활이 끝나겠구나.' 내심 기대를 했는데, 다른 지역의 요양원에서의 확진자가 확산되어 우리 의료원으로 입원을 하게 되었을 때 또다시 좌절해야만 했다. 더구나 일상생활에 어려움이 있는 고령환자, 중환자, 치매환자, 거동이 불편한 환자가 입원하게 되면서 처음보다 더 힘든 시기기 찾아왔다. 식사 보조 및 위생, 낙상, 욕창 간호 등의 관리가 더 필요한 만큼 외부에서 지원 인력을 받아 간호사들과 함께 했음에도 버거운 점이 있었다. 그래도 함께 노력한 덕분에 환자들을 무사히 퇴원시켰고, 비록 전원도 했지만, 코로나19 전담병원이 종료되는 시점에 다들 환호와 박수를 보냈다. 이렇게 위기를 잘 넘길 수 있었던 건 당연히 모든 의료진의 노력 덕분이 아닐까 싶다.

잠시 병원을 폐쇄하고 재정비를 한 뒤 일상으로 다시 복귀를 하였지만 아직 끝나지 않은 이 코로나19 사태에 마스크 장착과 체온 측정 등은 계속되어야 하고 지켜야 하는 기본 생활 수칙이다. 그러나 이런 기본 수칙을 무시하는 사람이 많은 터라 지금은 의식의 재정비가 필요한 때라고 생각한다. 부디 생활 속 거리두기 등의 생활방역지침을 준수하여 모두가 불안에 떨지 않아도 되는 시기가 속히 오기를 기대한다.

코로나19 아웃! 아웃! 아웃!

PART 04

동행, 인생을 함께 걸었던 70일

이번 코로나19를 겪으면서
평범한 일상의 삶이 얼마나 소중한지 깨달았다.
그리고 공공병원의 역할이 얼마나 중요한지
정부와 전 국민이 공감하는 계기가 되었다.

김천소방서, 코로나19 극복을 위한 대응

김천소방서장 이상무

김천소방서가 코로나19 사태에 대응을 시작한 지도 5개월이 되었다. 처음 코로나19가 발생하였을 때는 이렇게 오랜 시간 동안 코로나19와 사투를 벌일 것이라고는 생각하지 못하였다. SARS(중증급성호흡증후군), 메르스(중동호흡기증후군)라는 전염병을 겪어 왔고, 이번 코로나19가 발생했을 때에도 전처럼 큰 어려움 없이 대응할 것이라고 짐작했으나, 코로나19 사태는 WHO의 팬데믹 선포와 함께 바삐 흘러가게 되었다.

대구 경북지역에 코로나19 환자가 급증하는 사태로 인해 김천소방서 전 직원들은 하루 24시간이 모자랄 정도로 긴밀하게 움직였고, 특히 구급대원들은 정말 많은 코로나19 확진환자, 유증상자들의 이송 및 지원활동을 펼쳐왔다. 119구급대원도 감염병에 대한 두려움을 안고 있다. 하지만 구급대원들은 국가재난사태 극복이라는 사명감으로 누구 하나 할 것 없이 현장으로 달려갔다.

코로나19 확진환자가 많은 지역에서는 관할 병원 및 인근 병원에서 환자를 수용하지 못하는 상황이 빈번히 발생했고, 119구급대원들은 환자를 수용할 수 있는 병원을 찾기 위해 인근 시, 도는 물론 수도권 등으로 장거리 이송을 해야 했다. 감염에 대한 두려움과 싸우고, 감염 방지 방호복의 불편함과 싸우다 보니 정신적, 육체적 피로감은 말로 표현할 수 없을 정도였다.

특히, 코로나19 경북지역 사태는 정신요양원 및 집단 거주시설에서 집단 감염 사례가 많았다. 코로나19라는 국가적 재난 사태에서 김천시 유관기관의 협력체계가 그 무엇보다도 중요하였으며, 그중에서도 김천소방서 119구급대는 김천의료원 의료진들과 함께 긴밀한 공조로 수많은 환자를 이송하였고 일상으로 복귀시키는 데 큰 역할을 수행하였다.

한 사례로 김천의료원에서 코로나19 치료를 받던 조현병 환자를 서울국립정신의료센터로 이송하는 일이 있었다. 의료원에서는 환자 상태에 대해서 구급대원과 정보를 공유하였으며, 119구급대원들은 미리 숙지한 정보를 바탕으로 환자를 안전하게 이송했다.

코로나 예방백신이나 치료제의 개발은 진행 중에 있고, 지역적·집단적 감염자가 꾸준히 발생하고 있으나, 일상생활에서의 방역수칙을 준수하면서 변화된 일상을 살아가고 있는 시기이다. 코로나19 감염자 급성 증가의 시기를 넘기고 일상생활 방역 단계로 올 수 있었던 것은 119구급대는 물론 지역의 의료진들이 하나 되어 코로나19에 적극적으로 대처하고, 노력한 결과라고 생각한다. 의료진들의 노고에 깊은 감사를 올리고 싶다.

김천소방서 전 직원은 코로나19 사태를 겪으면서 사명감과 함께 유관기관 공조체제를 굳건히 하는 것이 앞으로 올 2차 감염병 유행에 대비할 수 있는 길임을 실감하였고, 지역 재난 예방·대응에 최선을 다해 지역사회의 안전 지킴이가 되고자 더욱 노력할 것이다.

코로나19,
70일의 현장

기획조정실장 장진수

2020년 경자년 설 연휴를 마치고 1월 28일 새로운 마음으로 업무를 시작했다. 보건복지부에서 감염병 위기경보 단계 '주의'에서 '경계'로 격상 발표하는 등 대내외적으로 신종 코로나바이러스감염증과 관련하여 많이 어수선했지만 우리 의료원은 메르스 이후 의료원 내 감염을 우려하여 입원환자 면회객의 병문안 문화를 개선하기 위한 캠페인을 꾸준히 하고 있었기에 이런 상황이 낯설지만은 않았다.

설 연휴를 마치고 새로이 시작하는 첫 날, 원장님께서 주관하시는 긴급회의가 소집되고 대내외적인 환경에 대한 설명에서 긴박한 현 상황을 느낄 수 있었다. 의료진은 좀 더 안전한 환경에서 진료하고, 환자분들은 감염 걱정 없이 진료를 받을 수 있는 환경을 만들어야 했기에 의료원 방문객의 출입통제시스템을 가동하기로 결정했다. 곧바로 여러 곳의 출입문을 폐쇄하고 현

관과 응급실을 주 출입구로 사용하기로 결정했으며 의료원 방문객에 대한 출입통제를 시작했다.

환자와 방문객 그리고 직원 모두 불편함은 이루 말할 수 없지만, 이러한 불편함이 의료원을 코로나19 감염으로부터 지키는 동력이 될 것이라 굳게 믿으며 우리는 환자와 직원들의 안전에 더 집중하며 불편함을 묵묵히 수용하지 않으면 안 되었다. 이때부터 김천의료원은 코로나19와의 보이지 않는 전쟁이 시작됐고, 오후부터는 출입통제관리팀이 구성되고 직원 모두는 메르스 때의 경험을 살려 각자의 위치에서 바쁘게 움직였다.

매일 코로나19와 관련하여 국내외 뉴스와 국내 동향에 주목하며 긴장하고 있을 때, 코로나19 확진자가 갑자기 급증했다. 2월 19일부터 집단시설(청도 ○○병원, ○○○교회 등)에서 확진자가 발생한 것이다.

2월 21일 감염 확진자 3명(경산 2명, 예천 1명)의 입원을 시작으로 코로나19와의 피 말리는 전쟁은 우리의 의지와 상관없이 우리의 일상 속으로 스물스물 들어왔다. 우리는 긴장하기 시작했다.

원장님께서 2월 22일 오후 경상북도 도청 긴급 출장이 잡혔고 보건복지부로부터 감염병의 예방 및 관리에 관한 법률 및 의료법에 따라 '감염병 전담병원'으로 지정 및 감염병 대응을 위한 '병상소개' 명령을 받고 '명령서 수령 확인서'에 서명을 하였다는 소식을 들을 수 있었다.

병상소개가 뭐지? 처음 들어보는 생소한 단어로 이 소개(疏開)라는 단어를 이해하는 데 시간이 필요했다. 우리 의료원은 총 296병상을 운영하고 있으며, 음압병실(3실 3병상)과 격리병실(4실 10병상)을 확보하고 있다. 병상소개는 우리 의료원의 전체 병상을 모두 비우라는 명령, 즉 입원해 있는 환자를 다른 곳으로 분산 이송하여 전체 병상을 비우라는 명령이 바로 병상소개 명령이었던 것이었다.

이때 우리 의료원에는 약 270명의 입원환자가 진료를 받고 있었는데, 2월 24일 50%, 2월 26일 70%, 2월 28일까지 100% 병상소개를 완료하고 단계별로 병실 또는 층을 구분하여 즉시 활용 가능하도록 병상을 준비하라는 명령이었다. 김천의료원 100년사에 처음 있는 일이 벌어지고 있었다. 입원환자가 한 명도 없는 의료원으로 기록될 아주 특별한 날로 기억에 남을 일이다.

2월 22일부터 우리는 원장님 지휘하에 의료진 중심으로 병상소개가 적극적으로 진행되기 시작하여 2월 26일 12시에 '병상소개 명령'의 임무를 완료하기에 이르렀다. 5일 만에 약 270여명의 입원환자 모두를 분산 이송했다는 것에 모두들 놀라워하였다. '병상소개 명령'의 임무를 목표(6일)보다 빠른 4.5일 만에 완료하게 된 것은 정확한 목표와 긴박한 상황을 공유하고, 원장님의 지휘와 의료진의 적극적인 의지와 노력이 함께하여 일사불란한 협력된 움직임의 결과이다.

이에 앞서 시설관리부는 2월 20일 확진자의 이동 동선을 고려하여 칸막이 시설공사를 진행하였고, 2월22일부터 진료부와 간호부의 협업으로 병상소개와 동시에 일반 병상을 진료 가능한 병상으로의 전환(칸막이 시설공사, 이동형음압기 준비 등)을 위하여 자재구입, 시설공사 작업팀구성 등 준비에 돌입하였다. 기획팀과 총무부는 필요물품(이동형음압기, 개인보장구 등)을 경상북도 및 중앙사고수습본부에 요청하였고 총무부는 종합상황실 운영, 기획조정실의 구매팀은 개인보호장구의 재고파악 및 개인보호장비 수량 확보와 관리를 시작했으며 직원들의 안전을 위해 KF94 마스크를 10일 단위(1일 1매)로 공급하기 시작했다.

시설관리부는 '메르스' 때 보유하고 있던 이동형 음압기 5대를 42병동의 격리병상에(4실 10병상) 설치를 시작했는데, 무엇보다 환자와 의료진의 이동 경로에 위험요소를 없애는 데 심혈을 기울여 설치를 하였다. 일반병실(5인실)에 이동형 음압기를 설치하고 7실 25병상은 확보하였으나 환자와 의료진의 이동 경로가 제대로 분리되지 않아 일단 10병상만 사용 가능하게 하고, 나머지 15병상은 의료진의 안전이 확보되지 않으면 진료를 시작할 수가 없으므로 칸막이 시설을 보완하기로 했다.

각 부서의 임무와 역할이 정해지고 여러 차례의 부서 간 회의를 통해 빈틈없이 촘촘하게 환자와 의료진의 이동 동선을 설계하여 의료원 전체의 구역을 분리 정의하였다. 1~2층(외래진료지역)을 그린존(청결지역), 3~5층 병실을 진료지역으로 분리하고 각 층(진료지역)의 병동을 다시 세분화(오염지역, 청결지역 등)하여 분리하고 세분화된 각 진료지역을 구분하는 전실(완충지역)을 추가하여 만들었다.

마지막으로 안전을 보장하는 환자와 의료진의 분리된 이동 경로를 확보하여 간호사 스테이션의 안전망을 구축하는 데 심혈을 기울였다. 이동형 음압기 확보를 위해 구매를 시도해도 바로 납품되는 곳이 없었다. 완성된 제품을 판매하는 곳이 없었던 것이다. 주문 제작하는 공정으로 납품되는 시스템으로 운영되고 있었기 때문이다.

발주 후 10일 정도의 납품시간(제품의 제조과정)이 필요하며 수량을 맞출 수 가 없다고 하여 여러 경로를 통해 2월 29일에 납품 가능한 이동형 음압기 21대를 확보하기 위해 직접 구매에 나섰고, 시설관리부에서는 납품 일정에 맞추어 시설공사가 진행되도록 했다.

중앙사고수습본부에서 반가운 소식이 들려왔다. 대전건양대학병원에 메르스 때 확보한 이동형 음압기 11대가 있으니 준비되는 대로 보내주겠다는 연락이 온 것이다. 얼마나 반가운 소식인지 보내줄 때까지 기다릴 시간이 없다. 한 시라도 빠르게 진료 가능한 병상을 확보해야 했기에 우리 직원이 대전건양대학교병원에 직접 방문하여 이동형 음압기를 인수받아 2월 24일 오후 8시경 의료원에 도착할 수 있도록 조치를 취했다.

이동형 음압기가 빨리 도착한다는 소식은 너무나 반가웠으나 이동형 음압기 11대의 도착 일정에 맞추어 진료할 수 있는 병실 확보가 문제였다. 그래서 시설관리부에서는 전날부터 밤을 새워 칸막이 시설공사를 시행하였고, 자재가 부족하여 새벽 시간에 자재를 구하러 다니기도 했다. 일정을 맞출 수 있을까 걱정되어 새벽 시간까지 시설관리부 직원들의 일하는 모습을 지켜보며 원장님을 비롯한 우리 모두는 잠을 잘 수가 없었다.

내가 지켜본 시설관리부 직원들의 모습에서는 자신감이 있었다. 이런 노력이 모여 2월 25일 새벽까지 이동형 음압기 11대의 설치가 완료되고, 업무 시작 시간인 8시 30분에 맞추어 진료 가능한 2개 병동 82개의 병상이 확보하였다. 질병관리본부에서 이동형 음압기 6대가 2월 28일까지 추가납품이 이루어진다면 우리의 계획은 차질 없이 진행되게 되었다.

2월 27일 오후 1시 30분경 보건복지부 강호옥 팀장 외 1명이 왜 병상 확보가 늦어지고 있는지 현지 점검을 나왔다. 전체 296병상 중 중환자실 15병상을 제외한 281병상을 확보할 계획이며, 3월 1일까지 병상 확보계획을 설명하고 이동형 음압기와 개인보호장구의 확보, 의료 인력 지원을 요청하였다.

2월 28일 이동형 음압기를 다인실(52실 252병상)까지만 확보하면 한숨 돌릴 수 있겠는데 아직도 9대가 부족했다. 마음은 타들어 가는데 제조 공장에서는 아무리 빨라도 2주 후에나 납품이 가능하다고 했다. 청주에 있는 본사에 방문을 해 사정을 해도 현재 공장을 풀가동 중이나 방법이 없다며 3월 7일까지 서울시에 100대(○○의료원 41대, ○○병원 59대) 납품이 예정되어 있다는 얘기를 하며 2주 후에나 납품이 가능하다는 것이다.

도저히 기다릴 수가 없어 지금 당장 급한 곳이 대구 경북이니 서울로 가게 되는 100대 중 9대만 의료원으로 돌리고 2주 후에 우리에게 납품될 것을 서울로 보내면 어떻겠냐고 협조를 부탁드렸다. 그러면서 서울은 납품될 음압기를 설치하는 시간이 일주일 이상 소요되니 우리 의료원으로 먼저 납품해 주기만 하면 당장 사용할 수 있도록 만반의 준비가 되어 있다고 설명하며 협조를 요청하였으나 불가능하다는 답만 되돌아왔다. 그러나 이대로 물러설 수만은 없었다. 한시라도 빨리 장비를 설치해야 하는 급박함에 ○○의료원 시설팀장에게 전화를 했다. 논리적으로나 효율적으로 충분히 가능할 것으로 기대를 하고 시도를 해보지만 될까 하는 의문을 가지고 초조하게 기다리고 있을 때 ○○의료원 시설팀장님의 전화가 왔다. 납품일자를 조정하는 데 협조해 주신 것이다. 그때 가슴이 탁 트이는 시원함을 잊을 수 없다.

무거운 마음으로 출발했었는데 3월 7일까지 납품(9대)을 약속받고 돌아오는 길이 얼마나 가벼웠는지 모른다. 돌아오는 길에 원장님께 카카오톡으로 상황을 보고드리고, ○○의료원의 시설팀장님께도 감사의 문자를 드렸다. 수고 많으시다는 격려의 회신도 받았다. 코로나19를 이겨내기 위해 여러 곳에서 모두들 수고한다고 서로를 격려하는 한마디 한마디에 너무 감사했다.

2월 29일 107병상, 3월 1일 44실 210병상을 진료 가능한 병상으로 확보하고, 이어서 3월 7일 진료 가능한 다인실 52실 252병상을 확보하자 이제 한숨 돌리며 숨고르기에 들어갈 수 있었다. 아직도 26대가 부족했지만 시설관리부, 기획조정실 구매팀, 진료부, 간호부, 감염관리팀, 적정진료팀의 협업으로 진료에 차질이 없도록 신속하게 대처했다는 안도감에 잠시 여유로움을 가질 수 있었다. 3월 17일 중앙사고수습본부의 지원으로 281병상 확보가 완료되었다.

이렇게 되기까지는 우리 모두의 수고로움이 있었지만 새벽 시간을 마다 않고 혼신을 다한 시설관리부의 협조가 없었다면 결코 완성될 수 없었을 것이다. 온갖 궂은 일도 마다 않고 잘 마무리해 주신 시설관리부와, 협조와 격려를 아끼지 않았던 간호부에도 감사하는 마음이 크다.

김천의료원 100년사에 다시는 없을 사건 두 가지는, 첫째, 2020년 2년 26일 수요일 12시 입원환자 0명이라는 것과 둘째, 2020년 4월 30일 목요일 오전 8시부터 5월 6일 수요일 오전 8시까지 5일간의 휴진일 것이다. 이런 순간이 또 있을까? 아니 절대로 있어서는 안 될 일이다.

이제 진료에 집중할 수 있는 공간과 시간이 확보되었다. 이제부터는 의료진들의 노력이 집중된다.

4월 30일 감염병 전담병원 지정 해제 통보를 받고 4월 30일 오전 8시 30부터 5월 6일 오전 8시까지 방역작업을 위한 6일간의 임시휴진, 그리고 5월 6일 오전 8시 30분 정상진료를 시작했다.

5월 6일 마감 결과 외래환자 1,283명 진료, 입원환자 11명, 정말 놀라지 않을 수 없었다. 70일간의 공백을 두고도 시민들이 이렇게 찾아주시고 이용해 주시니 지금까지 70일을 어떻게 참고 기다렸을까 생각하니 가슴이 먹먹해진다.

코로나19와 싸우면서 모든 대처 방법을 배워가면서 선택해야 했고, 그런 불안함 속에서 최선이라고 판단되는 길을 찾아 선택하며 여기까지 왔다. 위기의 시간을 지나 혼신의 노력으로 달려왔기에 지금은 한숨 돌릴 수 있는 여유의 시간을 갖게 되니 숨 가빴던 지나온 시간을 되돌아보게 된다.

누구 하나 빠짐없이 단합된 의료원 식구들의 열정과 함께 각자 부여받은 직무를 묵묵히 성실히 수행해 주신 직원들의 노고에 감사드리고, 특히 원장님의 넓으신 혜안과 현명한 판단으로 여기까지 왔습니다.

원장님의 의료원에 대한 사랑에 깊이 감사드립니다.

코로나19와
함께한 70일

간호부장 이명희

2020년 2월 22일, 공공병원인 김천의료원이 감염병 전담병원으로 지정되었다. 급박하게 결정되어야 할 사항이 많아져서 수시로 회의가 소집되었고 늘 대기 상태였다. 소개명령으로 입원환자에 대한 빠른 퇴원 조치가 필요한 상황이었다. 그러나 현실적으로 환자들을 갑자기 퇴원시킨다는 게 쉬운 일이 아니었다. 걱정으로 인해 밤이 늦도록 나는 잠을 이룰 수가 없었다.

2월 23일 일요일 오후 3시, 수간호사들을 긴급 소집하여 회의를 하였다. 입원해 있는 270여 명의 환자를 퇴원시키기 위해 수간호사들과 의견을 교환하며, 내일 퇴원 가능한 인원과 의료진과의 협의가 필요한 명단을 작성하였다. 의료진은 의료진대로, 병동은 병동대로, 환자는 환자대로 수많은 이유로 퇴원 계획이 진행되는 데 어려움이 많았다. 수간호사들에게 병상을 비워야 하는 이유를 설명하였고, 환자와 보호자들을 설득하도록 했다. 협조가 되지 않는 환자는 의료진과 상의하도록 하였다.

'김천의료원만 믿고 여기서 수술도 하고 치료 중인데 어디로 가냐'고 사정을 하기도 했고, 항의를 받기도 했다. 전쟁 같은 상황이었다. 항의하는 보호자와 환자에게 감염병 전담병원 지정에 관해 설명드리고, 의료진과 협력하여 3일 만에 소개를 완료했다. 환자로 꽉 차 있던 병실은 쥐 죽은 듯 고요했으며, 적막하기까지 하였다. 이런 일은 김천의료원 100년 역사에 전무후무한 일이었다.

근무에 투입하기 전 모든 간호사에게 감염관리실에서 레벨D 방호복 착용 교육이 이루어졌다. 2월 22일 대구 신천지교회의 집단감염이 발생하면서 42병동을 시작으로 환자들이 대거 입원하는 상황이 되었다. 4일 만에 병동은 코로나19 환자로 가득 찼다. 가슴이 먹먹하여 정신을 가다듬어야 했다. 43병동의 간호사들을 42병동으로 추가 투입하여 인력을 보강했다.

2월 27일부터는 41병동이 환자로 가득 찼고, 3월 1일 32병동에도 청도 대남병원 정신과 환자들이 입원하기 시작했다. 한시도 긴장을 늦출 수 없는 긴박한 상황이 계속되었다. 안정이 되어 갈 무렵 3월 6일에 31병동에 봉화 푸른 요양원 환자들이 집단감염이 되면서 입원하게 되었다. 그동안에는 경증환자가 많아서 현재의 간호 인력으로 해결할 수 있었다. 하지만 요양원 치매환자들을 받아야 하는 상황이 되면서 적정팀장과 함께 상의하면서 간병 인력 문제로 경상북도와 심리적인 대립도 있었다. 간호 현장을 걱정하며 수간호사들과 함께 방법을 모색하는 회의를 계속하였다.

새벽 3시까지 구급차의 행렬이 이어졌다. 36명의 요양원 환자와 일반 환자들이 입원하였고, 현장은 아비규환 상태였다. 치매환자들을 바라보고 있는 현장은 너무도 처참하여 가슴이 미어졌다. 방호복을 입고 중증환자를 간호해야 되는 것은 평소보다 3~4배의 시간과 노력이 필요하였다. 병실에서는 심전도검사, 혈액검사, 주사 처치 어느 하나 쉬운 일이 없었고, 식사 간호는 물론 방호복을 입고 땀을 줄줄 흘리며 대소변 기저귀를 가는 것도 보통일이 아니었다. 치매환자들은 수시로 병실 밖으로 나와 간호사들을 놀라게 했다. 이런 환자들을 안전하게 간호하기 위해 간호사들을 격려하고 환자들을 위한 최선의 방법을 고민하고 또 고민했다.

간병 인력이 절대적으로 필요하여 간호간병통합병동의 조무사와 병동 도우미를 31병동, 32병동, 41병동, 42병동에 적절하게 배치하였다. 아직 오픈하지 않은 중환자실, 51병동 간호사들을 수간호사 회의를 통해 31병동과 42병동에 추가적으로 투입하여 적절한 인력 배치에 주력했다.

요양병원의 집단감염이 확산되면서 대구지역의 대실 요양원 환자도 우리 병원으로 20여 명 입원하였다. 현장에서 방호복을 입고 힘든 사투를 벌이는 간호사들의 아우성을 들을 때마다 안전이 걱정되고, 공공병원의 책임과 의무로 인해 심리적 압박감이 끝없이 몰려왔다. 매일 수간호사들의 상황보고를 받고 다급하게 해결해야 되는 사안들을 고민하면서 하루하루가 끝없는 긴장의 연속이었다. 방호복 착·탈의 교육을 수없이 했지만 행여나 방호복을 벗다가 실수하여 감염이 되지는 않을까 하는 불안감에 하루도 마음 편할 날이 없었다.

수간호사들에게 현장 상황을 보고받고 수시로 현장을 확인하기 위해 방문하였다. 방호복으로 인해 만신창이가 된 간호사들은 힘든 중에도 서로를 살뜰히 챙기며 팀워크를 이루었고, 놀라운 적응력으로 맡은 업무를 잘 수행하여 정말 고맙고 감사했다.

코로나19와 싸우는 직원들을 위해 숙소가 제공되었고, 편안한 가운이 공급되었으며, 비타민 영양제를 비롯하여 모든 식사는 무료로 최상의 먹거리로 제공되어 건강을 유지할 수 있었다. 병동마다 스마트폰을 지급하여 환자간호에 필요한 부분을 세심하게 챙겨주셨다.

감염병 전담병원으로 지정되면서 김천의료원 근처에는 다니는 사람들이 거의 없었고, 의료원 직원이라는 이유로 보이지 않는 차별도 당했다. 간호사들이 출근하기 위해 택시를 타려고 하면, 승차 거부를 당하는 등 애로사항을 토로하는 경우도 종종 있었다. 경증환자들이 생활치료센터로 이송되고, 코로나19 음성 판정이 나오면서 점차적으로 퇴원이 이루어졌다. 입원환자 수가 줄어들면서 끝이 보이지 않던 긴 터널에 햇살이 비치는 듯하였다.

이번 코로나19를 겪으면서 평범한 일상의 삶이 얼마나 소중한지 깨달았다. 그리고 공공병원의 역할이 얼마나 중요한지 정부와 전 국민이 공감하는 계기가 되었다. 내가 근무하고 있는 김천의료원이 공공병원의 역할을 충실하게 감당했음에 무한한 긍지와 자부심을 느낀다. 그리고 400여 명의 직원 가운데 단 한 사람의 감염자도 없이 무사히 끝난 것이다. 그날은 너무 감격스러웠고, 우리를 지켜주신 하나님께 깊은 감사를 드렸다.

5월 5일까지는 병원 전체 방역소독과 재정비에 온 힘을 쏟아야 했다. 이전보다 더 깨끗하게 정비된 병원에서 5월 6일 우리는 새 출발을 할 수 있었다. 지나간 시간이 되었지만 2020년 봄은 내 인생에서 영원히 기억될 것이다.

아직 끝나지 않은 이 전쟁이 또다시 닥친다 하더라도 피하지 않을 것이며, 2020년 봄처럼 당당히 맞서 싸울 것이다. 또 그곳에는 나의 동료들이 여전히 함께할 것이다.

감염병 전담병동 개선공사

시설관리부 부장 이해경

1993년부터 김천의료원에서 근무를 하고 있지만 코로나19가 직접적으로 우리 의료원에 올 줄은 꿈에도 상상하지 못했다. 감염병 전담병원으로 지정되고 모든 병상을 음압격리병상으로 만들어야 한다는 특명이 내려졌다. 병원 전체를 갑자기 공사한다는 것은 어렵고도 힘든 일인데 하지 않으면 안 되는 상황이라는 것을 직감했다.

가장 먼저 환자를 받기 위해 42병동을 준비하라는 지시를 받았다. 의료진들이 코로나19 환자와 싸워 이길 수 있는 안전한 공간을 만들어야 하는데, 처음 있는 일이라 벤치마킹을 할 곳도 없어 당황스러웠다. 젊은 건축기사인 팀장과 의논해서 어찌했든 우리 손으로 이 상황을 해결해야 한다고 해두고서는 공사할 인부를 구하려고 하였으나 감염병에 대한 두려움 때문인지 일반 업자나 인부들은 우리 의료원의 방문 자체를 꺼려하여 처음부터 난항이 예상되었다.

인부 문제뿐만 아니라 가벽을 설치할 자재가 구해지지 않았다. 저녁 10시부터 새벽 1시까지 시내에서 자재 구입을 위해 기획실장과 시청 관련 부서 직원 등 모든 인맥을 총동원하여 겨우 자재를 구할 수 있었고, 바로 격리병동 시설공사를 시작하였다. 의료진의 안전을 위해 동선을 분리하였고, 전실을 만들고 간호사 스테이션에 클린존을 만드는 것은 치밀하지 않으면 안 되는 작업이었다. 음압기가 설치되어 있기는 하지만 조금의 틈도 없이 공간 분리가 잘 되어야 안전이 확보되는 것이기 때문에 최선을 다했다.

공사 시작 전 원장님께서 회진을 돌면서 환자들에게 오늘 저녁에 공사를 하게 되었으니 불편해도 널리 양해를 부탁하였다고 해서 그런지 새벽에 진행된 공사인데도 입원환자들은 아무런 불평불만도 하지 않았다. 다들 이 위기상황에 숨죽이고 견뎌내고 있는 것 같았다. 코로나19를 통해 안 사실이지만 안 되는 것 같아도 마음만 먹으면 뭐든 할 수 있는 김천의료원 직원인 것 같다.

새벽 3시 20분이 돼서야 겨우 42병동 공사를 완료하고 원장님께 보고드렸더니 바로 수고하셨다고 답변이 와서 우리만 일하고 있는 게 아니구나, 원장님도 코로나19 때문에 제대로 주무시지도 못하고 걱정하고 계신다는 사실에 놀랍기도 하고 든든하기도 했다.

공사가 완료되고 몇 시간 있지 않아 코로나19 확진환자가 바로 입원하였고, 환자 증가 속도가 너무 빠르다면서 다음 병동을 준비하라는 지시가 내려왔다. 다음 31병동 격리시설 공사를 계속해야 하는데 역시 인부 구하기와 자재 구입이 어려워 시설부에서 직접 생산 공장에 가서 자재를 구해 오고, 우리 직원들이 밤 12시부터 새벽 3시까지 시설공사를 완료하였다. 다음 날도 같은 일을 반복하면서 시설부 전체가 혼연일체가 되어 32병동, 51병동 격리병상 공사를 완료하였다.

코로나19 관련 업무를 하면서 순조롭게 진행된 일은 하나도 없었다. 42병동에 보관 중인 음압기가 부족하여 가벽 설치공사를 다시 진행하여야 하는 상황이 발생하였다. 레벨D 방호복을 입고 철거 작업을 하는데 판넬이 날카로워 방호복이 찢어지고, 땀으로 인해 마스크가 반쯤 내려와 있었다. 일에 집중한 나머지 나는 미처 알아차리지 못했다. 동료를 통해 방호복에 이상이 있다는 것을 발견하고 바로 업무를 마무리하고 나왔다. 그때를 생각하면 아직도 가슴이 두근거린다. 환자와 같은 공간에 있지 않고, 환자와 직접 접촉이 없었기 때문에 자가격리나 업무 제한 없이 자가모니터링만 하면 된다는 감염팀장의 설명에 가슴을 쓸어내렸다.

한번은 31병동에 치매환자가 병실에 가만히 있지를 않고 여기저기 다녀서 병실 출입문 장금장치를 급하게 구입하여 설치하고 출입문 손잡이가 부서져서 다시 구입하여 설치하였는데, 환자가 병실을 나오려고 하면서 문이 파손되도록 심하게 흔들어 재차 설치해야 하기도 했다.

원장님께서 1층에 내려오실 때마다 1층 바닥 보수공사를 하는 것을 보시고는 전면 교체는 가능한지, 얼마나 걸리는지, 얼마나 돈이 드는지 늘 질문을 하셨다. 4월 초 코로나19 환자들이 점점 줄어들면서 소독으로 병원 전체를 비워야 할 상황이 생길지 모르니 바닥공사 준비가 가능하겠느냐는 지시를 받고 일을 진행하였으나 역시 시간이 너무 부족하였다. 바닥공사뿐 아니라 방역 점검, 병동 시설 환경 개선을 위해 벽, 화장실, 바닥 등 보수해야 할 곳이 너무나도 많았다.

일을 마무리되는 다음 날이 병원 전체 오픈 날인데 전날 밤 11시 15분에 다 되었다고 보고 드렸다. 기다리고 계셨는지 수고하셨다는 답장을 주셨다. 함께 일하고 있다는 느낌이 들었다. 다음 날 모든 직원과 환자가 환해진 의료원을 보고 웃는 모습을 보고 가슴이 뿌듯했다.

감염병 전담병원 지정 해제 후 내원 고객이 많이 방문하는 모습을 보고 다시 한 번 가슴이 찡하고 벅차서 속으로 눈물을 삼켰다. 감염병 전담병원 시작에서 지정 해제까지 많은 고생을 하였지만, 함께해준 원장님과 모든 직원 덕분에 무사히 잘 해나갈 수 있었다. 시설부는 병원에서 직접 의료에 참여하지 않고, 의료 환경을 만들어주는 의료지원 부서지만 이번 일로 병원에서 꼭 필요한 부서임을 재확인하였고, 자부심과 큰 보람을 느꼈다.

감염병 전담병원은 해제되었지만, 점점 더워지는 날씨에 야외에 있는 호흡기 진료실과 선별진료소의 냉방 등 의료진과 환자분들이 좀 더 편하게 진료를 볼 수 있는 환경을 만들어야 하는 숙제가 남아 있다. 하지만 지금껏 해왔던 것처럼 묵묵히 최선을 다해 해결책을 찾다 보면 분명 모두가 만족할 만한 호흡기 진료실, 선별진료소가 마련되지 않을까 생각한다.

기억, 그리고 또 다른 코로나를 대비하며…

시설팀장 이상옥

2020년 2월의 기억은 우리 시설관리부에 아주 특별함으로 남아 있다. 우한 폐렴으로 시작한 코로나19가 이웃나라 중국의 일로만 여겨지던 어느 날, 불현듯 코로나19의 공포가 대한민국을 뒤덮고 말았다. 우리 김천의료원도 예외가 될 수는 없었다. 코로나19의 여파는 외래와 입원환자 감소로 이어졌다. 그뿐만 아니라 이제는 이웃나라의 일이 아니며, 나 또한 코로나19의 희생양이 될 수 있다는 생각이 들었다.

지역거점공공병원으로서 우리 김천의료원도 코로나19 환자 치료를 준비하지 않을 수 없는 상황이었다. 잦아지는 대책회의에서 42병동 일부를 코로나19 환자 치료에 사용할 격리병동으로의 전환을 논의하기 시작했다. 2020년 2월 20일!! 바로 이날이 시설관리부에서는 코로나19 70일간의 시작을 알리는 첫날이 되었다.

감염병 전담병원 지정 하루 전(2월 20일), 우리 시설관리부에서는 42병동 격리병동 환자 이동 동선을 고려하여 4층 식당과 호스피스 병동 복도에 격리 벽체를 설치하기 시작했다. 그리고 다음 날 우리 김천의료원이 감염병 전담병원으로 지정되었다는 소식을 들었다.

42병동 환자들이 다른 병동으로 이동을 하였고, 뒤따라 우리 병원에서 메르스가 유행하던 시기에 보유하고 있었던 이동형 음압기 5대를 42병동에 긴급히 설치하였다. 사실 창고에 방치하다시피 했던 메르스 때의 이동형 음압기가 이렇게 긴히 사용될 줄은 정말 몰랐다.

이동형 음압기를 설치하면서 코로나19로부터 우리 직원들을 지켜줄 보호막이라 생각하니, 그동안 창고에서 이동형 음압기를 볼 때마다 좋지 않게 생각했던 나 자신이 조금은 부끄러웠다. 세상에 존재하는 그 어떤 것도 필요치 않는 것이 없다는 것을 또 한 번 깨닫게 해주었다.

이동형 음압기 설치를 끝내고 '그래도 우리 의료원에는 코로나19 환자가 실제로는 오지 않겠지…' 이런 생각을 하면서 퇴근을 했지만 내 오만함을 비웃기라도 한 듯 다음 날(2월 22일) 경북에 있는 3개 의료원에 코로나19 환자 치료를 위해 병원 전체 소개명령이 떨어진다는 소식을 들었다. 눈앞이 캄캄했다. 내가 근무하는 병원에 진짜 코로나19 환자가 온다는 것을 걱정도 했지만, 사실 코로나19가 무서웠던 것 같다.

가족과 저녁식사를 마치고 잠시 쉬고 있는 일요일 저녁, 부장님으로부터 전화 한 통을 받았다. 코로나19 환자들이 입원 대기 중이어서 그전에 42병동에 직원 안전을 위한 격리 칸막이 벽체를 설치해야 하는데, 자재도 부족하고 인력도 부족하다는 것이었다. 얼마나 다급했으면 주말 저녁에 전화를 하셨을까 생각하고, 평소 병원 공사로 알고 지내던 인근의 공사 업체에 전화를 걸었다. 마침 업체 사장님과 연결이 되어 현재 병원 사정을 설명드리고 도움을 요청했다.

그날도 업체 사장님께서는 힘들게 일하고 퇴근한 지 얼마 되지 않은 상황이었지만, 병원 사정을 이해해주시고 곧바로 자재를 수급하여 병원으로 출발하겠다고 말씀하셨다. 혹시나 하는 마음에 전화를 드렸는데, 흔쾌히 받아주시는 업체 사장님의 답변이 얼마나 고마웠던지 몇 번이고 감사의 인사를 드렸다. 그리고 전화를 끊자마자 곧장 병원으로 출발했다.

병원에 도착해 보니 벌써 42병동 격리병동 4실(437~440호)에 코로나19 환자들이 입원 중이었으며, 나머지 병실에 코로나19 환자를 추가로 입원시키기 위해 먼저 출근한 우리 시설관리부 직원들과 업체 사장님께서 복도에 격리 벽체를 설치하고 있었다. 이동형 음압기가 설치된 병실 복도에 격리 벽체를 설치하여 오염구역과 청결구역을 분리시키면, 당장이라도 보건소를 통해 환자들이 입원할 준비를 마친 상태라고 들었다.

모든 사람들이 우리 시설관리부만 보고 있는 상황이었다. 그리고 자정이 지났을까… 기억이 잘나지는 않지만, 추가 공사가 필요하다는 내용이 시설관리부에 전달되었다. 자정이 가까운 시간에 추가로 필요한 자재를 구하기 위해 업체 사장님께서 다시 한 번 도움을 요청드렸다. 늦은 시간이었지만 업체 사장님께서 자재 회사에 전화하시고, 추가적인 자재를 확보할 수 있다는 답변이 우리에게 전해지기까지 몇 분이 되지 않는 짧은 시간이었지만, 얼마나 길게 느껴졌는지 모른다. 그렇게 새벽 3시가 넘어서 계획했던 42병동의 격리 벽체가 완성되었다.

모두들 지치고 힘들었지만 사람이 해서 안 되는 게 없다는 걸 다시 한 번 느끼게 되었다. 물론 개인의 이득을 위한 일이었다면 할 수 없었을지 모른다. 코로나19로 인해 힘들어 하는 모든 이들에게 도움이 되고자 우리가 할 수 있는 일을 하는 것이었기에 힘들고 어려운 상황이었지만 모든 것이 가능할 수 있었던 게 아니었나 생각이 든다.

모든 작업이 끝나고 시설관리부장님께서 원장님에게 카카오톡으로 공사 완료 보고를 드렸다. 시간이 지나서 들은 얘기지만 원장님께서 수고했다고 곧바로 답장을 주셨다고 했다. 아마 여러 가지 걱정으로 인해 그때까지 잠을 이루지 못하고 계셨던 것 같다. 당시에는 현장에 있던 우리만 힘든 게 아닌가 하는 안일한 생각도 들었다. 하지만 여러 사람이 코로나19로 밤잠을 설치며 자신의 자리에서 열심히 일하고 있다는 생각에 한없이 부끄러웠던 기억이 난다.

그 새벽이 지나고 우리 시설관리부는 다음 날부터 이동형 음압기 확보 일정에 맞추어 격리병실을 순차적으로 만들어 갔고, 환자들은 한 명씩 병실을 채워나갔다. 그렇게 긴박했던 준비 단계의 우리의 임무는 코로나19 환자들의 치료를 담당하는 의료진에게 넘겨졌으며, 모두 최선을 다해 환자들을 진료했다.

4월 중순이 지나가면서 코로나19의 기세도 한풀 꺾였다. 대한민국의 적절한 감염병 대응으로 코로나19 환자의 증가세도 줄었으며, 우리 병원의 상황도 마찬가지였다. 환자 숫자가 점차 줄어들어 코로나19 이후의 상황에 대비해야 한다는 판단에 이르렀으며, 우리도 그에 맞게 하나씩 준비해 나가야 했다. 지속적인 회의를 통해 병원 전체 소독, 1층 공용부분 바닥재 보수, 코로나19 환자가 이용한 병동의 보수 등을 논의하기 시작했으며 그 범위를 점차 좁혀나갔다.

며칠 후 4월 30일자로 우리 김천의료원이 감염병 전담병원에서 해제 통보를 받았다. 우리는 이전부터 준비해온 계획대로 4월 30일부터 5월 5일까지 병원 전체 소독과 병원 정비 기간을 가졌다. 부족한 시간이었지만 병원 전체를 비우고 우리 부서원들과 소독업체, 공사업체들은 5~6일 동안 출근하여 늦은 시간까지 코로나19를 준비하던 그때의 마음으로 우리가 할 수 있는 일을 했다.

6일 후(5월 6일) 병원을 다시 오픈했을 때 우리의 노력은 헛되지 않았다. 다시 깨끗해진 환경에 환자들은 우리를 외면하지 않았고 이전과 같이 북적이는 병원이 되었으며, 병실도 하나둘 일반 환자들로 채워져 나갔다.

지금이야 편하게 이야기할 수 있지만, 코로나19 환자들이 입원하기 직전의 두려움과 코로나19 이후 김천 시민들이 갖고 있는 선입견으로 우리 김천의료원을 외면하지 않을까 하는 걱정이 결국 우리의 기우에 지나지 않음에 감사한다.

코로나19는 아직 진행형이다. 우리 곁에 계속 존재할 것이며 또 다른 코로나가 지속적으로 발생할 것이다. 현재 우리 시설관리부는 코로나19와 그 이후의 또 다른 코로나에 대응하기 위해 31병동에 또 다른 무기(공조시설을 갖춘 격리병실)를 준비하고 있다. 시민들과 우리 직원들을 지켜줄 그 무언가를 말이다.

생강차의 비밀

영양팀장 박은주

중국에서 코로나19가 시작되었을 때만 해도, 이후 사망자기 속출하며 심각하다는 상황을 인지하면서도 남의 나라 일로 끝났으면 했는데… 현실은 예상보다 빨리 밀려 왔다. 너무나 갑작스럽게 펼쳐지는 상황 앞에, 더구나 이전에 소수의 환자를 받긴 했으나 밀물처럼 밀려오는 처음 겪는 현실 앞에 두려움과 초조함이 가슴에 차는 것은 어쩔 수가 없었다.

가장 힘들고 중요한 팀은 코로나19 환자와 직면하는 의료진이지만, 이전부터 항상 식사의 중요성을 강조하시면서, 건강 유지와 회복은 고른 영양 섭취가 최우선이란 평소의 신념을 가지고 계셨던 김미경 원장님의 당부 말씀에 힘입어, 그 중요성의 실행을 위해, 환자의 체력 향상을 위해 총력을 다하기로 했다.

환자분들이 입맛을 잃지 않고, 체력과 면역력을 키울 수 있도록 자료들을 찾고 응용하며, 식욕을 돋우는 색감 살리기, 입맛을 나게 하는 기호 식품 사용 등 어느 한 부분도 소홀하지 않도록 최선을 다해 임하자며 팀원들과 힘찬 다짐을 하였다. 주변에선 일의 효율과 바이러스 감염 위험을 막기 위해 외부 업체의 도시락 제공 의견도 있었지만, 환자의 건강 회복을 위해 직접 영양과 위생에 총력을 기울인 식사를 제공하는 것이 지금 영양팀이 해야 할 가장 바람직한 일이라고 판단했다.

코로나19 환자 입원 예정 2주 전 1회용 용기와 수저, 포장용 봉투, 물병 등과 예상 식수를 15일분 이상 확보하고, 평소 격리식 배식 내용에서 추가 부분들을 체크하며, 팀원들에게 설명하고 변동 사항 등은 수시로 확인하며 대응해 나가기로 하였다.

간호부와도 업무 과정 등을 조율하고, 매끼 식사 외 환자에게 필수적인 수분 섭취와 면역력 증강을 위해 인삼, 생강차를 매일 중식에 충분량을 제공하며, 환자의 건강 회복을 위해 최선을 다하는 간호사에게도 간식과 차를 제공하기로 하였다. 나중에 이 생강차는 뉴스에서도 화제가 되어 우리가 하는 일에 대해 보람을 느끼게 한 선물이 되기도 했다.

영양팀의 중요성을 마음속에 되새기며, 각자 자부심을 갖고 하루하루를 감사하며 업무에 임하도록 서로 격려하였다. 재료 구입에 있어서도 이전보다 더 주의를 기울이고 위생교육, 특히 마스크 착용과 손 소독, 위생복 소독, 기구 소독 등에 관해 매일 아침 교육하며 그 중요성을 팀원들에게 상기시켰다. 온도와 습도가 높은 업무의 특성상 마스크 사용하기를 힘들어 했지만,

모두가 위기상황을 인식하며 긍정적으로 임한 팀원들을 생각하면 지금도 감사하기만 하다.

격리식이 처음엔 수십 개로 시작하여 점점 그 수가 증가하면서 팀원들도 약간은 힘들이 하기도 했지만, 입원환자들의 고통을 덜게 하자는 일념, 특히 고령의 환자들이 많음을 마음 아파하며, 내 가족에게 식사를 드린다는 마음으로 조리와 포장, 배식에 최선을 다하였다.

식사에 대한 불평이 없었음은 그 무엇보다도 팀원들을 기쁘게 하였다. 특히 완치 판정을 받고 첫 퇴원환자가 나왔을 땐 다들 자신의 일같이 좋아했고, 영양가 있는 음식을 주셔서 감사하다는 말씀을 하셨다는 기사를 접하고는 가슴이 뭉클함을 느끼며 다 함께 기쁨을 나누기도 했다.

생강차와 영양가 있는 음식을 제공함에 대한 환자와 직원들의 고마운 인사가 더욱더 힘을 나게 했고, 환자와 직원들의 고통 분담에 일익을 담당했다는 뿌듯함과 동시에 감사하게 했다. 직접 적은 어느 환자의 고마움의 손편지는 다시금 끝까지 최선을 다해야겠다는 다짐을 하게 하였고, 생강차의 고마움을 왜 간호사분들께 하냐며 팀원들의 웃음 섞인 섭섭함의 토로는 직원 모두의 노력이 만들어낸 긍정의 꽃피움으로 결론을 내렸다.

몇 분 남지 않은 환자들의 퇴원 예정을 앞두고, 이 환자들의 건강 회복을 위해 영양팀에서 할 수 있는 모든 영양지원책을 실행하라는 원장님의 특별지시가 있었다. 마지막까지 최선을 다하자는 말씀에 우리는 다시 마음을 다졌다. 정성과 영양이 듬뿍 담긴 음식을 만들자고.

연이은 퇴원 소식에 지금까지 열심히 일을 해왔음에 작은 보람을 느끼면서도, 한편으로는 '최선을 다했나?' 하는 아쉬움이 남기도 했다. 다시는 재현되지 않기를 바라지만, 그렇지 않을 상황을 대비해 우리는 또 다른 다짐을 해야만 할 것이다.

코로나19 현장의 숨은 영웅!!!

생활안전팀장 양철배

나는 수질환경 관리자로 입사하여 28년 동안 김천의료원에서 근무하고 있으며, 현재는 수질환경 및 10년째 산업안전관리 업무를 하고 있다. 코로나19가 유행이라는 얘기를 들었을 땐 2015년 메르스 때처럼 환자 몇 명만 입원할 것이라고 생각했다. 하지만 나의 생각과 다르게 인근 대구에서 폭발적으로 환자가 발생하면서 급기야 우리 병원이 감염병 전담병원으로 지정되고 말았다. 생각해 보지도 않았던 일이라 아무 생각이 나지 않았다.

'우째 나한테, 우리 병원에 이런 일이!'란 생각이 들었지만 정신을 차릴 새도 없이 환자의 입원이 시작되었다. 평상시 나는 의료폐기물관리 업무를 하였고, 직접 수거하는 일은 다른 직원들이 하였다. 하지만 코로나19 환자에게서 배출되는 특정 감염성 의료폐기물들은 매일 수거하거나 이틀에 한 번 관리하도록 폐기물관리법에 명시되어 있을 뿐 아니라 감염성 폐기물의 오염, 손상 등 완벽한 관리를 위해 팀장인 내가 직접 관리팀을 구성하여 코로나19 의료폐기물 관리를 자처하였다.

처음 격리의료폐기물을 수거한 날은 정말 힘이 들었다. 익숙하지 않은 레벨D 방호복을 착용하고, 감염성 의료폐기물 용기를 수거하는 일은 생각보다 어려웠다. 간호사실의 클린존이 오염되지 않게 병동 도면을 펼쳐놓고 동선을 미리 파악해야 했기 때문에 팀원들과 입구와 출구에 대해 머리를 맞대고 상의하기도 했다.

코로나19 환자들이 사용한 물품은 간호사들에 의해 의료폐기물 전용 용기에 넣어져 병실 밖 복도로 나오면 우리가 방호복을 착용하고 복도까지 들어가 용기를 수거해 오는 시스템으로 폐기물 관리가 이루어졌었다. 환자를 직접 접촉하거나 같은 공간에 있는 것은 아니지만, 환자들이 사용한 의료폐기물을 관리하기 때문에 '혹시나 내가 감염이 되지는 않을까?', '내가 감염이 되어 우리 가족과 동료들이 감염되지는 않을까?' 하는 걱정의 걱정이 꼬리를 물어 쉽게 잠을 들 수 없었다.

감염관리실에서 환자 입원 시 방역 업무도 맡아달라고 하였다. 환자가 오면 항상 먼저 레벨D 방호복을 착용하고 기다렸다가 환자가 입원하면 그 뒤를 따라 방역을 철저히 하였다. 환자가 조금씩 늘어나자 방역도 하고 의료폐기물 수거도 하기 시작했다. 매일 두 가지 일을 병행하여 업무를 하다 보니 해야 할 일들이 지연되기 일쑤였다. 일에 과부하가 생겨 팀 구성을 다시 하기로 했다. 방역팀, 의료폐기물팀을 재구성하여 체계적으로 원활하게 수행할 수 있도록 하였다.

환자가 입원하기 시작하자 금방 병실이 가득 찼다. 하나의 병동으로 시작하여 네 개의 병동에 환자들이 입원을 하였고, 입원환자가 늘어남에 따라 우리가 해야 할 일의 무게도 무거워졌다. 일반 운반카트로는 더 이상 폐기물 용기를 이동하는 일이 힘들어졌다. 고민 끝에 바스켓 형식의 운반카트를 직접 설계하여 제작하였고, 폐기물 박스의 노출을 막기 위해 위에 방수천도 덧대고 지퍼를 만들어 폐기물 박스를 운반카트에 넣어 안전하게 이동할 수 있도록 하였다.

환자가 늘어나면서 폐기물의 양도 많아졌지만, 폐기물을 수거할 합성수지용기를 구하는 것도 어려웠다. 업체에 연락하였으나 수급이 쉽지 않았다. 고민 고민 끝에 대구지방환경청에 전화를 걸어 힘든 사정을 얘기하니 도와주겠다고 하였다. 몇 시간 흘러 환경청에서 전화가 왔다. 서울 업체에서 공급이 되어 대구지방환경청에 저녁 7시까지 도착한다고 하여 부랴부랴 화물로 부탁해서 용기를 1,000개 구입하였다. 용기를 구입하고 나니 우리 병원의 의료폐기물 대란을 막을 수 있었다는 생각에 마음이 한결 가벼워졌다.

의료폐기물 수거 업무는 보통 하루에 3~4번, 한 번 시작하면 1시간 30분 정도가 소요되었다. 199명의 환자가 입원했던 3월초에는 하루에 거의 1톤(962.5kg)의 감염성 의료폐기물이 나왔다. 일이 익숙해져도 방호복을 입고 벗는 것을 하루에 3~4번 반복하는 것은 항상 힘이 들었다. 땀범벅이 되어 장갑을 껴도 미끄럽고, 일이 끝나고 방호복을 벗으면 온몸은 땀으로 젖어 있기 일쑤였다. 하지만 의료진들은 환자를 직접 보고 간호사들은 주사도 놓는데, 우리는 이 일만이라도 말 없이 열심히 해야겠다고 직원들을 독려하면서 묵묵히 일했다.

감염병 전담병원에서 의료폐기물 수거 업무만큼 신경을 많이 썼던 일은 청소 업무를 담당하는 팀원들의 관리였다. 평균 연령이 60세 이상으로, 감염관리실에서 감염 교육과 방호복을 입고 벗는 교육을 받고 연습을 하였지만, 과연 잘 해낼 수 있을지 걱정이 되어 수시로 확인하고 점검을 하였다.

지난 코로나19 상황을 아무런 사고 없이 무사히 마쳐 다행스럽고, 같이 고생을 해준 팀원들에게 감사하며 자랑스럽게 생각한다. 앞으로 직원 상호간에 많은 관심을 가지고 서로 노력하며 협력한다면 한걸음 더 발전하는 명품의료원! 빛나는 김천의료원이 될 수 있을 거라 생각한다.

김천의료원 파이팅!!!

코로나19 환경관리는 우리에게 맡기세요!!

생활안전팀 김연이

코로나19가 유행이라는 뉴스나 주위에서 들려오는 소식에 조금 걱정이 되기는 했지만, 김천과는 별개의 문제라고 생각했다. 김천에서 코로나19 환자가 발생하기 전까지는... 김천에서 첫 번째 환자가 발생하였을 때 김천지역 전체로 코로나19가 퍼지지 않을까 두려움이 있었지만, 우리 병원이 감염병 전담병원으로 지정될 것이라고 생각하지 못했다. 더욱이 우리 생활안전팀 청소 담당자들이 코로나19 환자 병실에 들어가서 환경관리를 해야 할 것이라고는 더더욱 생각지도 못했다.

2015년 메르스 의심 환자가 입원하였을 때는 환자가 모두 퇴원한 빈 병실을 정리하고 청소하였기 때문에 이번에도 비슷할 것이라고 생각하였는데, 막상 우리가 병실에 들어가야 한다는 업무지시에 눈앞이 깜깜했다.

환자 병실에 들어가기 전에 레벨D 방호복을 입어야 해서 교육을 받아야 된다고 하였다. 감염관리실에서 청소 방법과 방호복을 입고 벗는 방법에 대해서 교육을 받았지만 사실 정신이 없어서 시키는 대로 입고 벗고 따라 하기에 바빴다. 온통 머릿속엔 '이젠 정말 코로나19 환자 병실에 들어가야 하는구나', '우리 생활안전팀 병동 청소 담당자들 나이가 60이 넘는데... 잘할 수 있을까?', '청소하다가 내가 감염이 되면 어떻게 하지?' 등등 가슴이 두근거리고 머리가 어지러웠다.

교육을 받았지만 순서가 잘 기억이 나지 않아 퇴근을 해서도 스마트폰을 보면서 입고 벗기를 반복했다. 코로나19 병실에 들어가서 청소를 해야 한다는 말에 가족이 걱정을 많이 했다. 병원을 그만두라는 오빠의 전화에 "나 혼자 살자고 어떻게 그만 두냐"라고 대답은 했지만 두려움에 눈물이 핑 돌았다.

떨리는 마음으로 병실 청소를 하기 위해 병동으로 갔다. 매일 해오던 일인데 마침 처음 해 보는 일처럼 두렵고 무서웠다. 병동에 도착하니 수간호사 선생님이 기다리고 있었다. 같이 방호복 입는 것을 옆에서 하나부터 열까지 전부 챙겨 주어서 마음이 조금 편해졌다. 청소를 마무리하고 탈의를 할 때도 간호사실로 연락을 하고 수간호사 선생님의 감독하에 전실에서 방호복을 벗고 밖으로 나와 바로 샤워를 하였다.

하루 이틀 시간이 지나자 방호복을 입고 벗는 행동은 익숙해졌지만, 나이가 있어서 그런지 처음부터 마지막까지 숨이 많이 찼다. 고글에 습기도 많이 찼다. 한번 일을 시작하면 1~2시간이 걸리기 때문에 몸도 땀으로 흠뻑 젖고, 땀이 눈에 들어가 앞이 잘 보이지 않았으며, 눈을 뜨기조차 힘들었다. 감염이 될 수도 있다는 두려움도 사라지지 않았다. 혹시나 내가 코로나19에 걸리지 않을지, 나로 인해 내 가족이 감염되지 않을지 가장 걱정이 되었다. 육체적 고통보다 공포심이 심해서 언제 끝이 날까라는 생각으로 하루하루를 보냈다.

힘들고 두려움도 있었지만 추억이 된 일도 많았다. 방호복을 입고 병실에 들어가려고 했는데, 갑자기 화장실에 가고 싶어서 덧신을 벗고 화장실을 다녀온 후 병실에 들어갔는데 깜빡하고 덧신을 신지 않고 병실로 들어와 버렸다. CCTV로 화면을 보던 간호사실에서 비상이 걸리고 나는 너무 당황하였다. 사실 산 지 얼마 안 된 새 운동화였고, 꽤 비쌌다. 얼른 병실에서 나오라는 연락을 받고 빨리 나와 방호복을 벗었다. 나의 운동화는 방호복과 함께 그대로 감염성 폐기물 박스로 들어가 버렸다. 지금 생각해도 속이 상한다.

한번은 치매환자 병실에 들어가 바닥 청소를 하고 있는데 누군가 등을 두드려 깜짝 놀라 돌아보니 어르신 한 분이 밥을 달라고 하셨다. 밥 차리고 있으니까 가져다 드리겠다고 하고 얼른 청소를 마무리하고 나가야겠다는 생각을 하고 있는데… 이번에는 신발을 찾아 달라고 하셔서 신발까지 찾아드린 적도 있다. 어떤 분은 너무 애를 먹는다고 계좌번호를 알려달라고 하시기까지 했다.

청소할 때 소독제 냄새가 많이 났을 텐데도 불평하거나 불만을 표현하는 환자가 단 한 분도 없어서 내심 고마웠다. 병실의 분위기는 감염병 전담병원이 되기 전에 봐왔던 병실과 비슷했다. 다들 사이가 좋아보였고, 어떤 병실은 음식을 나눠서 먹기도 했다. 단지, 병실문과 창문이 꽉 닫혀져 있고, 음압기 소음에 조금 답답한 기분이 들었다.

코로나19 환자가 모두 퇴원을 하고 감염병 전담병원 지정 해제가 되어 병원 전체를 소독하고 대부분의 부서가 휴가에 들어갔다. 우리 부서는 쉬지 못하고 나와서 일을 거들어야 했지만, 새로운 환경으로 거듭나고 본래의 병원 모습으로 돌아가 일을 할 수 있다는 것 자체가 좋았다. 특히 평소에 병실 바닥 왁싱작업을 부분적으로 밖에 할 수 없었던 상황이었는데 병원 전체가 비어지는 일은 이제까지 한 번도 없었고, 앞으로도 있을 수 없는 일이어서 우리가 요청하여 병실 전체 왁싱작업을 하였다. 속이 시원해지고 기분이 좋았다.

일상으로 복귀한 지금 환자들이 새로운 커튼과 반짝이는 바닥, 깨끗한 병실 벽면 등으로 인해 병원의 이미지가 좋아졌다고 칭찬해주셔서 뿌듯했다. 환자분들이 안심하고 다시 찾는 병원으로 인정받으니 그동안의 수고에 대한 보상을 받는 느낌이 들었다. 코로나19로 인해 힘든 상황을 견디고 헤쳐 온 우리 병원 식구들 모두가 같은 생각일 것이다. 어떤 일이든 우리가 함께라면 해내지 못할 일이 없다는 것을...

코로나19,
너와 나의 상관관계

경리팀장 배지수

감염병 전담병원에서 지정 해제되고 우리 의료원이 정상 운영된 지 어느새 한 달이 조금 지나가고 있다. 코로나19는 여전히 현재진행 중인 모습이지만 우리는 조금씩 일상으로 돌아와 코로나19 이전처럼 환자들을 보고 각자의 자리에서 맡은 일을 묵묵히 수행하고 있다. 나는 경리팀장으로서 또 어떤 누구는 의사로서, 간호사로서 그 자리를 지키고 있을 것이다. 그 당시와 비교하면 너무나 평온한 일상에서 말이다.

코로나19는 우리의 많은 부분을 바꾸어 놓았다. 마스크 착용 및 손 소독의 일상화, 생활 속 거리두기 등 일상의 많은 부분을 바꾸었지만, 무엇보다 많이 바뀌었다고 생각되고 느껴지는 부분은 김천의료원을 대하는 시민들과 주변의 시선이다. 사실 코로나19 이전에도 신종플루와 메르스 등 국가 감염병 사태를 맞아 우리 의료원은 매 순간 공공의료기관으로서 그 책임과 역할을 다해왔다.

하지만 이번 코로나19와 같은 범국가적인 위기의 순간에서 우리 의료원이 앞장서 보여줬던 모습들은 그만큼 국민들의 걱정을 덜어주고 나아가 든든한 공공의료의 표본이 되었다고 생각한다.

감염병 전담병원으로 지정되고 병상소개를 통해 환자를 내보내는 등 이러한 일들은 우리에게도 처음 겪는 일이었고 두려운 일이었다면, 이는 김천 시민에게도 마찬가지로 걱정되고 부담스러운 일이었을 것이다. 하지만 어느 누구 하나 감염병 전담병원 지정에 대해 다른 의견을 제시하거나 반대 의사를 나타내는 이기적인 행태를 보이지 않았다. 오히려 우리를 걱정해주고 어떻게든 도와줄 수 있는 방법이 없을지 같이 고민하고 위로해 주는 모습을 보면서 김천 시민들이 우리 의료원을 얼마만큼 사랑하고 있는지, 또 아껴주고 있는지 새삼 느낄 수 있는 시간이었다.

2월 말 병상을 소개하고 최소한의 클린존과 동선 구분을 위한 시설개조 공사를 진행했다. 그리고 부족했던 이동형 음압기를 확보하여 간이공조시설을 설비함으로써 짧은 기간에 최대한 많은 준비를 할 수 있었는데, 이마저도 확진자를 하나둘 계속 받으면서 진행된 일이다 보니 그 과정에 있어 긴박했던 순간은 지금도 잊을 수가 없다.

이 기간 나는 코로나19 상황실의 일원이자 경리팀장으로서 주어진 역할을 수행해야만 했는데 병상소개로 인해 부족해진 자금 속에 합리적인 지출을 위해 매일 머리를 감싸고 자금 현황과 향후 흐름을 파악해야 했다. 이는 원장님의 지속적인 자료 요구와 맞물려 400여 명 직원들의 임금과 의료원 협력업체들의 존속이 달려 있는 문제였기에 당시 나에게는 가장 큰 부담이었고 난관이었다.

매일 진행되었던 회의와 업무보고를 통해 경상북도와 중앙사고수습본부에 병원 운영의 어려움을 이야기하였고, 지속적인 요청을 통해 경상북도에서 특별교부세 25억과 보건복지부에서 손실개산금 36억 등을 지원받음으로써 부족하게나마 급한 불을 끌 수가 있었다.

그럼에도 불구하고 매달 나가는 인건비와 재료비, 운영 관리비 등 지출일마다 우선순위를 매겨 날짜를 조정해야만 했고 이러한 과정에서 원장님께서 '직원들의 임금이 밀리는 일은 절대로 없어야 하며, 또 코로나19로 인해 협력업체가 피해를 받지 않도록 최대한의 계획을 세워 지출하라.'는 지시가 있었기에 고민은 매일매일 이어질 수밖에 없었다.

나 역시도 직원의 한 사람으로서 '우리가 월급을 제대로 받을 수 있을까'라는 생각에 걱정했던 순간도 있었지만 다행히 시기적절했던 지원 요청과 자금 확보를 통해 해소할 수 있었다. 하지만 이것이 코로나19로 인한 경영손실을 100% 보전해 주지는 못하는 부분이고 숫자로 드러나지 않은 부분이 더욱 많기 때문에 향후 의료원 운영과 자금 확보에 더욱 신중을 기해야 할 것이다.

사실 개인적으로 코로나19로 인해 우리 의료원은 많은 부분 부담을 안을 수밖에 없고 이를 회복하기 위해서는 더욱 많은 시간이 필요할 것으로 생각했다. 하지만 지금처럼 우리가 이렇게 신속하고 놀라울 정도의 수치로 회복되고 정상화할 수 있었던 것은 원장님과 이하 경영진의 전략적인 계획 수립 그리고 직원들의 협조가 있었기에 가능하지 않았나 생각한다.

감염병 전담병원으로 지정되어 병상을 소개하고 확진자를 받고 치료하는 일련의 과정은 다른 병원들과 비슷할 것이다. 물론 도내 타 의료원에 비해 많은 병상을 신속하게 확보함으로써 코로나19 초반 대구와 경북에서 발생한 많은 환자를 감당해 낼 수가 있었고, 이는 간과할 수는 없는 성과이다.

이에 대해 이철우 도지사 역시 최우선적으로 고맙다고 했던 부분이었고, 우리 의료원의 경우 중환자실을 제외한 281개의 병상을 모두 확보했던 것이기에 그 과정과 결과는 코로나19 진행 과정에 있어 가장 빛나는 부분이 아닐까 생각한다. 다만 이는 전략적인 계획이나 접근이 아닌 우리가 할 수 있는 최선의 노력에 대한 결과였던 것이고 전략의 존재는 이후에 나타나게 된다.

4월 중순에 접어들며 한때 199명까지 달했던 환자가 20명 이하로 떨어지면서 원장님께서는 이제 코로나19가 아닌 코로나 이후를 생각해야 한다고 이야기하셨고, '중요한 것은 지금부터 시작'이라며 다소 긴장이 풀리고 있었던 직원들을 다독이고 격려하셨다.

그렇게 우리는 먼저 환자들이 안심하고 다시 찾을 수 있는 환경을 조성하기 위해 멸균소독 업체를 섭외했고 소독 및 병원 환경 개선의 일환으로 1층 바닥 및 병실 커튼을 정비하고 바꾸었으며 간호사들의 근무복을 교체함으로써 환자들의 입장에서 산뜻하고 깨끗한 느낌을 받을 수 있도록 노력하였다.

4월 30일부터 5월 5일까지 이어졌던 소독 및 재정비 기간을 거치고 다시 문을 열었던 5월 6일 아침에는 마치 아무 일도 없었다는 듯이 북적거리는 병원을 보면서 그 당시 느꼈던 환희와 감동은 지금 다시 생각해도 가슴 두근거리는 순간으로 기억된다.

이렇게 감염병 지정병원 - 병상소개 - 확진환자 치료 - 병원 재가동의 일련의 과정에서 내가 개인적으로 생각하는 마지막 백미는 재가동 이전부터 끊임없이 보건복지부와 논의를 통해 이루어낸 음압병실 공조시설 공사 진행 건이다. 단순히 병원 재가동이라는 상황에서 벗어나 향후 언제든지 감염병이 재유행할 수 있고 또 다른 감염병이 발병할 수 있는 상황이라는 점을 감안한다면 이는 상당히 적극적이고 선제적인 접근이었다고 생각한다. 현재 공사가 진행 중이며 8월 초 완공을 목표로 하고 있다고 하니, 이는 추후 우리 김천의료원이 공공의료기관의 역할을 수행하는 데 있어 큰 힘이 되어줄 수 있을 것이다.

개인적인 얘기이지만 나는 김천의료원에 입사 후 지금의 와이프를 만나 결혼을 했고 두 아들의 아빠가 되었다. 우리는 여전히 같은 직장에 다니고 있고, 다만 와이프가 간호사로서 교대근무를 하다 보니 야간근무나 주말근무에 대한 부담을 가지고 육아를 함께하고 있다.

이번 코로나19로 와이프가 근무하는 병동이 가장 먼저 확진자를 받게 되었다는 소식에 두 사람 모두 감염에 대한 우려와 육아에 대한 걱정에 얼마나 많은 고민을 했는지 모른다.

그러던 중 나 역시 상황실 근무로 인해 교대근무에 투입이 되어야 했고 이로 인해 육아 문제가 현실적으로 드러나기 시작했다. 그 당시 환자가 다소 감소하는 상황 속에 와이프의 근무에 여유가 생기긴 했지만, 어느 날은 두 명 모두 야간근무에 투입되는 상황이 발생하기도 했다. 다행히 가까이 계시는 부모님의 도움을 받아 육아와 직장생활을 병행할 수가 있었다. 우리 부부에게 있어 힘들고 어려웠던 시기였던 것만은 분명하나, 부모님이 계셨기에 안심하고 아이들을 지킬 수 있었다는 것에 감사할 따름이다.

보호구 착·탈의 교육을 하면서

감염관리팀장 김명순

2월 20일(목)

내일부터 코로나19 확진자가 입원을 한다고 한다. 급하게 2층 격리 중환자실에 환자 받을 준비하고 간호사들에게 방호복 착·탈의 교육을 했다. 선발대로 투입되는 간호사들이다 보니 바짝 긴장되어 있었다. 처음 착용하는 보호구는 덩치가 작은 간호사에게는 너무나 크고 헐렁했고, 고글은 꼭 맞게 착용해야 한다는 말에 너무 타이트하게 착용해서 30분 지나니 머리가 띵하니 아파해 했으며, 입김에 고글은 금새 흐려지고 이중 장갑은 손의 감각마저 둔하게 만들어 버렸다.

혼자 밤새 환자를 봐야 한다는 부담감에 울먹이고 불안감에 한숨을 쉬던 51병동 김미애 간호사가 생각이 난다. 3월에 결혼 예정이라고 청첩장을 들고 인사하러 온 것이 얼마 전이였는데... 신혼여행의 꿈이 물거품이 되는 순간이었다. 간호사 혼자 근무를 할 수 없어 야간에는 행정직 직원들이 근무에 투입되었다. 옆에서 무엇인가를 한다기보다는 함께한다는 생각으로 밤새 말동무도 되어주고 검체 이송도 도와주며 식사시간에는 식사 배달도 했고, 전화 연락과 격리실 안에 들어간 간호사가 필요한 건 없는지 챙겨주기도 했다.

2월 22일(토)

42병동에 환자들이 입원하기로 했다. 밤늦게 간호사들을 불러 모아 보호구 착·탈의 교육을 했다. 늦은 밤 병실 조명 아래에서 받는 교육은 또 다른 느낌이 들었다. 분위기마저 간호사들의 마음을 찍어 눌렀다. 몇 번의 걸쳐 교육을 했지만 무엇인가 모르게 어색하고 불안해 보였다. 입는 것보다 탈의하는 게 중요한데, 탈의 시 계속 얼굴이며 가운이며 바짓가랑이에 손이 닿고 덧신을 벗을 때는 신발은 나오지 않고 발만 나오기도 하고... 걱정되는 마음에 한 벌씩 나누어주고 집에 가서 입고 벗기를 반복해 보라고 시켰다.

입원환자가 늘어나면서 전 병동 간호사들에게 보호구 착·탈의 교육이 시작되었다. 입원환자를 받아 가면서 틈틈이 교육을 진행해야 했기에 넉넉하게 시간을 낼 수 없어 41, 51병동 간호사들은 같은 날에 진행을 했다. 4층 넓은 로비에 간호사들로 가득 찼다.

다들 처음 하는 경험에 젊은 간호사들은 약간 상기되기도 했으며 애기가 있는 간호사들은 애들 걱정에 불안하고 걱정이 많이 된다고 토로하기도 했다. 모 간호사는 처음 한 경험이지만 설레기도 하고 언제 다시 이런 경험을 할 수 있겠냐며 꼭 방호복을 입고 병실에 들어가 환자 간호를 해 보고 싶다고 말하기도 했다.

생활안전팀에게 보호구 착·탈의 교육을 시행했다. 1층 회의실에 모이시라고 연락을 했지만 다들 나이가 많고 의료적인 지식이 전혀 없는 분들이라 그분들보다 우리가 더 걱정이 되었다. 한 분도 빠짐없이 교육을 받기 위해 오셨는데. 입사한 지 한 달밖에 안 된 분도 있었고, 일주일 전 심장이 안 좋아 스텐트 삽입시술은 하신 분도 계셨다. 그동안 보아온 여사님들의 얼굴 표정이 아니고 우리가 할 수 있을까 하는 걱정 어린 모습이었다.

보호구를 나눠주고 지퍼는 잘 올라가는지, 보호구 이음새는 떠지지 않았는지. 장갑은 손에 맞는지, 구멍은 없는지, 고글은 얼굴에 맞게 끈 조절은 잘했는지, N95 마스크는 콧잔등을 잘 눌렀을까? 간호사들도 하기 힘든 핏 테스트를 잘할 수 있을까? 얼굴에 맞게 잘 쓸까? 하는 생각을 하면서 교육을 시작했다. 그냥 말 그대로 엉망진창이고 어설펐고 불안했다. 마스크는 입이 아니라 눈을 가리고 있었고, 고글은 흘러내려 입 언저리에 와 있었다. 탈의하면서 감염될 확률이 더 많아 방호복을 집에 들고 가서 착·탈의 순서에 맞게 훈련을 하라고 했다. 집에 가서도 거울을 보며 입고 벗기를 수차례 연습했다고 한다.

드디어 현장에 투입되는 날이 왔다. 여사님도 우리도 떨리는 순간이었다. 들어가서 힘들면 중간에라도 나오라는 말을 하고 병동 수간호사들에게 신신당부를 했다. 청소하시는 여사님들은 혼자 투입하지 말고 꼭 간호사들과 같이 들어가게 해달라고, 그리고 나올 때도 간호사들이 옆에서 보호구 탈의 시 혹시 실수해서 감염되지 않도록 지켜봐달라고... 감염관리실에서 할 수 있는 최선의 배려였다.

걱정하고 우려했던 사망 환자가 발생했다. 급하게 장례지도사를 오시라고 해서 감염관리 사무실에서 보호구 착·탈의 교육을 진행했다. 다들 체격이 좋은 분들이라 방호복 및 방호구가 작았고, 살짝 힘을 주니 엉덩이 부분이 터지기도 했다. 병원에 있는 방호복을 뒤지고 찾아서 그래도 여유 있는 XXL 방호복을 사용할 수 있었다. 이분들도 의료적인 지식이 없는데다 사망 환자 처리 시 2중사체낭을 사용해야 되고, 매 순간마다 소독액으로 소독을 하면서 입관을 해야 했으며, 운구차량에 실어 화장터까지 가야만 했다.

환자 사망 시 감염관리실 간호사가 같이 들어가서 모든 과정을 지켜보면서 부족하거나 잘못되는 게 없는지, 소독은 꼼꼼하게 진행되는지 지켜보았다. 보호구 탈의 시도 옆에서 같이 지켜보기를 여러 번, 이런 과정을 몇 차례 거치고 나서 이제는 감염관리실 선생님들 없어도 잘할 수 있겠다고 우리들을 안심시켜 주시기도 했다.

진단검사실, 영상의학과 선생님들은 매년 위기 대응 훈련을 하면서 보호구 착·탈의 훈련을 하였고, 또 메르스 때 의사와 환자들 엑스레이를 촬영하고 보호구 착·탈의를 해보신 분들이라 이번에도 병동 내 이동 동선, 기기 소독 방법 등 별 무리 없이 진행을 했다. 입원 후 혈액검사와 흉부 엑스레이, 해제를 위한 검체 채취 등 몇 시간에 걸쳐 진행이 되면 보호구는 땀으로 범벅이 되고 고글은 습기로 앞을 볼 수도 없어 안티포그를 사서 뿌리기도 해보지만… 모 직원은 땀이 입으로 들어가기도 해서 혹시 땀 때문에 감염되는 건 아닐까 걱정이 되어 입을 수십 번도 더 헹구었다고 한다. 다들 말로는 표현하지 않았지만 마음 한편에 불안함은 언제나 가지고 있었을 것이라고 생각이 든다.

병동을 둘러보고 직원들을 보니 어느새 보호구 착·탈의하는 모습이 너무나 자연스럽고 언제 방호복을 들고 불안해했었나 싶게 다들 여유가 생기면서 동료끼리 서로 웃으면서 장난치는 모습이 우리를 안심하게 했다. 언제 전 직원들에게 방호복을 입혀 보나 했는데 나의 작은 바람(?)이 이루어졌다.

별은 나에게로

감염관리 간호사 박소희

2020년 1월 코로나바이러스 유행이라는 언론의 보도를 보면서 잠시 스쳐가는 바람일 거라 생각했다. 하지만 대구 신천지교회에서 발생한 코로나19 집단감염은 태풍을 동반한 쓰나미가 되어 우리에게 다가왔다.

1월 28일 감염병 위기경보 '경계' 격상과 함께 김천의료원 코로나19 TF팀 구성 및 대책회의를 진행하였고 선별진료소를 운영하였다. 여러 번의 회의를 통해 코로나19 대응을 하였고, 병원 내 환자와 의료진의 안전을 확보하기 위해 정부의 대응 방침보다 조금 더 강화하여 내원객을 관리하였다.

2월 21일 감염병 전담병원 지정 통보를 받고, 전 병실을 소개하고 코로나19 확진환자의 입원이 시작되었다. 엄청난 일들이 원장님의 지휘하에 일사분란하게 진행되었다. 병실 소개 상황과 확진환자 입원 동선 파악을 위해 병동에 방문하였을 때 퇴원을 준비하던 일반 환자의 보호자가 "우리가 다 나가고 나면 여기 간호사들은 어떻게 하냐?"라는 걱정에 "저희는 남아서 확진환자 간호를 해야 해요"라고 대답했다, "우리만 이렇게 가서 고맙고 미안하네요…"란 말에 눈물이 울컥 쏟아질 것만 같았다. 코로나19와의 싸움은 그렇게 시작되었다.

2월 21일은 감염병 전담병원 지정 통보를 받음과 동시에 3명의 확진환자가 입원하였고, 김천 첫 번째 코로나19 환자가 발생한 날이었다. 또한, 우리 감염관리반의 팀원 1명이 첫 번째 확진자의 접촉자로 분류되어 자가격리에 들어가게 된 날이기도 하였다. 확진자와 30초 정도 면대면 대화를 하였고, 마스크를 착용하였으나 N95 마스크가 아닌 덴탈 마스크를 착용하였기 때문에 접촉자로 분류된다는 역학조사관의 통보에 절망하지 않을 수 없었다.

당장 다음 날부터 본격적인 코로나19 환자의 입원이 시작되는 상황에서 감염병 전담병원의 컨트롤 타워 역할을 담당해야 하는 감염관리반 4명 중 1명의 부재는 실로 엄청난 부담으로 다가왔다. 하지만 좌절하며 절망하고 있을 수만은 없었기에 업무분장을 하고 우리만의 체계를 잡아갔다.

나는 직원 교육, 확진환자의 입원 병실 안내 및 퇴원, 보건소 퇴원 통보 업무를 주로 맡아서 했다. 확진환자의 입원 병실 안내는 1층, 2층 외래에서 일반 환자들이 진료를 보고 있었기에 일반 환자와 확진환자의 입원 동선 분리가 굉장히 중요한 포인트였다. 보건소 담당자나 119구급대원들이 도착하면 레벨D 방호복을 입고 환자를 병실로 안전하게 모시고 가야 했다. 여러 명의 환자가 입원하지만 출발 지역과 시간은 달랐기 때문에 도착 시간을 맞추는 건 쉽지 않았다. 또 무작정 환자분들을 구급차에 대기시킬 수 없었기 때문에 어떤 날은 레벨D 방호복을 입고 3~4시간가량을 있어야 하는 경우가 생기기도 했다. 방호복을 입고 환자를 기다리는 일은 생각보다 힘들었고, 나를 지치게 했다.

다양한 환자분들이 입원을 했다. 각종 포털사이트 메인을 장식한 신천지 교인에서부터 이스라엘 성지순례자, 청도 대남병원 환자 및 직원, 봉화 푸른요양원 입소자, 대구 대실요양원 입소자뿐만 아니라 언론에 보도되지 않은 지역사회 감염자까지... 나이와 성별, 사연은 모두 달랐지만 입원할 때의 굳은 표정과 두려움 가득한 눈빛, 경직된 자세는 모두 비슷하였다. 처음 접하는 치료제가 없는 질병, 높은 사망률, 빠른 확산 속도, 낯선 환경, 입원하는 분들뿐 아니라 환자 치료를 담당했던 의료진 모두가 긴장되고 숨 막히는 순간들이었다.

감염병 전담병원 기간 동안 가장 기억에 남았던 시간은 레벨D 방호복 착·탈의 교육 시간이었다. 평소 감염병 위기대응 모의훈련과 방호복 착탈의 훈련을 진행하여 감염병 위기대응팀은 1년에 2회 정도 레벨D 방호복을 착용해 보았다. 하지만 나머지 직원들은 방호복을 착용해 볼 기회가 없었을뿐더러 방호복이 어떻게 구성되어 있는지조차 알지 못하는 상황이었다. 하지만 감염병 전담병원으로서 우리가 준비한 병상은 281병상으로 직원 모두가 코로나19 환자 치료에 동참해야 했다.

교육 시간 동안의 긴장감과 먹먹함, 직원 중 단 한 명의 감염자가 발생하는 순간 우리는 무너질 수밖에 없기에 교육을 하는 사람도 받는 사람도 눈물을 머금고 착·탈의 연습을 반복해야만 했다.

특히 가장 걱정이 되었던 부서는 연세가 많으신 생활안전팀 여사님들이었다. '방호복을 착용하고 병실의 환경관리를 해내실 수 있을까?' 하는 많은 고민과 걱정을 하였지만, 의료기관 인증평가를 2번이나 받고, 감염병 모의훈련까지 받은 경험이 있는 분들을 내가 과소평가했음을 감염병 전담병원이 끝날 때쯤 깨달았다.

감염병 전담병원이 시작되면서부터 원장님이 가장 강조하셨던 '직원 안전!! 직원 감염 ZERO!!' 그 엄청난 일을 실로 해냈음에 감염병 전담병원 지정 해제가 되는 날 혼자 만세를 불렀다.

감염관리실은 많은 평가의 중심에 있다. 의료기관 인증평가, 지역거점공공병원 운영평가(양질의 의료-공중보건위기대응), 공공보건의료계획 수립 미충족 보건의료서비스 제공(감염 의료서비스 강화) 등 의료기관 인증평가를 제외하면 나머지는 공공병원의 역량을 확인하는 평가이다.

사실 몇 번의 계획서 작성과 평가를 받았지만 평가를 위한 평가 또는 내가 해야 할 일들 중 하나였지 취지와 목적을 깊이 있게 생각해보지 못했던 것 같다. 하지만 이번 코로나19 위기 속에서 이전에 시행해 왔던 평가에 녹아 있던 감염병 위기대응 능력이 제대로 빛날 수 있었던 것 같다. 비록 평가 점수를 높게 받기 위해 시행한 일들이었지만 그것들이 피와 살이 되어 내 몸에 자연스럽게 흡수될 줄은 몰랐다. 또한, 이번을 계기로 공공병원의 역할과 당위성에 대해 생각해 볼 수 있었다.

처음 확진환자를 받기 시작한 시점에 원장님께서 응급실, 인공신장실 등 외래진료를 감행하겠다고 하셨을 때 '다른 병원들은 안 하는데, 굳이 꼭 해야 할까?', '혹시나 진료를 받은 사람 중에 확진자가 나오면 어떻게 하지?' 이런 걱정으로 사실 그땐 원장님이 이해가 되지 않았다. 아니 원장님의 큰 뜻을 알지 못했다.

감염병 위기대응만큼 중요한 공공병원의 역할 중 하나인 필수의료 서비스를 지키기 위해 많은 위험을 감수하더라도 지역민들의 편의를 위해 과감한 선택을 하셨던 그 깊은 뜻을 나중에야 깨달을 수 있었다. 직원의 안전과 환자 안전, 이 두 마리 토끼를 모두 잡을 수 있었던 건 공공의료 전문가로서 빛을 발한 원장님의 혜안이 아니었을까 생각한다.

"어두운 길을 걷다가 빛나는 별 하나 없다고 절망하지 말아라
가장 빛나는 별은 지금 간절하게 길을 찾는 너에게로
빛의 속도로 달려오고 있으니"
- 박노해 '별은 너에게로' 中 -

지금 간절하게 길을 찾고 있는 대한민국 정부, 질병관리본부, 경상북도, 김천의료원 그리고 나, 우리에게 가장 빛나는 별이 지금 빛의 속도로 달려오고 있는 중 아닐까?

다 함께 외친 '코로나19 OUT!'

적정진료팀장 이영숙

우리 병원이 감염병 전담병원으로 지정되어 코로나19 확진환자 입원 전문치료전담병원으로 변경되었다. 적정진료팀장으로서 기존에 하던 업무를 잠시 내려두고 감염관리팀 업무 중 내가 할 수 있는 부분이 무엇일까 생각하다가 경상북도 도청과 지역보건소와의의 환자 의뢰 관련 업무를 맡기로 하였다.

2월 21일 드디어 3명의 환자 의뢰가 왔다. 준비된 음압병실에 환자가 입원하면서 앞으로 얼마나 많은 환자가 입원하게 될지, 2015년 메르스 때 의심환자 치료병원 역할처럼 잘 마무리되기를 바랐지만, 대구 신천지교회를 시작으로 대구 경북에서 환자가 다수 발생하면서 전혀 예상치 못한 상황으로 치달았다.

경북 경산, 청도 대남병원에서 지속적으로 환자가 발생하면서 경상북도에서는 밤낮없이 입원 의뢰를 하였다. 입원환자를 보내겠다고 기다려 달라고 해서 새벽 3시까지 대기했지만 상황이 여의치 않아 오지 못했던 날도 있었고, 환자에 대한 사전 정보를 제대로 제공하여야 함에도 충분한 검토 없이 보내 당황했던 경우도 있었다.

경상북도도 김천의료원도 모두가 처음 맞는 상황이고, 도청 행정과 병원 현장과의 입장 차이가 있었기에 초기의 업무 처리는 미숙하고 서툴렀다. 하지만 끊임없는 경상북도와의 소통으로 현장의 소리를 전하고자 하였으며, 그 과정에서 가장 큰 힘이 되어주신 분은 원장님이시다.

'의료 현장에서 일밖에 모르며 주어진 업무에 최선을 다하고자 하는 사람들이다. 우리 직원들 너무 힘들게 하지 마라.'라며 도청에 쓴소리도 하셨다. 그 과정이 있고 난 후에 도청과의 소통은 상명하달 방식에서 상호 존중하며 서로의 상황을 이해하고 최선의 방안을 찾아가는 방향으로 바뀌었다. 상황은 어렵고 힘들지만 우리와 함께 해주시는 원장님을 통해서 많은 힘을 얻었고 때로는 현장의 소리에 더 힘을 실어 얘기를 전할 수 있었다.

코로나19 대응지침도 우리들의 소리를 듣고 상황에 따라 계속 수정 보완되는 것을 보면서 현장의 소리가 얼마나 중요한지 다시 한 번 느낄 수 있었다. 그중 한 가지가 생활치료센터를 만든 것이다.

처음에는 의뢰하는 환자를 증상 유무 상관없이 무조건 받을 수밖에 없었지만 확진환자가 다수 발생함에 따라 원장님께서는 입원환자의 경중을 파악해 보라고 하셨다. 그리고 환자 중에 무증상자가 많다는 것을 확인하여 무증상자로 병상을 다 채우면 병상 수급이 어렵다고 판단하신 원장님께서는 무증상자에 대한 대책의 필요성을 강조하셨다. 그런 현장의 소리는 도청을 통해 질병관리본부와 중앙사고수습대책본부로 전달되어 생활치료센터가 만들어졌다. 우리 병원에서도 3월 6일부터 무증상자는 분류체계에 따라 269명 입원환자 중 45명을 생활치료센터로 이송하여 병원보다 좀 더 일상적인 생활이 되도록 하였다. 입원환자 중 상태가 급격하게 악화된 분이 발생하자 진료과장님께서 중증환자 전원 요청을 하셨다. 하지만 코로나19 중증환자를 받아주는 상급기관이 적었고, 특히 우리 경상북도에는 동국대학교병원밖에 없었기에 다수 발생하는 중증환자에 대한 대책도 시급하였다.

그대로 두면 인공호흡기, ECMO 치료 한번 해보지 못하고 그냥 숨을 거두는 모습을 지켜 봐야 되는 상황에서 도청 담당자에게 호소도 하고 읍소도 하였다. 원장님께서도 모든 채널을 통해 사망률을 줄이기 위해서라도 빠른 대책 수립의 필요함을 강조하셨다. 그 때문이었을까? 도청에서만 관리하던 중증환자 이송체계가 중앙사고수습대책본부와 연계하면서 초기에 어려웠던 중증환자의 이송이 원활해지고, 결과적으로 41명의 이송 환자 중 38명이 제대로 치료받고 퇴원까지 했다는 소식을 들었을 때 안도의 한숨을 내쉬었다.

상급기관으로 이송하고 그곳에서도 최선의 치료를 다했지만 3명의 사망자가 있었다고 하니 제때 이송하지 못했다면 사망자는 더 많았을 것이다. 지금 생각해도 아찔하다. 지난날을 되돌아보면서 지금도 가슴을 쓸어내리고, 힘들었던 시간을 생각하면 나도 모르게 눈가가 촉촉해짐을 느낀다.

경산, 청도 등 도내 각지에서 확진자가 갑작스럽게 증가하니 도청에서 확진환자 받으라는 전화가 왔다. 당시 음압기가 설치된 병상은 다 찬 상황이었다. 안전을 위해서 음압기 설치 없이 환자를 받을 수 없다고 보고드렸고, 레벨D 방호복을 입고 장시간 근무하는 직원들의 힘든 상황을 생각하면 이동형 음압기가 설치되지 않은 상황에서 치료를 할 수 없다고 공감하신 원장님께서 도지사님 병원 현장 방문 때 '음압기 설치하는 2일만 기다려 주시면 2일 후 100명의 환자도 받을 수 있다.'라고 당당히 저희의 상황을 대변해 주셨다.

이동형 음압기를 빨리 확보하라는 말씀에 구매팀에서는 공장으로 달려가서 생산되는 즉시 가져오고, 가져온 음압기를 시설관리부에서는 새벽까지 공사해서 한 사람의 환자라도 빨리 치료받을 수 있도록 만들었다. 환자가 올 것이라는 도청의 전화를 받고 언제 도착할지 모를 환자를 위해 새벽까지 병원 내 대기하면서 힘들다는 불평 한마디 없던 병동 간호사 선생님들. 되돌아보니 코로나19 퇴치를 위해 일사불란하게 움직인 전 직원이 진정 '코로나19 OUT의 영웅들'이었다.

1월 28일 병문안객 관리를 위한 출입구 통제를 시작으로, 감염병 전담병원에서 해제되면서 4월 29일 마지막 환자 6명을 전원하고, 4월 30일부터 5월 5일까지 병원 전체를 비우고 과산화수소 훈증 소독하여 새롭게 환자를 맞을 준비하기까지 100일을 코로나19와 함께하였다.

이번 코로나19 사태를 겪으면서 어떤 상황을 극복함에 있어 상호간의 신뢰와 소통, 화합이 무엇보다 중요하다는 생각이 들었다. 대외적으로는 김천의료원, 경상북도, 중앙사고수습대책본부와의 끊임없는 소통, 현장에 대한 배려, 상호간의 신뢰가 코로나19를 극복하는 과정에서 얻은 또 다른 성과라 할 수 있겠다.

힘든 가운데에서도 공공병원으로서 놓칠 수 없었던 것들이 있다. 감염병 전담병원이라 비록 일반 환자의 입원 치료를 할 수는 없지만 지역에서 발생하는 응급환자에 대한 조치를 위해 끝까지 응급실을 사수하였다. 또한 코로나19가 의심되어 어디에서도 받아 주지 못했던 투석환자를 위해 격리투석실을 열고, 다른 투석환자의 투석 치료가 다 끝난 다음, 불안감 없이 투석 치료를 받을 수 있도록 방법을 찾고 고민했던 시간을 통해 향후 김천의료원이 지역책임의료기관으로써의 역할을 수행하는 기초를 다지는 계기가 됐다.

전 직원 대상 비상회의를 시작하면서 원장님께서 하신 말씀이 아직도 가슴에 남는다.

"시꺼먼 파도가 밀려오는 듯합니다. 코로나19와의 소리 없는 전쟁이 시작되었습니다. 바이러스와의 전쟁에서 끝까지 살아남는 것은 우리들의 몫입니다. 그렇지만 혼자 하도록 두지 않겠습니다. 전 직원이 끝까지 함께하도록 하겠다."

이 말씀은 감염병에 대한 불안감에 흔들릴 수 있는 직원들에게 극복할 수 있는 힘과 용기를 주셨다.

병원 내적으로는 복도에서 마주치는 직원들 간 서로 배려하고 '고생 많다', '힘내라' 격려하며 건네는 말 속에서 혼자가 아니라 400여 명의 전 직원이 함께한다는 생각 덕분에 한 사람의 감염자 없이, 이탈자 없이 감염병 전담병원의 역할을 수행할 수 있었으며, 코로나19라는 큰 파도를 무사히 넘길 수 있었다.

코로나19로 김천의료원 100여 년의 역사상 전 병원을 6일간 비우는 전례 없는 사태를 겪었지만 힘든 것만은 아니었다. 서로가 신뢰하고 소통하면서 직원 간의 결속력은 더 커졌다. 힘든 상황에서 일을 미루기보다는 스스로 해야 할 일이 무엇인지 찾는 모습, 각자의 위치에서 할 수 있는 최선의 방법을 찾아 고민하고 해결하는 우리 김천의료원의 한층 성숙된 직원의식을 볼 수 있어 너무 의미가 있는 시간이었다. 비록 다시 겪고 싶지는 않지만...

어쩔 수 없이 집으로...

환자안전 간호사 홍은별

어느 날 갑자기 코로나19 자가격리 대상이 된다면 어떨까? 그중 한 명이 바로 나였다. 1월말부터 시작된 코로나19 감염병 대응에 병원은 조용하면서도 발 빠르게 움직이고 있었고 긴장감이 흐르고 있었다. 나는 평소에 환자안전 전담자로서 환자안전과 관련된 업무를 하고 있었지만 코로나19로 인해 잠시 본연의 일은 접어두고 감염관리실과 한 팀을 이루어 눈코 뜰 새 없이 바쁜 시간을 보냈다.

코로나19 비상대책회의를 시작으로 병원의 방문객 출입구 통제 역할부터 하기 시작하였다. 초기에는 출입구에 서서 병원에 오는 내원객들의 발열 체크, 호흡기 증상 체크, 중국 여행력이나 유입과 관련하여 통제를 했다. 병원에 오는 내원객들도 처음에는 대수롭지 않아 했고, 왜 이렇게까지 하느냐고 하시는 분들의 불만을 들을 때도 많았다.

점점 코로나19가 지역사회로 번지기 시작하면서 입원환자 병문안객 1인 이외 출입통제를 하였으며, 모든 내원객의 마스크 착용도 의무화하였고 점차적으로 통제의 문턱이 높아졌다. 음압격리병상 점검, 음압텐트 설치 등 코로나19에 맞서기 위해 차근히 하나하나씩 준비해 갔다.

김천에는 확진자가 없었던 터라 안심하면서도 주변 지역 확진자로 인해 긴장감을 늦추 순 없었다. 너도나도 의심증상이 발현된 사람들이 선별진료소를 찾는 횟수가 점점 늘고 있었다. 드라이브 스루가 도입되기 전에 응급실 앞 음압텐트에서 환자 진료가 이루어졌고, 나는 보조적으로 역할을 도왔는데, 한겨울 추운 날씨 때문에 너무 춥고 지쳤다.

코로나19 검사를 하기 위해 환자들이 병원을 찾아 접수하는 것을 도울 때마저도 비닐 가운과 마스크를 착용해야 했고, 10시가 넘는 시간에 지친 모습으로 터덜터덜 퇴근하는 때가 많았다. 며칠 후 김천에서도 첫 번째 환자가 나왔다는 소식을 접했다. 가족, 친구, 주변 이웃들 모두 스마트폰으로 정보를 공유하고 자초지종을 따지며 난리가 났다. 놀라운 건 우리 병원 선별진료소에서 진료를 받았던 환자 중 한 명이었다는 것이다. 그 환자를 떠올렸을 때 순간 불안감이 닥쳐왔다. 선별진료소에 함께 있었던 나는 그 환자로 인해 코로나19에 걸리지 않았을까? 괜히 열이 나는 것만 같았다. 별의별 생각이 다 들었다.

시간은 더욱 빠르게 흘러갔다. 경북지역의 확진자 수가 증가함에 따라 병원으로 확진환자들이 대거 온다는 소식에 만반의 준비를 하고 환자가 올 병동으로 가서 감염관리팀 선생님과 같이 레벨D 방호복 착탈의 교육을 받고 있을 때, 보건소에서 전화 한 통이 왔다. 김천의 첫 번째 환자와 접촉함에 따라 접촉자로 분류되어 자가격리에 들어가야 한다는 소식이었다.

보호구를 착용하였지만 일반 마스크를 끼고 대화를 나누었다는 사실로 인하여 접촉자로 분류되었다. 정말이지 선별진료할 때 옆에서 일을 도왔지만 자가격리를 해야 한다는 생각은 해보지도 않았는데 암담했다. 해야 할 일은 많은데 자가격리 2주라니... 한숨부터 나왔다. 가장 바쁜 시기에 감염관리팀의 팀원으로서 한 자리 부재라는 게 큰 손실이 아닐 수 없다.

어쩔 수 없이 집으로 가야 하는 심정은 말할 것도 없이 부담스럽고 동료 선생님들에게 죄송스러운 마음이 들었다. 어쩔 수 없는 상황이었지만 죄송하다는 말과 함께 하던 일을 중단하고 집으로 귀가했다.

2주 동안 가족과 독립된 생활을 했고, 매일 하루 2회 발열 체크 및 호흡기 증상 등 모니터링을 시행해야 했으며, 독방에 갇혀서 무얼 어떻게 지내야 할지 머릿속이 복잡하였다. 하루 이틀은 피곤했던지 잠만 계속 잤다. 머릿속은 코로나19 환자와 일들로 가득했고, 집에서 시종일관 TV 뉴스로 코로나19 소식을 접했고, 점점 더 확진자가 늘어나면서 좋지 않은 상황이 최고조에 이르렀다.

조그마한 방 안에서 내가 할 수 있는 일은 TV를 보고 자고 끼니를 때우고 독서를 하거나 스마트폰을 만지작거리는 게 다였고, 카카오톡으로 병원의 간단한 소식을 전해 듣는 등 외부생활의 소식을 전해 듣는 것에는 어느 정도의 한계가 있었다.

시간이 지날수록 바깥세상과 단절되고 고립감이 들었다. 독방생활은 더욱 더 답답하게 느껴졌다. 또 다른 생각도 들었다. 지금 현재 나의 상황 말고 또 다른 상황으로 인해 자가격리 대상이 되었다면 어떨까? 출장을 갔다가 갇혔을 상황이라도 생긴다면 어떨까? 하루아침에 오로지 집에서 독방에 갇혀서 생활한다는 것이 단순한 문제가 아닐 거 같다는 생각이 들었다.

코로나19에 걸린다면 원하는 병원을 선택할 수도 없을뿐더러 본인의 의사와 상관없이 어찌 보면 강제적으로 입원을 하게 된다. 나처럼 간호사라는 직업을 가진 의료인보다 더 모르는 일반인 경우 갑자기 쉬어야 한다는 불안감은 더 말할 것 없이 클 것 같았다. 자칫 후유증으로 남을 수도 있을 텐데 앞으로의 이러한 문제를 해결할 수 있는 방법은 없을까? 하는 많은 생각이 들면서 격리의 시간이 하루하루 흘러갔다.

자가격리가 끝날 때쯤에 병원으로 복귀하기 위해서 코로나19 검사를 받게 되었다. 코로나19 검사를 채취하는 것을 옆에서 지켜만 봤지 정작 검사를 받으려니 떨렸다. 자가격리를 하는 동안 열이나 호흡기 증상이 나타나지 않았어도 무증상 감염도 있었기 때문에 혹시나 하는 마음에 두렵기도 했다. 내가 코로나19 검사에서 양성이 나온다면 우리 병원은 어떻게 될까? 우리 가족은 어떻게 될까? 생각이 많아졌다. 다행이 검사 결과 음성으로 나와 떨렸던 마음을 쓸어내리게 되었고, 14일간의 자가격리를 무사히 마칠 수가 있었다.

병원으로 다시 복귀해 그동안 엄청 바쁜 시간을 보냈을 선생님들께 고마운 마음과 미안한 마음이 들면서 앞으로의 일들은 내가 해보겠다는 의지로 함께 일을 도왔다. 코로나19 환자의 입원이 더욱더 많아졌고, 전원 의뢰, 생활치료센터 이송 등 다양한 일들이 있었다. 처음 맞는 상황에 발 빠르게 대처하며 체계적으로 일을 수행해 나가는 선생님들과 직원들을 보면서 함께 주어진 시간을 헤쳐 나갈 수 있게 되어 뿌듯했다.

지난날을 돌이켜 봤을 때 병원에서의 업무, 자가격리, 코로나19 검사도 해보면서 다양한 일들을 겪었다. 원장님의 리더십과 직원들이 자기 자리에서 묵묵하게 일하는 모습, 그리고 격려를 통해 큰 힘도 많이 받았다. 코로나19 덕분에 어려움을 극복해 나가는 방법과 나 자신을 되돌아보고 나를 조금 더 발전할 수 있는 계기가 되었다. 힘들고 짜증나는 순간도 많았지만 돌이켜 보았을 때 살아가면서 겪어 보지 못했던 일 중에 하나이므로 값진 경험이라 할 수 있을 것이다. 아직 끝나지 않은 코로나19가 여름의 문턱에서 종식되기를 바랄 뿐이다.

가끔 가장 바쁠 때, 우리는 주변을 놓치곤 한다.
시야는 시력이 아니다. 시야는 부단한 경험의 산물이다.
그것이 옳은 방향으로 쓰일 때
우리는 그것을 지혜의 한 가닥이라 부르기도 한다.

epilogue

끝과 시작

응급의학과 과장 임창덕

1.

우리는 종종, 세상 저 건너, 그 어딘가에서 일어나고 있다고 믿겨지는 일들을 막상 간접적으로 접했을 때 놀라울 정도의 평정을 유지 하는데, 보통은 그것의 매개 방식에 대한 - 예컨대, SNS 및 유튜브 등등 - 비판이 다소 이 까다로운 의문의 해답으로 제시되기도 한다. 하지만 그 매개체는 놀라울 정도의 속도로 그 가상성을 스스로 극복해 나가고 있으며, 그에 수반되어 변해야만 할 것 같은 우리들 마음속의 평정의 추는 전혀 흔들리지 않을 뿐만 아니라, 그 고정의 정도가 반비례하여 고착되는 양상을 보이고 있다.

이에 대해 기존까지 널리 알려진 고지식한 답변을 하나 제시해 보자면, 아마도 그것은 그것이 있음직하기 때문이 아니라 일어날 수가 없는 일이라고 우리가 생각하기 때문일지도 모르는 까닭은 아닐까. 즉, 불가능한 것에 대한 믿음은 항상 무언가로 베일처럼 덧씌워져 있어, 그것이 직접 내 눈앞으로 다가와 얇은 천을 들어올리기 전까지, 심지어 그것을 우리는 현실로 받아들이지 않는 경향성이 있는데, 그 까닭의 원천이 개별 인간의 지식의 차원에 있지는 않다고 생각한다. 이는 어쩌면 세상 저 건너편 그 어디가 바로 이곳일 수도 있다는, 우리 마음 깊은 곳에서 공통적으로 억누르고 있는 막연한 불안에 대한 근원적 거부감이 만들어낸 우리들 심리의 타협의 산물이자, 조금 더 넓게는 인간 존재의 불완전함이 빚어낸 가련한 위기 극복 방법은 아닐까.

2019년 12월 중순이 나에겐 그러했다. 중국 어딘가에서 괴질이 발생했다는 말은 어느 먼 땅에서 쏘아올린 로켓 안의 사람이 달 착륙에 성공하였다는 말과 비슷하게 들렸다. 다행스럽게도 현명한 자들과 일부 과민한 자들 혹은 그 둘을 모두 갖춘 자들이 비록 소수이나마 편재하고 있었다. 이는 물론 뒤늦게 알아낸 사실이긴 해도 말이다. 아무튼, 비록 결코 길지 않은 의업의 길이었지만 몇 차례의 유행성 전염병을 겪어 봤고 그때도 그렇게 지나갈 줄 알았다. 소식을 접한 그다음 주에 나는 가족들과 스키장으로 휴가를 갔다. 그렇게 한 달이 지나갔다. 새해가 되었다. 더듬어 보니, 어쨌든 시간은 흘렀다.

약간의 시간이 더 흐르자, 무엇인가 우리를 감싸기 시작했다. 며칠이 더 지나자 가만히 있어도 안개 같은 그 냄새가 저절로 피부로 스며들었다. 그때는 몰랐지만 이제는 알게 된 것들, 우리를 감쌌던 것. 그것은 대상이 없는 두려움이었다. 그것은 소리 없는 다수의 히스테리였고, 이윽고 그것은 집단적 광기가 되었다. 그렇게 일파만파 말들은 퍼져갔다. 관계 지침은 매일 바뀌었고, 현장에의 적용은 오로지 개개인의 기지(奇智)에 의존할 뿐이었다.

처음 입어 본 레벨D 방호복, 한 번도 훈련된 적 없는 상황에 말 그대로 우린 던져졌다. 모두가 처음이었고, 모두가 제발 마지막이길 바랐었다. 그리고 그날 밤이었다. 그 젊은 남자는 자신의 목이 아프다며 내 앞에서 입을 쩍 벌리고 있었다. 이미 7명이었나? 아닌가? 8명이었나? 방호복을 몇 차례 입었다 벗었을까. 그것이 시작이 될지 끝이 될지도 몰랐다. 계속 되뇌었었던 같다. 이게 끝일까? 아니면 시작일까? 끝일까? 시작일까? 끝? 시작? 그렇게 나는 그 남자의 빨간 목을 보고 있었다. 첫 진단이었다.

아직 그것의 이름조차 명쾌하게 정해지지 않았을 때였다. 불과 두 달 만에 중국 어디어디의 그것은 내 눈앞에서 발갛게 부풀어 스스로를 드러냈다. 그 뒤로 보였던 것은 그 남자의 목구멍 속으로 사라진 까만 틈이었다. 그것과의 첫 대면이었다. 절망하지는 않았다. 드디어 대상이 없는 두려움은 그 형체를 갖춰 구체적 공포로 현출(顯出)되었다. 그때 우리가 느꼈던 것은 기이한 안도감이었던 것 같다. 이제는 싸워야 할 것이 무엇인지를 알게 되었다. 다만 그때까지는 방법을 몰랐을 뿐이었다. 그다음부터는 시간이 자신의 편을 정해줄 것이었다.

2.

가끔은 만나는 것보다 헤어지는 것이 더 중요할 때가 있다. 대개의 경우 우리는 두 순간 모두를 기억하려 노력하지만 보통 만남을 추억하는 경우가 그 반대의 경우에 비해 더 많다. 심지어 우리는 누군가와의 헤어짐을 추렴하는 순간에도 그와의 첫 만남을 되새기며 슬퍼한다. 그 누구도, 마지막의 모습은 잘 기억하려 들지 않는다. 마지막은 대개 슬픔과 추함이 어그러져 있게 마련이니까.

자청해서 일을 맡았다. 그때는 가만히 있는 것 자체만으로도 불안이 느껴졌다. 무엇인가를 해야만 했고, 무력감을 느끼고 싶지 않았다. 280명은 단순히 숫자로 환원시킬 수 없는 수였다. 그것은 어느 기관에서는 통계였지만, 우리에게는 살갗이었다. 그것은 더 큰 대의를 위한 소개(疏開) 대상 숫자였지만, 우리에게는 호흡이었다. 그것은 나에게는 48시간 이내에 해결해야 할 업무였지만, 우리 중 몇몇에게는 눈물이었다. 다시 말하지만, 그것은 단순한 숫자의 집합이 아니었고, 그렇게 될 수도 없었다. 각 하나하나는 각 하나하나만의 깊고 진한 개별 인생사였고, 그것의 나열 역시 단순한 리스트가 될 수는 없었다. 하지만 우리가 해야 했던 몇몇 작업은 달라붙은 호흡과 살갗을 떼어내고 하나를 1로 환원하여 리스트를 만들어야만 하는 작업이었다. 우리 모두는 묵묵히 그 작업을 수행했다.

의사에게 요구되는 덕목은 많다. 기술의 발달이 시공간을 점차 축소시키고 있는 이 순간에 그저 우리를 믿고 건강과 심지어 목숨을 맡긴다는 것은 언급한 덕목 중 신뢰라는 요건을 대개 충족시켜줄 때만 가능한 것일 게다. 신뢰라는 것은 상호호혜 원칙을 당위적으로 따르는 바, 한 쪽의 파기는 다른 쪽에게 일방적 손해를 입힐 뿐만 아니라, 그 관계 회복이 원형으로 복귀될 가능성을 차단하는 비가역성의 근원적 속성 중 하나가 있다. 즉, 의사는 환자가 없으면 의사가 될 수 없고 환자 역시 의사가 있어야 환자가 될 수 있다. 이 관계는 언급한 바와 같이 상호인정과 결부된 '상호주관적'이라는 특질을 내비친다.

환자와 의사와의 관계를 나타내는 외래어로 쓰이는 단어인 rapport는 알다시피, 프랑스어이다. 영미권에서 이 단어를 relation으로 바로 번역하지 않고 우리처럼 그대로 원어를 쓰는데 - 물론 우리는 음역을 하는 경우가 더 많다 - 그 이유는 프랑스어에도 relation이라는 단어는 존재하기 때문이다. 이 두 단어의 거리는 우리나라 말의 인과(因果)와 인연(因緣)의 거리만큼 멀다.

rapport는 한 량 기차 안의, 너보다 앞에 있는 나와 나보다 뒤에 있는 너와의 거리를 지칭하지 않는다. rapport는 그 보이지 않은 밧줄 위에 인본적인 정동의 투여가 팽팽하게 가득 들어차 넘쳐, 그 줄을 잡아당길 때 양측 모두를 동시에 긴장시키는 관계를 말한다. 그 정동들은 대표적으로, 사랑과 증오를 들 수 있을 것이다. 통속적인 유행가 가사 같은 이 감정들은 들리는 것보다 현실에서 그 드러남이 그리 통속적이지는 않다. 알다시피, 항상 현실은 대개 그려내는 것보다 더 비참한 편이다.

우리와 우리를 믿어준 환자들은 언급한 밧줄로 묶여 있었다. 그 밧줄을 팽팽하게 하는 것 혹은 느슨하게 하는 것의 문제는 지극히 개인적이고 개별적인 정서를 기반으로 하고 있다는 것이었다. 행여 이 글을 읽으실, 그때 그 한 분의 환자가 계신다면 진심으로 고개 숙여 감사와 미안함을 전해드리고 싶다. 슬픔을 드렸다면 용서를 구하오니, 시간이 우리와 당신을 돌보아 주시길. 그저, 바랄 따름이다.

3.

할리우드 영화에서 살찐 경찰들이 휴식시간에 차 안에 앉아 햄버거를 우적우적 먹는 모습을 볼 때만 해도 그 실용성과 편의성에 대한 약간의 호기심이 있었던 것 같다. 별다른 감흥은 없었다. 몇 년이 지나 우리나라에서도 영화

속 그 장면처럼 차 안에 앉아 햄버거와 커피를 주문하고 먹을 수 있게 되었을 때도 다시 상기된 그 실용성과 편의성에 대해 예측한 정도였지, 그 이상의 감흥은 없었다.

그러나 몇 년이 또 지나, 그 시스템을 차용한 시설을 반나절 만에 기획하고 3일 만에 운영 개시를 완료시켰을 때는 조금 달랐다. 뭐랄까, 자연에 도전해왔던 인간의 노동이 만들어낸 문명(文明)에 감사할 따름이었다. 그리고 그때는 적어도 예측했던 것만큼 보다는 조금 더 큰 감흥을 느꼈던 것 같다. 분명, 이런 일은 흔치 않다. 특히 짧은 시간 내에 말이다.

모든 것이 준비 되었다고 보고를 드렸던 날이었다. 운영 개시 전날, 데스크에서 서류 작업만 하는 우리를 원장님은 모두 끌어내었다. 거기에 그것이 있었다. 모두가 봤으나, 아무도 보지 못했다. 그것이 거기에 있다고 누가 말하기 전까지, 분명 우리 모두는 눈을 뜨고 있었으나, 아무도 보지 못하였다. 즉, 그것은 시각기관의 문제가 아니었다. 김천의료원 안심카(drive-through) 선별진료소 입구에 맨홀 공사를 하고 있었다.

이론과 그것의 적용은 다르다. 데스크와 현장은 다르다. 알고 있는 명제였지만, 그것을 알고 있는 것과 행(行)을 일치시키는 것은 고대로부터 된 적이 없다는 오류를 일반화시키는 작업만 어처구니없게도 머릿속을 맴돌았다. 동료 몇몇의 얼굴을 둘러보니, 백지장만 보였던 것 같다. 아무도 말을 못 뗐던 그 현장. 그때, 침묵을 깨고 아마 원장님은 그렇게 말씀하셨던 것 같다. "밥 먹고 하자." 생각해보니, 하루 종일 굶고 있었다.

가끔 가장 바쁠 때, 우리는 주변을 놓치곤 한다. 시야는 시력이 아니다. 시야는 부단한 경험의 산물이다. 그것이 옳은 방향으로 쓰일 때 우리는 그것을 지혜의 한 가닥이라 부르기도 한다. 어느 성현(聖賢)의 말씀처럼 배우고 때때로 익히면 기쁘지 아니했던가. 대개의 경우 동의가 되었던 경구이지만, 얼떨떨했지 기뻤었는지는 모르겠다. 아무튼 확실한 건, 다행이었다.

그날, 그 주 처음으로 푹 잤던 것 같다. 그리고 2020년 3월은 그렇게 찾아왔다. 월요일 출근을 하며, 그렇게 또 되뇌였던 것 같다. 이게 끝일까? 시작일까? 이게 끝일까? 시작일까? 그리고 지금도 그 질문은 끊이지 않는다. 끝인가? 시작인가?

4.

두 번은 없다.

반복되는 하루는 단 한 번도 없다.

두 번의 똑같은 밤도 없고,

두 번의 한결같은 입맞춤도 없고,

두 번의 동일한 눈빛도 없다.

- 비스와바 쉼보르스카(Wislawa Szymborska, 1923-2012, 폴란드, 1996 노벨문학상 수상),

「끝과 시작」일부 -

5.

코로나19로 생을 마감하신 환자분들의 영혼이 안식을 찾기를 진심으로 바랍니다. 최선을 다했다는 말씀이 공허하게 들리실 것을 알지만, 안타깝게도 드릴 말씀은 그것뿐인 것 같습니다. 우리는 최선을 다했습니다. 그리고 다음에도 그럴 것입니다. 지나간 날들, 그동안 많은 위로를 건네주셨던 따스함 속에서 그것을 전해주셨던 분들에게 인사를 드립니다. 우리는, 그 빚을 잊지 못할 것입니다. 아직, 고통 속에 있는 우리나라를 포함한 세계 곳곳의 당신들에게, 힘을 내라는 말씀을 전합니다.

마지막으로 우리 동료들에게, 아직 끝나지 않은 이 싸움을 우리는 언젠간 극복할 거라는 소망을 담아 작은 응원으로 격려해 봅니다.

코로나19 사투의 현장에서

집단지성의 승리, 김천의료원 70일간의 기록

김천의료원 400여 명의 의료진과 직원은 긴박했던 70일간
단 한 명의 감염자도 없이 코로나19 환자를 치료했다.
그리고 보건복지부로부터 지역책임의료기관으로 선정되었다.

공공보건의료계획
일 시 2018. 11. 26(월)
김천의료원 4년연
일 시 2018. 11. 26(월)
지역
운영평가 보건
폭력 STOP!

최우수기관 수상
사업
수상
주 관
과장 지병준
계명대 동산의료원
이비인후과 전문의수료
계명대 동산의료원
(이비인후과 외래임상부교수)
대한이비인후과학회 정회원
대한두경부 비과학회 정회원
대한소아이비인후과 정회원
12월1일

1. 연 혁

- 1921.12.10　김천 자혜의원 설립
- 1925.04.01　김천 도립병원 개칭
- 1981.09.11　허가병상(58→100병상)
- 1983.07.01　지방공사 경상북도 김천의료원 개칭
- 1985.10.31　인턴수련병원 지정
- 1989.04.10　특수건강진단기관 지정
- 1991.06.26　응급의료병원 지정
- 1991.12.31　교통사고 전담병원 지정
- 1994.05.16　허가병상(100→200병상)
- 1996.06.05　집중치료실, 인공신장실 개설
- 2001.07.04　허가병상(200→175병상)
- 2006.08.01　경상북도 김천의료원 개칭
- 2007.04.12　허가병상(175→165병상)
- 2008.01.01　종합병원 승격
- 2009.04.30　신축병동(A동) 증축
- 2012.02.01　허가병상(165→240병상)
- 2013.02.01　허가병상(240→260병상)
- 2013.06.27　허가병상(260→257병상)
- 2014.02.27　간호·간병통합서비스 운영(85병상)
- 2014.09.04　허가병상(257→260병상)
- 2015.02.24　의료기관평가 인증 획득
- 2018.03.27　허가병상(260→270병상)
- 2018.10.31　신축병동(D동) 증축
- 2018.11.12　허가병상(270→296병상 : 일반279, 중환자15, 특수2)
- 2018.12.28　2주기 의료기관평가 인증 획득
- 2019.04.09　간호·간병통합서비스 확대 운영(101병상)
- 2019.07.05　호스피스전문기관 지정

2. 주요 수상실적

- 2005.05.10 행정서비스 헌장 최우수상
- 2010.07.09 응급의료기관평가 우수기관
- 2011.06.15 응급의료기관평가 우수기관
- 2011.11.10 6-시그마 추진성과대회 보건복지부 장관상
- 2011.12.14 지역거점공공병원 운영평가 최우수기관
- 2012.06.24 응급의료기관평가 우수기관
- 2012.07.13 지역거점공공병원 운영평가 최우수기관
- 2012.12.20 공공보건프로그램 성과평가 최우수기관
- 2013.02.13 응급의료기관평가 우수기관
- 2014.02.26 응급의료기관평가 우수기관
- 2014.11.03 공공보건의료계획 시행결과 평가 최우수기관
- 2015.03.13 응급의료기관평가 우수기관
- 2015.11.11 공공보건의료계획 시행결과 평가 최우수기관
- 2015.12.07 공공보건프로그램 성과평가 보건복지부 장관상
- 2016.01.07 특수검진기관 평가 A등급
- 2016.03.03 응급의료기관평가 우수기관
- 2016.12.06 지역거점공공병원 QI경진대회 2위
- 2016.12.15 공공보건프로그램 성과평가 보건복지부 장관상
- 2017.04.04 응급의료기관평가 A등급
- 2017.12.13 공공보건프로그램 성과평가 보건복지부 장관상
- 2018.02.02 응급의료기관평가 A등급
- 2018.11.26 공공보건의료계획 시행결과 최우수기관
- 2018.11.26 공공보건프로그램 만성질환관리사업 우수기관
- 2018.11.26 지역거점공공병원 운영평가 우수기관
- 2019.12.03 공공보건의료계획 시행결과 최우수기관
- 2019.12.03 공공보건프로그램 만성질환관리사업 우수기관
- 2020.07.07 농촌발전유공 대통령 표창

우리는

반드시

이긴다

코로나19의

완전한 종식을

기원하면서